白马时光

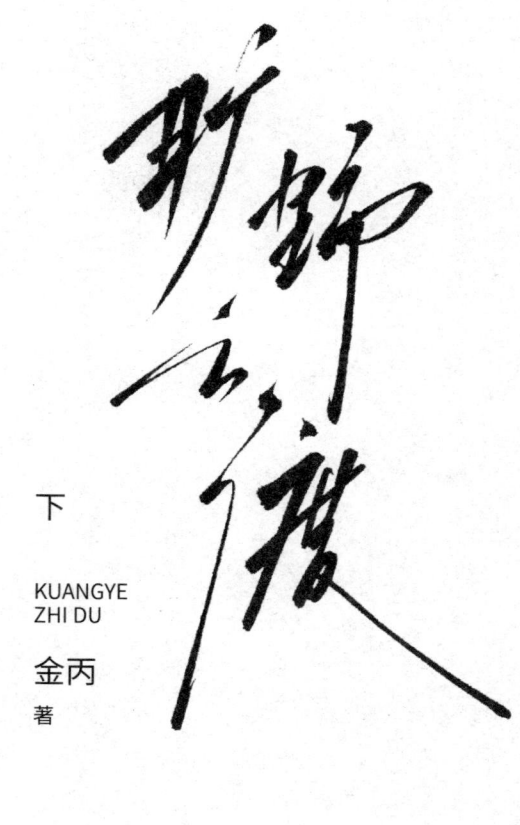

旷野之渡

下

KUANGYE
ZHI DU

金丙 著

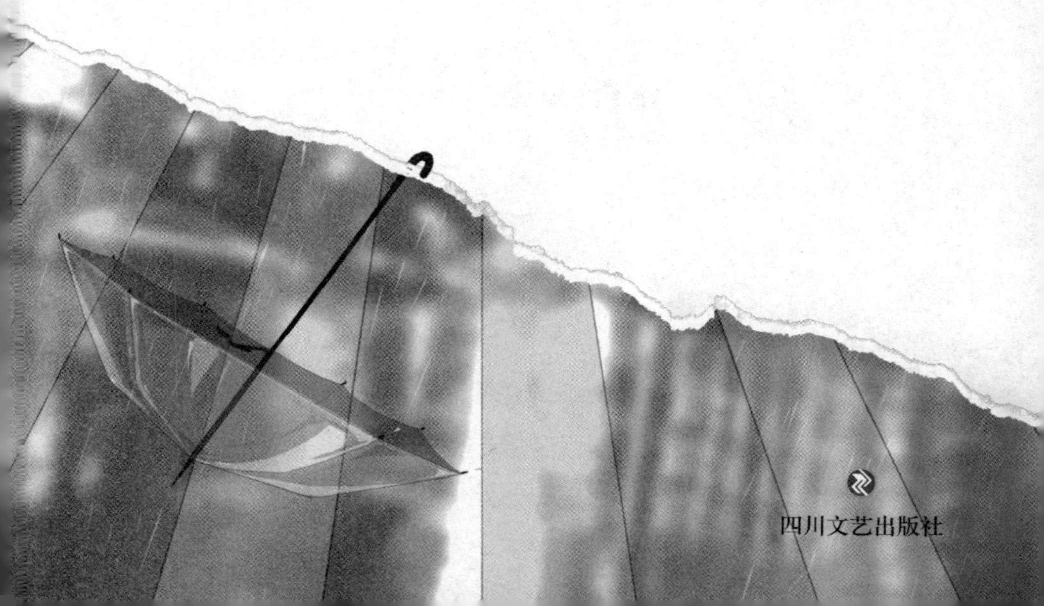

四川文艺出版社

目 录

下卷 · 渡

Chapter 13　终于失控　002
仿佛回到了他们第一次揭开窗户纸的那天晚上，周围人声鼎沸，只有他们这桌，像落入了真空。

Chapter 14　暗里喜欢　020
她彻底做了一把贼。

Chapter 15　风雨同行　038
我不放你，你看你走不走得成！

Chapter 16　她诉　056
想要一个人，是很难藏住心思的。

Chapter 17　佛祖盯着　072
周礼亲了亲林温戴上玉佛的脖颈，低声告诉她："我不走，佛祖盯着呢。"

Chapter 18　合住室友　085
我今天开始住你这里。

Chapter 19　"真"字　110
在这一刻，他们都回到了现实当中。

Chapter 20　我被蛊惑了　•141
林温逃也不是，迎战也不是。

160•　Chapter 21　江洲站
她踩在坑坑洼洼的石子路上，一步难，一步佳。

Chapter 22　旷野里的渡　•175
他会是她旷野里的渡，带着她由此到彼，
去往所有她想去之地。

197•　番外一　难得迷信
从现在开始，你和你的女朋友（男朋友），四十八小时内不能
用语言、文字以及口型对话，如果不照做，你们将在三天内分手。

番外二　暴雪求婚　•217
滚烫的唇间突然有了一丝沁凉，两人稍稍分开，仰头望向夜空。
纯白的雪花纷纷扬扬，像是黑夜里的萤火。

•265
番外三　长长久久
长长久久，白首一生。

Dunbar's number
Rule Of 150

下＿＿＿＿卷

"今天是多少天了？"

"第四十五天。"

"别再记天数了。"

"怎么了？"

"我不会放你。"

Chapter 13
终于失控

　　仿佛回到了他们第一次揭开窗户纸的那天晚上，周围人声鼎沸，只有他们这桌，像落入了真空。

　　也许是因为这人外形出众，也许是因为她等得有点儿久，进出商场的人形形色色，她却觉得周礼是最醒目的一个。可她跟周礼认识了这么长时间，早已经看惯他的外形。她明明也才在这里等了没多久，连冰激凌都还没吃一半。

　　"吃完这个还能吃下饭？"周礼在她面前站定，看了眼她手上拿着的白色冰激凌。

　　嘴唇冰凉，冻得有点儿麻，林温抿了一下，说："我胃没那么小。"

　　她的语气跟来时有些微不同，像是少了点儿兴致。周礼听在耳中，不动声色道："那走吧。"

　　两人说好先吃饭，饭后再去买电扇。

　　商场二楼以上每层都有餐饮，周礼没有自己做主，因为他每次问林温意见，林温多数时候也不会说"随便"，即使说了随便，也会加个前提。

　　她长了一张听话的脸，但心里总有自己的主意。

　　果然，他问林温想吃什么，林温回答："找家不用等号的。"

　　用餐高峰期，热门的几家餐饮店门口都在排位等号，剩下的韩料、日料或者烧烤不用排队，两人却都没什么兴趣。

　　最后他们随便挑了一家拉面馆，各点了一份三十九元的番茄牛腩面。

　　林温起初还觉得价格偏高，等面端上桌，她又觉得这家店太实在。

　　面碗比脸大，牛腩和番茄铺满一层，面条分量足够两人共享，她肯定吃不完。

服务员走前还告知他们:"面吃完了还能无限续。"

餐具不是一次性的,全都摆在消毒柜里。周礼取来了筷子和汤勺,分给林温时见她东张西望地在看别人吃面,周礼打趣:"怎么,是不是早知道叫一碗面就够了。要不你这碗打包,我再给你拿个小碗,跟边上那桌一样。"

边上那桌是母女二人,女儿才六七岁,母亲只点了一碗面,拿了只小碗挑出来分给女儿吃。林温的确吃不了一整碗,换作平时她或许还会点个头,故意说"那好啊",但此刻她确实兴致不高。林温一手拿勺,一手拿筷,抿了个淡笑道:"快吃吧。"

说着,她先舀了一勺汤喝。汤底刚过舌尖,眼前的碗就被对面的人端了过去,三两下,碗里的面条被夹走一半,接着,碗又回到原位。

林温缓缓咽下汤。汤先滑过舌头,味道极鲜,再滚入喉咙,又极烫。

过于美味的汤,最后却让人遭罪。林温喉咙不舒服,后半程她的话变少了很多。

电扇就那几个牌子,她不需要花里胡哨的功能,看了两家,她就选好了。

周礼把她送到小区,又和她一起下车,提前掐掉她的顾虑。

周礼道:"我帮你把电扇拿上去,就送你到门口。"

电扇带包装很重,林温没有拒绝。

走到六楼,周礼放下包装盒,林温拿出钥匙,准备等他走了再开门。

周礼却没马上离开,但也没有说话。两人一个低头,一个仰头,莫名其妙地无声对视。时间耗太久,感应灯自动熄灭,只剩一点儿微弱的光从五楼半的窗户里溜进来,堪堪能让他们看清彼此的轮廓。

"想不想说点儿什么?"周礼声音极轻,没有惊动感应灯。

"嗯?"林温也一样。

两人再次陷入沉默。电扇包装盒有半人高,挡在了他们中间,平白拉开了两人这些天原本已经靠得很近的距离。过了一会儿,周礼才又轻声开口:"你想好了吗?"

这话没头没尾,彼此却都知道这是在问什么。

林温骤然捏紧手中的钥匙,他们说话没有惊动感应灯,钥匙串的叮咚声却将感应灯惊醒了。六楼的灯早前坏过一回,林温自己买了灯泡换上,其他楼层的灯都是低瓦数，只有她房门前的灯是高瓦数。刺眼的灯光突然直射，林温忍不住闭上眼睛，下一秒她却被人托住了后脑勺儿，身体被迫向前，头顶偏右侧的位置被人的嘴唇很温柔地碰了一下。

短短一瞬，隔着头发，触感并不清晰，但林温再一次感受到了尾椎骨上升至头皮的酥麻，她猛然睁开眼。

周礼个子高，这点儿电扇包装盒只能挡住林温，根本挡不住他。他控制着自己今晚的情绪，也控制着分寸，到底没有太过越界。

周礼轻轻叹了口气，把人放开，他淡笑道："进去吧，早点儿休息。"

说完，他看了林温最后一眼，然后转身下楼。

林温双手搭在包装盒上，愣愣地站了一会儿，直到听不见半点儿脚步声了，她才咬了下唇，重新抖开钥匙串，找到大门钥匙。

开门进去，客厅没开灯，但主卧开着门，灯光从里面溢出。

"你回来了？"袁雪在卧室里喊。

"嗯，你吃过了吗？"林温把灯打开，将电扇挪进来。

"这都几点了，我要是还没吃，我宝宝不得跟我闹？"袁雪手上拿着东西，走出卧室说，"我今天逛街，重新买了戒指……咦，哪来的电扇？你自己买的还是公司福利？"

"自己买的，我用的那台电扇坏了。"林温边拆包装盒，边问她，"你买了什么戒指？"

袁雪抬起胳膊，展示自己的手背，说："喏，我把钻戒换成了这个。之前摘了婚戒，手指头空空荡荡的，太别扭了，今天正好逛街看到有活动，情侣对戒打六折，我让店员把男戒换成了女戒，我们一人一个。"

"我不习惯戴戒指。"林温说。

"戴着玩嘛，你试试。"袁雪拿出戒指，戴到林温的无名指上，"不错欸，大小挺合适。"

稍微有点儿松，林温感受了一下，问道："多少钱？"

袁雪大手一挥，说："打完六折白菜价，别问了。"

林温知道袁雪其实也想顺便送她件礼物，所以她没有推回去。

洗完澡林温回到阁楼，一边对着新电扇吹头发，一边拿起手机，翻到任再斌的微信号。他的朋友圈没有更新。林温曲着腿，下巴搁在膝盖上，蹙着眉，手指有一下没一下地滑动屏幕。直到困意袭来，她才放下手机。

第二天早起，林温上班前把垃圾带下楼。七点半不到，太阳还算温和，小区里的老年人推着婴儿车慢悠悠散步。垃圾投放点门口照旧聚集着一拨人，老阿姨们两个晃着婴儿车，一个牵着狗绳，一个打着扇子，音量故作压低却没低，像是在窃窃私语，引诱着旁人加入她们的聊天。

打扇的老阿姨看见林温，忙拍拍身边人，用扇子朝林温指了指。

推着婴儿车的老阿姨给了对方一个眼神，轻咳了一下嗓子，叫住人："温温啊。"

林温倒着垃圾回头，礼貌道："吴阿姨。"

"哎！"吴阿姨笑笑，"要上班去啊？"

"嗯，要去赶地铁。"林温倒完了垃圾，手上沾到点儿脏，她走到站点角落的水池前洗了洗手。

吴阿姨在她后面问："你这几天有没有跟你爸爸妈妈打过电话啊？"

林温不解："打过的。"

"昨天和今天呢，有没有打电话？"

林温关上水龙头，转身看向吴阿姨，问："没有。吴阿姨，是不是有什么事？"

吴阿姨跟身边三人对视一眼，才语重心长道："温温，你不能光顾着工作，有时间还是要经常关心一下你爸爸妈妈。那个李阿姨你知道吧，就是跟你们家情况一样的那个。"

林温一愣，过了几秒才说："我知道，李阿姨怎么了？"

李阿姨已经年近七十，按年龄，林温应该称呼对方为奶奶，可李阿姨跟林温父母是同龄人，所以林温叫对方阿姨。

"李阿姨她这两年搞迷信，经常跑到宁平镇去烧香拜佛，不知道把多少家底都扔进了人家寺庙里，简直像疯了一样。"

"还到处拉人，上次还想拉我过去，我是不太信这个的。"

"之前五一假期你爸妈不是刚好在这里嘛，那个时候你没在，你爸妈说你出差去了。你爸妈那几天总跟李阿姨聊天，我们那个时候没当回事，谁知道昨天李阿姨又去了那个寺庙，说这次要去那里住一个月，你爸妈也跟她一起去。"

"我们就是想提醒你啊，你李阿姨现在就一个人，也没人劝得了她，你爸妈幸好还有你，你有空还是要多关心关心他们。"

"这都二十多年了，你都这么大了，他们也该走出来了。"

四个阿姨你一句我一句，好心地将所知全告诉了林温，林温道了谢，扶了扶单肩包的带子，走出了林荫小道。一直走到小区门口，林温才拿出手机，拨通微信视频。母亲向来喜欢跟她通视频，这次的视频邀请却被她掐了。

过了几秒，母亲打来电话。林温含笑说："妈。"

"温温，你还没上班吗？"

背景似乎很安静，林温说："马上要去上班了，我想起来这个礼拜有几天调休，我回家看你们好不好？"

"啊，调休能不能换啊？"母亲迟疑道，"我跟你爸爸去旅游了。"

"你们去哪里旅游了？怎么之前没有提起？"

母亲支支吾吾："哦，旅行团有优惠活动，我们也是临时报的，要玩比较久，嗯，对，比较久，大概要一个月。"

"哦……"林温捏紧手机，说道，"那你们玩得开心点儿，要注意安全。"

挂断电话，林温在原地站了一会儿，才继续往地铁站走。

到了公司，林温如常先泡一杯黑咖啡，喝完投入工作，一直忙到九点多，她心慌意乱，终于熬不住，开口向组长请了一天半假，假期时间从今天到明天上午。

宁平镇的所在区从前是一个县，后来县改区，归属宜清市。宁平镇离宜清市很远，没有直达的公共交通，林温查了导航，去那里至少要两个小时，她担心今天赶不回，所以预留了明天上午的时间。

批好假条，林温拎上包，直奔地铁站。

另一边，周礼今天不用上班，但他也是早起。

他换了身休闲装，天微亮就开车出门，七点半到达位于半山腰的覃家别墅。

也许说小庄园更合适。覃家占地几千平方米，从大门跑到后院最角落得喘口气,泳池、球场配套齐全,别墅建筑面积七百多平方米。只是真正的住户稀少,覃家就剩了这么几个人。

覃茌尤正坐在客厅里看文件,另一边沙发上是她的一儿一女,两个不足六岁的孩子很乖巧,一直在安安静静看绘图本。周礼进屋,覃茌尤放下文件,笑道:"几次叫你,你都没空,看吧,那你就别想睡个好觉。"

周礼坐下道:"早饭还没开始?老爷子呢?"

覃茌尤说:"爷爷在后面练拳,还有一会儿。你饿了可以先吃些东西垫垫。"茶几上摆着点心,周礼随手拿起一块。

"你有时间也多来些家里,谁像你一样,中饭、晚饭不来吃,千请万请才能请你来吃一顿早饭。"

周礼吃着点心,随意道:"行啊,那从明天开始我顿顿来这儿吃。"

"你说到做到才好。"

"你欢迎就行。"

"谁会不欢迎你。"覃茌尤道,"连郑老他们都这么欢迎你。"

周礼淡笑,揩了一下嘴角的碎屑,捻着指尖没有接茬。

"你自己也多注意,商场上的关系一会儿敌一会儿友,现在郑老他们跟我们是敌,你也别跟他们走得太近。"覃茌尤像长辈似的说,"电视台的工作很适合你,你这几年收着心,做得也像模像样,千万别半途而废,那多可惜。"

周礼只管听,偶尔才敷衍一两句。不一会儿覃胜天从后院回来,覃茌尤从沙发上起身,周礼慢悠悠地掸了两下手上的点心碎屑,站起来叫了一声:"外公。"

覃胜天穿着很朴素,身边不跟着人时,他就像个普通的小老头。覃胜天看向周礼,开腔道:"哼,还认识路。先吃饭,吃完了去书房,我跟你好好聊聊。"

覃家提倡节俭,饭桌上都是普通的白粥油条、包子炒粉。不过吃饭规矩大,讲究食不言寝不语,连两个小孩儿都乖得像木头桩子。吃完饭,周礼跟随覃胜天进书房。覃胜天背着手转过身,下巴一指茶具,说:"沏茶。"

茶具做工精美,已经有二十年历史,周礼小时候第一次在这儿学会沏茶,用的就是这套茶具。不一会儿茶沏好,覃胜天慢慢品着,开口道:"想好了没有,什么时候来我这里?"

周礼端起茶杯，也喝了一口。

两个人一谈就谈到快中午了。周礼没留下吃午饭，他离开别墅，又开车去了汪臣潇那里。

汪臣潇接到电话后从公司跑下来，稀奇道："你怎么来了，找我有事？"

周礼开门见山："任再斌有没有联系你？"

"啥？"汪臣潇一脸蒙，"他为什么联系我？他不是在旅游吗？"

周礼靠着车门说："你确定？"

昨天傍晚，他停好车，走去商场的路上他看见了徐向书。他对徐向书印象还算深刻，毕竟林温身边少有异性。徐向书和一个女孩儿一人拿着一支蛋筒，边吃边说话。

"你跟那个林温聊这么久，就光聊你那两个同事？"

"那是因为我之前跟她提起过，我那两个同事当初辞职跑去旅游，我别提多羡慕了。现在他们要从藏区回来了，我也就跟她顺嘴一提。不过我跟她哪里聊了很久，不就是买了个蛋筒的工夫。"

"哼，谁知道你……"

剩下的他没听，也就擦肩而过的这点儿时间，他已经听到了让林温昨晚变得异常的原因。

这会儿汪臣潇挠了挠头，不知想到什么，他突然拿出手机，打开微信，翻出了任再斌的聊天框。

"……还真是！"

最后一条聊天记录就在前天晚上十一点四十八分，当时汪臣潇在老纪烧烤摊喝得酩酊大醉，正等着周礼来接他，完全忘记自己曾收到过这条微信。

周礼抽走汪臣潇的手机，看见了任再斌的留言。

"老汪，我下周回来，你们最近怎么样？林温呢？"

汪臣潇嘟囔："你怎么知道任再斌要回来了，他也联系你了？"

周礼把手机扔回给他，汪臣潇赶紧接住，说："你小心点儿，我还没工夫换新手机！"

"行了，上去吧。"周礼说。

"你叫我下来就这点儿事？"

"请你吃午饭？"

"我谢谢你，也不看看现在几点，我还要饿着肚子等着你请午饭？"

汪臣潇不再耽搁，匆忙返回大厦。周礼急着走，他拿出手机，拨出林温的号码。响到自动挂断，始终没人接。周礼靠着车门，按下打火机。室外风微大，他拢着岌岌可危的小火苗，低下头，慢慢点上一支烟。

宁平镇的附近城镇有高铁站，但来往宜清市的高铁每天只有一班，时间在下午五点。林温等不及高铁，她查好线路，先坐地铁到公交站，再乘半小时公交，接着转大巴车，两个小时后才到达镇上。

空气又湿又闷，看起来像要下雨，下车后林温有点儿反胃。

大巴站边上有家小卖铺，林温进店买了一瓶矿泉水和一份关东煮。

关东煮的食材较为劣质，但汤还算好喝，林温喝下大半碗汤，止住胃里的恶心后，她向小卖铺老板娘打听寺庙。

宁平镇地方小，那间寺庙在网上也无迹可寻，林温担心父母，但理智尚存，她不敢盲目闯进陌生地方，在路上时她甚至考虑过是否需要求助警方。

老板娘在看电视剧，一心二用地回答林温："那个寺庙啊，离这里很远的，坐公交车的话你要走很多路，还不如打个车。"

林温斟酌着问："那个寺庙很有名吗？"

"那是的呀，很多外地的大老板都跑到这里来烧香。"

"你们当地人也会去吗？"

"去啊，不过我平常没时间，过年的时候才会去，我婆婆初一、十五都会去那里。"

林温心下稍松，又试探道："那去里面烧香，一般要给多少钱？"

"这个随意好嘞，你有钱的话给个几百、几千元，没钱的话不给也没关系。"老板娘指了下店内角落，"小姑娘，你是要去烧香是吧？我这里也有香卖的，寺庙门口的香价格翻了好几倍，你去的话可以在我这里提前买好。"

林温没有买香，她向老板娘道了谢，吃完关东煮，将盒子扔进店内的垃圾桶，林温又买了一把雨伞。黄梅季节来临，大雨说下就下，室外水泥地溅起大片水花，林温雨伞撑开一半，望了望天，她又折回去问老板娘有没有雨衣。

"有的，你去那边那个货架找。"

林温拿了一件雨衣，在手机上叫了一辆出租车，三十分钟后终于到了位处偏僻郊区的寺庙。大雨一直没停，林温穿着雨衣小跑进庙，看见许多人打着伞往一个方向去，她也跟了上去。

这些人里男女老少都有，互相交谈的模样像是相熟已久，林温跟着他们兜兜转转，从前殿转到了一处小院。

踏进院门，她脚步一顿。

院子不大，此刻角角落落到处挤满了人。身披袈裟、看模样像是住持的老僧人从不远处走了过来，他的身边跟着几位年轻僧人，其中一位僧人替他打着伞。

淅淅沥沥的雨中，老僧人所过之处，信徒们纷纷下跪，同时双手高举，争先恐后奉上现金。林温震惊地望着这一幕，完全忘记了反应，直到注意到个别人跟她一样没有下跪，她才回过神，在那几人中发现了她的父母。

父母身边就是那位李阿姨，李阿姨同样跪在地上，手上抓着几张大钞，期待着老僧人的走近。林温收拢住她特意买的雨衣，抓着帽子遮挡住脸，倒退一步，将自己隐藏在门框后面。

"林温？"

似乎听到有人叫她的名字，林温不确定地顺着声音望过去。

前方假山旁站着一个撑伞的女人，女人转着身，正好奇地打量她。

"真的是你啊，林……"

林温怕父母会注意到这边，她把手指竖到唇前。女人一愣，随即点头，朝四周看了看，她一个闪身，来到了门后。

"你还记得我吗？"女人问她。

林温原本不一定还记得对方，毕竟她和对方只有一面之缘，但因为周礼，所以她对这人的记忆清晰了起来。

"你是齐舒怡？"周礼的上一任相亲对象。

齐舒怡一笑，说："真没想到你居然还记得我。"

林温浅浅地牵了下嘴角,说:"你不是也还记得我嘛。"

齐舒怡闻言,挑了挑眉,并没有解释她记得的原因。

"你怎么会来这里?"齐舒怡问。

林温没有答,她反问:"你呢?"

"我啊,我来这里做研究。"

"研究?"

"我之前有没有跟你说过我是学心理学的?我是心理学博士,"齐舒怡道,"还在读。"

林温并不清楚她的背景。

齐舒怡想到林温先前的举动,推测道:"你的亲戚朋友在这里?"

林温看了一眼远处的父母,这次回答了对方:"嗯。"

齐舒怡了然,视线重回院子里,说:"你不是第一个因为担心亲戚朋友,所以跟来这里的人。"

林温不由得看向她。

齐舒怡给了她一个安抚的笑,说:"不过你放心,这家寺庙手续正规,不是什么违法组织。只是香火太旺盛,信徒跟其他地方的不太一样。"

确实不一样,林温从前也去过寺庙,见过信徒跪拜天空奇景、放生生灵、捐赠金佛的情景,但从没见过一群人跪拜僧人、争抢着奉上现金的。

林温不想被父母发现,在那群人陆陆续续进入屋舍后,她跟着齐舒怡来到厨房。

"午饭吃了吗?"齐舒怡问她。

"还没。"

"那在这里随便吃点儿。"

厨房里还剩不少斋菜,齐舒怡问过僧人后端来两份素面条。

林温之前吃过关东煮,所以并不是太饿。她挑着细面条,问齐舒怡:"你来了多久?"

"我昨天来的,你呢?"

"刚刚。"

"就你一个人?"

"嗯。"

"你有什么打算？"

林温摇头，她还不知道。齐舒怡说："那就先看看吧，下午这里有个交谈会。"

交谈会在一处小殿举行，地方小，现场座无虚席，住持先讲了一会儿佛理，接着轮到其他人。林温跟着齐舒怡坐在一个便于隐藏身形的角落，看着信徒们一个一个走到中央，讲述自己的故事。

李阿姨也上了场，她年纪不到七十，比林温母亲小三四岁，但看起来比林母还要苍老。

"我以前总是折磨自己，折磨自己去想为什么偏偏是我，为什么要我承受这种痛苦。我把孩子养这么大，他就这么没了，我的精神直接就崩溃了，后来我的丈夫也离开了我，剩下我一个人苟活在这世上，我甚至想过无数种自杀的方法，直到我的朋友带我来到这里。"

诉说完痛苦的经历，李阿姨又声情并茂道："现在我不这么想了，我知道，一切都是因果。以前我家里出现老鼠，我会打死它，现在我家里再出现老鼠，即使它从我脸上爬过，我也不会再动它！"

林温微张着嘴，下意识地看向齐舒怡。齐舒怡面不改色，听得极其认真。

很快，轮到了林温父母，林温一下正襟危坐，这回换作齐舒怡看向她。

林父和林母一齐走到中央，夫妻俩对视了一眼，林母缓缓开口："我……我有过一个儿子，他特别特别优秀，他长得好，学习好，人也孝顺懂事。他特别会画画，我没有给他报兴趣班，他全靠自学。他也特别喜欢阿凡提，小学的时候每次班里有什么活动，他都会上去讲阿凡提的故事。高中的时候奥数竞赛，他拿过好几次一等奖！但是他走了……

"他走了二十四年了，他走的那天，我痛不欲生，也是在那天，医生告诉我，我怀孕了，我拼着最后一口气挺了过来，我那个时候就想，是不是他还没走，我的儿子又回来了……"

母亲的声音温和慈爱，林温已经听了二十三年。

林温安安静静听完整场，结束后她又远远跟在父母身后，目送他们回"寝室"。

齐舒怡介绍："这栋楼是有钱老板出资建造的，里面住宿环境还不错，有合寝也有单间,我住二楼单间。"

林温点头。齐舒怡又问:"你今天要不要也住这里?"

林温想了想,说道:"我还要回去上班。"

齐舒怡看了下时间,说:"那得尽快走了,再晚就不方便了。"

林温跟她道了别,独自走到寺庙门口叫车。

手机里有未接电话和几条微信,先前庙里太吵,她没听见铃声。

林温的手指滑过"周礼"的名字,没有回拨电话。她退出通话界面,只给袁雪回复了一条微信。大约寺庙位置太偏,林温迟迟没等到司机接单。她索性跟着导航慢慢走,一直从夕阳西下走到天黑,她竟然也没觉得腿酸。

袁雪收到林温的微信回复时,正在搬家。汪臣潇和周礼都来了,两个男人帮她把行李拎下楼。东西全放进后备厢,汪臣潇问:"还有没有落下的?"

袁雪道:"应该没了,落下了再来拿就是了。"

"行,那上车吧。"汪臣潇道。

周礼看了眼时间,问道:"林温还没回你?"

"嗯?"袁雪掏出手机,这才看到十几分钟前收到的回复。

"这姑奶奶总算看见消息了……她说她今晚加班,不能来帮我搬家了。"袁雪说。

"没事没事,反正有我呢!"汪臣潇殷勤道。

袁雪给了他一个淡淡的白眼,低头给林温回复,忽然听见周礼说:"问问她加班到几点。"

袁雪一愣,问:"干吗?你找她有事?"

"嗯。"周礼惜字如金。

袁雪瞥了眼周礼,低头重新打字。过了会儿她收到消息。

"说不准。"袁雪重复林温的话。

袁雪的新住处就在附近,搬完家,三人就近吃了一顿晚饭。

周礼吃完离开,开着车,他又回到林温家楼下。

解开安全带,周礼望向六楼。

灯全都没亮。他看了一眼腕表,调低座椅,放松身体休息。

一个小时后,周礼下车散步。

两个小时后,周礼点了一支烟。

三个小时后,周礼给林温发了一条短信。

四个小时后,电话终于接通。

周礼松了下绷得紧紧的脸颊,调整好语气,他故作轻松道:"林温?"

"……嗯。"

"你在哪儿?"

"外面。"

林温说话向来轻声细语,但她此刻的音量比以往都轻,背景声却又格外嘈杂,如果不仔细听,根本听不到她在说什么。周礼皱眉,问:"外面哪里?"

林温说:"中学对面。"

"……我现在过来。"

"好。"

听到干干脆脆的"好"字,周礼一顿,放下手,他看了眼手机。

没多耽搁,周礼随即把手机撂到一边,系上安全带,一脚油门,转眼就到了中学路口。靠边停好车,周礼穿过马路,走到老纪烧烤摊前,在林温对面坐下。

桌上摆着一盘油滋滋的烧烤和两小瓶白酒,白酒一瓶已空,一瓶即将见底,喝酒的人脸颊微红,眼神有点儿轻,暂时看不出到底醉没醉。

"夜宵?"周礼拿起即将见底的那瓶白酒,对着路灯轻晃两下,看看还剩多少酒液。

"是晚饭。"林温说。

"现在才吃?"

"我坐了快三个小时的车子,没来得及吃。"

"去了哪儿?"

"宁平镇,知道吗?"

"嗯,知道。"

"我去的时候那里下雨了。"

"是吗？这里没下。"周礼问，"去那儿做什么？"
"……去出差。"林温说道，"我还碰到了齐舒怡。"
"齐舒怡？"周礼挑眉。

林温点头，问："是不是很巧？"
"嗯。"周礼并不关心这个，他问，"然后呢？"

林温握着酒杯，垂眸说："没什么然后，我明天还要上班，所以就先回来了。"

周礼看着她的动作，她的无名指晃得刺眼。

周礼收回视线，若无其事道："是不是吃得差不多了？我送你回去？"
"你要不要吃点儿？"
"我不饿。"
"哦。"
"剩下的给你打包？"
"周礼。"林温忽然打断他。
"嗯？"

林温看向他，抿了抿唇，说："任再斌就快回来了。"
"嗯，所以呢？"

周礼表情一点儿没变，林温顿了顿，才又继续道："我也想好了。"

周礼靠向椅背，手指摩挲着一直没放下的玻璃酒瓶，略微垂眸，他看着林温，问："答案？"

"我们不合适。"林温轻声道。

"是吗？"周礼轻飘飘地回了两个字。

两人不再说话。仿佛回到了他们第一次揭开窗户纸的那天晚上，周围人声鼎沸，只有他们这桌，像落入了真空。

过了很久很久，林温才拎着包，慢慢站了起来，说："那我先回去了。"

她喝了两瓶高度白酒，意识其实还清醒，但头到底有点儿晕。

林温走出座位，一步，两步，经过了周礼身边，还差一步，就能跟他错开。

下一秒，周礼捉住了她的手腕。周礼声音淡淡地问："我们哪里不合适？"

耳朵听来的声音有点儿空，林温讷讷道："……我不想让关系变得复杂。"

"这个理由你已经说过了。"

"……我不想听闲言碎语。"

"这个理由你也说过了。"

林温转头，问："你能接受我前一刻还在跟他亲热，下一刻就跟你亲热？"

周礼用了力，掐紧了她的手腕。他语气平静："你跟他已经分手几个月了。"

林温忍着疼，说："才不到三个月。"

"够久了。"

"不够，我觉得恶心……"

前一句还很温和，后一句，血液里横冲直撞的酒精让林温忍不住脱口而出："我做不到无缝衔接，只要是在你们中间我就觉得恶心！"

"呵……"周礼突然站起来。从昨天林温的魂不守舍，到今天她的不理不睬，守在她楼下足足四个小时，却守来一句她嫌恶心。周礼已经憋足了两天的火，他从来就不是一个好性的。他再也忍不住，将林温猛地拽近，质问："到底是你觉得恶心还是你舍不得他？！你是缺心眼还是眼瞎！"

两人脸快贴上，林温吓一跳，推他说："你有病！"

"你也有病，你这病好治！觉得在我们中间恶心是不是？"周礼拽着她，面朝人行道上的一整条街的大排档，说，"我给你一个过渡的时间，你现在给我挑一个！"

林温一愣。

大排档上全是一些歪瓜裂枣啤酒肚，"没顺眼的？"周礼说着，拽着她过马路，利落地将她塞进了车里。

林温后知后觉，上车才反应过来周礼先前那句话的意思，她面红耳赤地去拽车门，可是已经晚了，车门上了锁，车也失控似的冲了出去。

林温倒还记得要系上安全带。

风驰电掣一样的速度，转眼车子到了酒吧街，林温来过这里。

周礼打开车门，将她拽下来，指着街上来往的人问："有没有顺眼的？"

"……你够了！"林温使劲抽胳膊，无名指在夜色灯火中熠熠生辉。

"进去给你挑。"周礼将她拽进了酒吧。

这家酒吧林温曾经来过，今晚的音乐和那回一样，摇滚乐队在台上疯狂嘶吼，激烈得像要掀了屋顶。周礼指着一堆男的冲她说："来，你给我挑一个，今天晚上我帮你守门，轮完他了轮到我！"

林温脸红筋涨，带着酒气使劲推他，说："你神经病！"

朋克女大老远就看见了这边的争执，她急匆匆跑了过来，问："怎么了怎么了，老周你带朋友来啊，给你个包厢还是卡座？"

"这儿没你的事。"周礼冲朋克女道。

林温也有了气，这股气不确定到底是从哪里来的。也许是因为白天的刺激，也许是因为两瓶白酒下肚，也许是因为周礼的口不择言。

她推不开人，索性破罐破摔，说："你放手！不是要我挑人？我现在就去挑！"

周礼死盯着她，反而更用力地将人拽紧。

林温不管不顾，低头往他手背上一咬，周礼没防备，吃痛之下松了手。

林温晕乎乎地转身，随手拉过一个男的跟他说话。

朋克女着急，问："你们这是干吗呀？"

周礼盯着林温的后背，捏着被咬出深牙印的手，没有动作。

直到林温找到第三个男的，说完话后两个人朝包厢的方向走去。

酒吧有两个包厢，今晚全没人。林温跟着男人走进第一个包厢，门一关，周围本就昏暗的光线骤然消失。

仅剩一点儿光源，来自门上的小窗户。

窗户外站着一个人，对方个子高大，双眼皮略狭长，脸部线条硬朗流畅。他背后的那点儿光昏黄幽深，像极了今天傍晚，从夕阳西下到黑夜降临。

那一路林温走了近五十分钟，她双腿不知疲倦，记忆也像上了轴，失控似的转个不停。

父母把对哥哥的爱加倍给了她，当感情中掺杂了其他，爱就不再那么纯粹。

她不喜欢画画，也不喜欢阿凡提，但她报了美术培训班，也学会了阿凡提的故事。因为这点儿小特长，她刚升初一，就当上了文艺委员。

小学升初中的阶段，有人早熟，也有人晚熟，她从小身体不好，所以小学时她个子长得特别慢，脸也是肉嘟嘟的。

但是进入初一后,她开始像同龄女生那样发育,个子抽高,五官也长开了,她知道自己漂亮,但她心里还当自己是儿童,也没想到她这点儿被迫学会的小特长在平庸的班级里其实特别醒目,更没有意识到现在的初中生大部分都早熟。

直到班里男生扯她的辫子,堵她的门,把她推来推去。两个关系特别好的男生将她堵在中间,她以为他们是要欺负她,其实他们是想趁机抱她一下。她从这个人的怀里,被推到那个人的怀里,她被气哭,这两个男生互相推卸责任,一言不合就打了起来,从此不再称兄道弟。

几乎所有人都目睹了这一场闹剧,污言秽语开始流传。

两个男生中的一个,是班里性格最开朗、人缘最好的女生所喜欢的人。每个团体里都会有这样一个核心人物,女生性格好,能力也强,有很强的号召力,从这女生开始,渐渐地,班里所有的女同学都不再理她。

从那以后,她上厕所一个人,吃饭一个人,作业收不齐,文艺节目排不了,她没有了朋友,周围从此只剩下男生,男生帮她收作业,男生帮她排节目。又因为只剩了男生,恶性循环,连偶尔会悄悄搭理她一下的女同学,也不再给她一个好脸色。她鼓足勇气求助班主任,班主任却没怪骚扰她的男生,也没怪迁怒她的女生,反而质疑她。如果她足够检点,一切都不会发生。

于是她被迫戴上了面具。傍晚五点到早晨七点,她在父母面前强颜欢笑。早晨七点到傍晚五点,她生活在孤岛。那种孤独让人恐惧,也让人发疯。张力威让她去参加同学会,她有病才会去。

林温视线逐渐模糊,原本没觉得酸疼的腿,这一刻突然酸了起来。

小窗外的那个人还在,他额前的碎发耷着眉尾,目光深沉,一直在看着她。看得她心烦意乱,却又心跳如鼓。

周礼绷紧着下颌,望进黑暗,直到他似乎看见黑暗中一闪而逝的水光,他一脚踹了进去。酒吧包厢门不能装锁,门轻而易举被踹开,反弹声"砰砰"数下,像地动山摇。朋克女在后头"欸欸"叫着,包厢里的陌生男人傻愣愣地站着。周礼绷着脸,克制地说:"出去。"

男人看看林温,又看看他,闪身跑了出去。

周礼将门碰上,缓步走到林温跟前。他捧起林温的脸,看着她睫毛上挂着的水珠，这水珠似乎带上了浓郁的酒意。过了几秒，周礼低声："轮到我了。"

"……神经病。"林温轻轻道。

周礼问："你醉了？"

"……没有。"

周礼低头，顿了一顿，然后亲了一下她的嘴唇。

林温屏息。两人鼻尖对鼻尖，周礼感受不到她的呼吸，他再次低声："你醉了。"

蹭蹭鼻尖，周礼又轻轻啄了一下。林温依旧没有呼吸。

"醉了。"周礼耳语似的低喃，第三次亲了她一下。直到林温因为憋气涨红了脸，周礼才一手扣住她的后脑勺儿，一手掐紧她的腰，用力给她渡气。

林温摔到了茶几上，周礼将她抱起来。

包厢门关着，室内依旧昏暗，空气却横冲直撞，乱作了一团。

Chapter 14
暗里喜欢

　　她彻底做了一把贼。

　　朋克女担心出事，一直待在门外不敢离开。等了一会儿，她没忍住，悄悄望进小窗户。

　　娱乐场所的包厢门通常都会开个窗口，也不允许上锁，就为了谨防客人在里面胡来，也方便警方突击检查。包厢内乌漆墨黑，但也没到伸手不见五指的地步。沙发上倒着个人，看背影是周礼，剩下那位被他遮住了。两人总不至于在打架，朋克女咋舌，非礼勿视。

　　"我说怎么到处找不着你，你躲这儿偷懒呢？那边急着叫你，快过去！"大花臂大步流星走了过来。

　　朋克女摆摆手，压着嗓子说："小点儿声！"

　　"干吗呢？"大花臂瞟了眼边上的包厢，"里面有人？"

　　"嗯。"朋克女点头。

　　"谁啊？你怎么跟做贼似的。"大花臂好奇，想靠近窗口。

　　朋克女抵住他，说："欸欸，干吗，干吗！"

　　"嘿，你才干吗呢，看都不让看。"大花臂问，"里头到底谁啊。"

　　"老周。"

　　"哪个老周？"

　　"你还认识几个老周，周礼啊。"

　　"周礼在里面？怎么连灯都不开。"大花臂更不解，"你还鬼鬼祟祟的。"

　　"啧。"朋克女朝包厢偏了下头，饱含深意道，"里头还有个小姑娘。"

大花臂瞪目，看了眼包厢门说："我没想歪吧？"

"谁知道你脑子里整天什么颜色。"

"那这里面现在什么颜色？"

"看不见啊，这不是黑不溜秋。"

"老周能耐啊，要么万年光棍，要么一整就给我整这么劲爆。"

"喊，这就是你们男人，什么德行！"朋克女指使他，"你去把锁拿来。"

"要锁干什么？"

"不是说那边找我嘛，我走了你看着？"

"干吗要看着？"

"没见着这么多人走来走去？待会儿要是谁不长眼推开门，把人好事给坏了。"

"……你想得可真周到！可别把人吓出个好歹。"

朋克女："……"

锁好门，两人赶紧先去忙自己的事。

大门隔音效果好，震耳欲聋的音乐基本被阻挡在外，包厢内粗重混乱的呼吸声反而喧宾夺主。林温撞到茶几后就被周礼抱到了沙发上，她完全失力，大脑似乎也缺氧，揪着周礼背后的衣服布料，她在黑暗中放纵着自己。

直到快喘不上气，林温才自救似的挣扎了一下。周礼稍稍离开她嘴唇，两人急促的呼吸相撞在一起，依旧滚烫灼人。

周礼看着她，她的视线也同样。四周漆黑，离得近才能看见彼此，退后一步都不一定能辨清轮廓。

两人谁都没开口说话，语言成了多余。

周礼再次低头，轻轻地亲吻她，林温闭上眼，回应着他的温柔。

渐渐五指相扣，周礼碰到了明显的障碍物。撩起眼皮，他看了林温一眼，然后一边亲着她，一边取下了她无名指上的那枚戒指，随手一扔，戒指滚地，一声脆响。

林温忽然感觉到指上一空，她睁开眼，还没做出反应，包厢门这时发出"嗒"的一声，像被什么东西小小地撞了一下，林温彻底惊醒。

以为有人开门，她猛地推开周礼，撑着沙发坐起来。

小窗口上晃过一颗脑袋，林温认出是上次见过的大花臂，周礼也看见了。

周礼起身，先看了看林温，才走到门口。

窗外没见到人，周礼又回头看了眼林温，见她已经端坐好，他才去拉门。

拉了一下，没拉开，有明显的阻力，外面门把又传来"嗒嗒"两声，像是锁晃动的声音。周礼试着再拉几下，拉不开。他回头道："门被锁了。"

林温站了起来，问："打不开吗？"

她不知道包厢里面是上不了锁的，以为是门锁一时打不开。

周礼跟她解释："是外面锁上了。"

估计就是那两个家伙干的，周礼猜到了缘由，从口袋里掏出手机，他给大花臂打电话，响了半天没人接。又给朋克女打了一通，依旧没人接。门外也没人经过，周礼道："待会儿再打。"

林温点点头。酒还没醒，林温头有点儿晕，血液还灼烧着，心跳频率也不齐，脸颊滚烫滚烫的。

林温坐了下来，周礼却靠门站着，没有马上回去。

两人又没说话，室内温度似乎还维持在之前的高温状态。

过了一会儿，周礼才开口："困吗？"

林温摇头，摇完才意识到灯到现在都还没开，"不困，"她说道，"你开下灯。"

门边上就是灯开关，伸手就能够着，周礼却道："等会儿。"

林温不解，问："为什么？"

周礼随口道："防偷窥。"

"……"林温瞟了眼窗口，现在连个鬼影都看不到。

"开灯，我找下戒指。"林温总算想起这回事，"你为什么扔我的戒指？"

周礼没说为什么，他道："你想找就摸黑找吧。"

"……"林温自食其力。她从沙发上起来，走到门口，想找开关。

开关就在门边，林温抬起手刚要按，周礼一把搂过她的腰。

"这么喜欢戒指？"周礼低头问。

周礼的身上仿佛沾了酒香，林温觉得她大脑还是有点儿缺氧，问："你为什么扔我的戒指？"她重复一遍问题。

周礼依旧没说为什么，"下次赔你一个。"他道。

"不用，"林温说，"又没丢，找到就好了。"

"别找了。"

林温摇头，说："不行。"

周礼问："要是找不到呢？"

林温说："那就算了。"

"那你就当没找到。"

"我还没找。"

"找了，你没找到。"

林温推了他一下，问："你当我真醉了？"

周礼一笑，亲了亲她，问："你真的清醒？"

"嗯。"林温说。

周礼道："那你明天别不认。"

林温垂眸，这次没有应，过了几秒，她又伸手去摸开关。

只是周礼搂着她，距离远了，不太好够。林温伸长手臂，眼看手指快要碰到开关，周礼勒了一下她的腰，又往边上走了半步。

林温眼睁睁看着她的指尖和开关错过，她看向周礼。

周礼道："我说了，你想找就摸黑找。"

"……为什么？"

"省电。"

"这家酒吧是你的？"

"这是环保。"

"……"林温生气地推了他一下，说："放开我。"

周礼没放。

"我现在要去环保地找。"林温道。

"……"周礼松开手。

林温转身，看了看黑漆漆的屋子。

她的包好像落在周礼车上了，手机在包里，不能打手电。

林温往里走，搜寻沙发周边。太黑了，光看不顶用，她蹲在地上一点点用手摸。

地上脏，一摸就摸到了灰，林温看了看手掌，也看不清灰尘的颜色，手都脏了，她继续摸地。从沙发这头一直摸到沙发那头，什么都没摸到，林温半跪着，侧头看向沙发底下。

她长发铺到了地上，周礼眯了眯眼，终于从门口走了过去。

林温的头发细软却浓密，从没染过色，阳光下黑亮，摸起来丝滑，养护得极好。

周礼捞起她的头发，护在自己手里。林温回了下头。

"你继续。"周礼只管她的头发。

林温继续摸索。沙发尺寸深，再往里她够不到。林温觉得戒指很可能就在墙根，她脑袋探进去，整个人快要趴下来。

在她即将趴到地上的前一刻，周礼终于动手。

他从她背后将她抱起，像箍根柱子似的，直接将人箍进了包厢里的洗手间。

把人夹在水池前，周礼环着她，打开水龙头，捉起她两只手，给她左手搓两下，又给她右手搓两下。

卫生间的灯也没开，这里一点儿光都没有，才是真的伸手不见五指。林温不自在地往前挪，腹部顶到了大理石材质的水池，一阵冰冰凉凉，没了再往前的空间。

"我自己洗……"她小声说。

周礼让到旁边，跟她保持了一点儿距离，顺手拿起洗手液。

"手。"

"什么？"林温看不见。

"给你挤点儿洗手液。"周礼道。

卫生间的开关就在边上，这回林温却没想去摸开关。她只是挪了下脚，和周礼又稍微拉开一点儿距离，然后伸出手。周礼视物比林温强，他将洗手液瓶口对准了林温的手心。不一会儿洗完手，周礼又牵着林温出去。

坐回沙发，两人也都没提开灯。茶几上摆着一个小银盘，周礼摸到两颗糖，分给林温一颗。周礼问她："你之前怎么跟那男的说的？"

林温反应了一会儿才想起周礼说的是谁。林温抿了下唇，才道："我说有人在追求我，请他帮忙演场戏，好让对方死心。"

周礼笑了一声。

过了一会儿，林温轻声问他："如果我来真的呢？"如果她和陌生男人来真的。

周礼捻了捻手中的糖，淡淡道："得看你会不会有这机会。"

摇滚乐从门缝里溜了些进来，两人在激烈的音乐声中平静地剥开糖纸，将糖含进嘴里。

进酒吧的时间是凌晨零点四十分，现在是凌晨一点十五分。林温在酒精和生物钟的作用下渐渐合上了眼。周礼终于能开灯了，却没了开灯的必要。他侧过头，亲了亲林温的嘴唇，两人唇间甜味相同。周礼搂着人，靠着沙发头枕，也闭上了眼。

周礼没打算睡觉，他只是想养一会儿神。平常他很能熬夜，但现在他闭上眼睛没多久，精神就完全懈怠了，等他再睁眼时已经过了三点半。

周礼点开手机，大花臂和朋克女还没回应，摇滚乐仍在继续。

包厢外的世界嘈杂疯狂，日夜颠倒，包厢里却温暖平和，时间流逝得也温柔。

周礼看了看怀里的人。她睫毛底下有点儿阴影，显然她这几天的睡眠质量并不好，这会儿她倒睡得熟，呼吸清浅。酒香混着糖果的香甜，像是最佳的助眠香薰。难怪连他都抵抗不了睡意。

手机熄屏，骤然看不清了，周礼点了一下屏幕，林温的脸重新出现在微光中。这张脸比九年前更漂亮，九年前她到底还小，十四五岁的初中女生，五官仍旧稚嫩青涩。

他第二次见到她时，她已经完全长大，那张脸如同此时此刻，漂亮得让人在人群中一眼就能捕捉到她，但她的气息又太温柔，这种漂亮加温柔，弱化了几分惊艳，反叫人更心生亲近。

周礼其实没想过会再见到她，也没想过时隔多年，他竟然能将她一眼认出。

那时任再斌研三在读，某天他突然宣布自己交到了一个女朋友。周礼兴趣不大，他的生活被繁忙的工作填满，事业上升期，他一天当两天用，各种应酬交际烦不胜烦，和好友聚会聊天是他难得的放空时段，他懒到连话也不想多说。肖邦和汪臣潇却很好奇，各种打听，还想看照片。

任再斌说："她是我们隔壁大学的，今年大三。"

汪臣潇道："你行啊,老牛吃嫩草!"

肖邦评价："差四岁,又不是差十四岁。"

汪臣潇说："那也是他赚了!"

肖邦道："你还想不想听?"

于是任再斌继续,把他们如何相识相知相恋,一五一十全说了。

两个人是在联谊活动上认识的,女孩儿文静漂亮,不怎么跟人说话,任再斌一见倾心,鼓足勇气展开追求,从买饭送伞,到相伴图书馆,追了很久他才牵手成功。任再斌翻出手机照片,肖邦和汪臣潇头靠头凑近看,两人异口同声:"漂亮!"

周礼没凑这个热闹,公事电话打断了他的放空时刻,他打了声招呼就走了。

后来,任再斌张口闭口都是他这位小女友。

小女友太漂亮,得到了他如今室友的一致好评。

小女友特温柔,大声说话对她来说是高难度动作。

小女友尤其贤惠,烹饪手艺无人能敌。

小女友超听话,他让她做什么,她就做什么。

周礼听得耳朵生茧。

再后来的某天,周礼没去上班。他早上六点不到起床,晨跑回来吃早餐,吃完看了会儿早间新闻,然后拿上车钥匙出门。两个小时后,他目送周卿河登上了前往港城的飞机。这是周卿河出狱后的第十一天,周卿河在登机前对他说的最后一句话是:"我只是遗憾,我错过了你的大学时光。"

从机场出来,周礼漫无目的地开着车。这座城市很大,他从小生活在这里,但也没将各个角落走遍,至少这一天,他觉得到处都陌生。

等油量快耗尽时,他才发现他已经到了大学附近。周礼进熟悉的学校里逛了一圈,最后去了任再斌的寝室。任再斌不在,他的室友认识他,给他开了门。

他今天起得太早,身上总没劲。不用上班,一整天都能闲着,他索性去任再斌的上铺补眠。睡梦中周礼断断续续听见男女对话声。

男的说:"你帮我洗吧。"

女的说:"好。"

男的愉快道:"我给你拿脸盆!"

女的很平静："你把洗衣液也拿过来。"

不一会儿，男的说："给。"

"你来倒吧。"女孩儿指挥。

过了一会儿，女孩儿轻声细语地教学："深色、浅色要分开浸泡，这两件材质不一样，这件浸泡一会会儿就好，这件浸泡久一点儿。"

周礼被吵醒，他从床上坐起，看向斜下方的那面长方形镜子。

他是个务实主义者，在此之前，文艺用词跟他搭不上半点儿边，但在这一刻，他忽然想到了几小时前他在机场听到的那个词——时光。

六年的时光，小女孩儿也悄悄长大了。和镜子里的人对上视线，对方显然吓了一跳。

周礼的脸紧绷了一天，那一瞬间，他脸部肌肉松弛了下来，嘴角扯出了一个浅笑。他下了床。

脸盆里还浸泡着衣服。

他想，原来所谓的"他让她做什么，她就做什么"，她是这样做的。

任再斌给他们做了介绍。

"这是我兄弟，周礼。"

"这就是我女朋友，林温。"

他又想，原来"温温"就是林温。

"你好。"林温轻轻柔柔地先打招呼。

"……你好。"他最后想，原来她这么没记性。

手机又一次熄屏，周礼再将它点亮。再熄屏，再点亮。反反复复，仿佛乐此不疲，周礼一直看着微光中的这张脸。直到包厢门忽然被推开。

"哎哟！我差点儿……"

周礼皱眉，竖了下手指。朋克女了然，立刻捂住自己的大嗓门，用气声说："我忙疯了，差点儿把你们给忘了，刚喝水的时候看到你给我打的电话才想起来。"都已经将近四点半，天都快亮了。

"行了，我再坐会儿，你去忙你的。"周礼道。

朋克女挤眉弄眼，表示明白，她轻轻关上门，不做电灯泡。

林温依旧紧闭着眼，周礼继续看她。

等了一会儿，周礼低声说："小影后，装什么装？"

林温："……"

林温还没想好睁眼后该怎么说，怎么做。她的记忆很清晰，知道之前发生了什么。她没有真的喝醉，那点儿醉意只是将她的情绪和欲望都放大了。现在睡了一觉，酒劲逐渐退去，理智又占尽上风，情绪和欲望应该偃旗息鼓了。

林温眼皮颤了颤，正要睁开眼睛，周礼却没给她机会。朋克女进来的时候周礼就感觉到了肩膀上轻微的抖动，醒来的人装没醒，无非是在考虑要不要当缩头乌龟。好好的人不做，做乌龟，周礼只想掐住龟脖子。

周礼捏起林温的下巴，直接堵住了她的唇舌。林温闷哼，被他扣在了沙发上。情绪和欲望再次摇旗呐喊，战鼓喧天。半小时后两人走出包厢，酒吧的热闹已经散场。

打了声招呼，周礼带着林温走出酒吧，林温完全忘记了戒指的事。

天空大亮，街上没什么人，空气有点儿闷，看样子今天会下雨。黄梅季节，昨天是宁平镇下雨，今天该轮到这里了。周礼问道："你昨天真的是去出差？"

宁平镇只是一个小镇，连县城都不是，开不了什么会，也办不了什么展，林温的谎话一戳即破。

林温的手被周礼捏着，又闷又热。她低头，本来想看看手，却意外地看见周礼手背上有道牙印。林温才睡了三个小时，睡眠严重不足，眼睛视物的颜色也变得不一样，这是困乏造成的视疲劳。视疲劳之下，那道牙印却格外清晰。林温愣了愣，然后磕了下自己的牙齿。

街道空旷，她磕牙的这声清清脆脆的，周礼看向她，好笑地捏了捏她的下巴，问："干吗呢？"

林温别了下头，说："没什么。"

周礼还在等着她回答。

林温想了想，才轻声道："我昨天不是出差，我去宁平镇找我爸妈了。"

周礼听她坦白了这一句，莫名其妙地心头一股酥软，他松了松手，没再牵这么紧。

"他们去那里干什么？"他问。

林温说："那里有间寺庙，我爸妈是跟着小区里的一个阿姨去的。"

周礼问："寺庙有问题？"否则林温昨天何必撒谎说出差。

"也不能说有问题，寺庙是正规的，但是他们的行事太夸张。"林温将她见到的情景告诉周礼。她说了自己最初的担忧，也说了父母将在寺庙待一个月，但没说父母去寺庙的原因。两人上了车，迎着新一天的日出，边说着话，边回家。

到小区后下起了太阳雨。

周礼要借厕所，所以跟林温一道下了车。两人下车前天空还晴，下车后天空开闸，风卷着雨，瞬间将人浇湿。上了楼，林温给周礼拿来一块新毛巾。林温打算洗个澡再睡一觉，下午再去公司。问周礼，周礼说："我九点要到电视台。"周礼随意擦了擦雨水，又问："你这儿有没有什么吃的？"

林温去厨房看了看，问道："你吃面吗？"

"吃。"

几个小时前才吃过烧烤，林温现在一点儿都不饿。她给周礼下了一把简单的挂面，准备再放两棵青菜和一个煎蛋。

周礼进厨房说："你去洗澡吧，我自己来。"

林温迟疑地问："你行吗？"

周礼好笑，说："放心，不会拆了你的厨房。"

林温点头，她实在太困，把青菜和鸡蛋拿出冰箱，她就去浴室洗澡了。

周礼懒得洗青菜，他磕了一颗鸡蛋，加一勺盐，三分钟后挂面出锅。

吃完自己煮的面，浴室水声还没停。周礼接了杯水，到沙发上坐着。

他比林温睡得还少，头有点儿疼。看了眼时间，才刚六点多，沙发有点儿小，没法儿躺人，周礼抱着胳膊，打算坐着睡一会儿。睡蒙蒙眬眬时，他隐约听见林温叫他。

"周礼？周礼？"林温躲在浴室门背后，叫得很小声。她困得大脑运作迟缓，洗完澡她才发现自己忘记了拿换洗衣物。在浴室憋了半天，她拉开一条门缝，探头探脑地叫人。

浴室这边只看得到餐厅，看不到客厅。餐厅没人，桌上也没碗，厨房里没有油烟机运作的声音。林温叫了几声，没听到回应。周礼九点要到电视台，他现在应该回家洗漱换衣服了。林温想周礼已经走了，她松了口气，裹紧浴巾，这才走出浴室。

周礼迷迷糊糊睁开眼，只见到白花花的小身影从浴室小跑进主卧。

他转回头，看了会儿天花板，清醒过来后，他起身走到了阳台。

林温换好衣服，拿着浴巾准备放回洗手间。走出卧室，她听见微信响。她的手机还在包里，微信声不像是从包里发出的。林温走到客厅拿包，她刚把手机从包里拿出来，就看见了站在阳台上的周礼。林温吓了一跳。

"洗完澡了？"阳台门半开着，周礼拉开门，神情自若地问。

"啊……嗯。"林温脸热，"你一直在阳台吗？"

"嗯，"周礼示意了下夹在指间的香烟，"抽根烟。"

"哦……"林温说，"我刚才叫你，你没听到吗？"

"没听到，你叫我干什么？"

林温脸上高温逐渐消退，说："没什么，我以为你回去了。"

"我抽完再走。"周礼说，"找个东西让我接下烟灰。"

"哦。"

林温去卧室里拿来一个桌面垃圾桶。

周礼把烟灰弹进小熊形状的垃圾桶，然后将垃圾桶放到旁边阳台柜子上。

又有微信声响起，林温手机还拿在手上，她低头点开。

只有一条微信，之前的微信响声果然不是她手机发出的。

微信是袁雪发来的，她一串感叹号，吃惊道："任再斌明天回来！！！"

林温看消息时没遮掩，周礼站在对面，倒着看，也读出了微信内容。

两分钟前他同样收到了汪臣潇的微信，汪臣潇震惊的措辞和标点符号跟袁雪如出一辙，只是句子长了不少，废话偏多。

林温收到的那条消息字数少，看完最多两秒，但她少说看了四秒。

周礼把没抽两口的烟扔进小熊垃圾桶，一把将她搂了过来。

林温抬头。周礼道："我给你提个醒。"

"……什么?"

"你要再不去睡觉,下午上班会打瞌睡。"

"……"

周礼一笑,将林温一把抱起。

"啊……"林温扶着他肩膀低叫。

周礼抱着人,一边往里走,一边道:"我再给你提个醒。"

林温脸又热起来,说:"你要说快说!"

周礼抱着人直接进浴室,把人放到地上,他把挂在墙上的吹风机拿了下来,说道:"你要是三心二意,我就不跟你客气了。"

"……什么?"

"想知道?"

"……"

两人在镜子里无声对视了一会儿,林温才憋出话:"你什么时候跟我客气过了?"

周礼在她背后抬起她下巴,将她脸转向左。他低头,寻找到她的唇舌,再一路吻到她耳朵,然后低声道:"傻不傻,这就是客气。"

林温脊背发麻,脸快冒烟,她拿起吹风机,用力按下开关,滚烫的风吹过她湿漉漉的头发,又吹向后面那张"不要脸"。

周礼的脸还真的被烫了一下,但他一点儿都不生气,反而抱着胳膊,退后一步,靠着卫生间门笑起来。

林温吹头发得照镜子,视线根本避不开镜子里的人,她总觉得周礼的笑好像带着几分志得意满。她被他笑得不太自在,瞪了镜中人一眼,她低下头,索性将头发全捋到前面吹,不让这人看。

长头发干得慢,林温吹了十分钟才吹完,周礼也就干看了十分钟的头发。

吹风机的声音一停,周礼开口:"我在你这儿睡两个小时。"

林温一愣,问:"你不回去了?"

"赶来赶去浪费时间。"

"那你衣服怎么办?"

"我让阿姨待会儿把衣服送来,嗯?"

周礼这是征询，林温抿了抿唇，没有反对。她也知道周礼一直没睡，九点就要工作，周礼需要睡眠。林温提议："那你去阁楼睡吧。"

林温带他上去，周礼在阁楼站了两秒后就转身下楼了。林温挠挠脸，也跟了下去。雨已经停了，但闷热程度比平时要翻倍，整个阁楼像烤炉，连她都受不了，更别说周礼。

次卧门关着，周礼没提次卧。这房间林温宁可把自己热死都没征用过，想来他也不用奢望。周礼不挑地方，回到客厅，他把阳台窗帘拉上，坐回沙发。

林温去厨房倒了杯水，喝一口水，她瞄一眼沙发，再喝一口水，她再瞄一眼沙发，最后狠狠心，她回自己卧室，眼不见为净。

可是明明之前还困得撑不开眼皮，躺到柔软的床上，林温却又睡不着了。

她翻来覆去了一会儿，还是从床上起来，脚步轻轻地走到客厅。沙发太小，周礼躺不了，他一开始是坐着睡，后来是斜倒了下来，双腿勉强蜷缩。这姿势看着太委屈。

空调出风口对着沙发，林温按了一下遥控，"嘀"的一声，她一顿，看向周礼。

没把人吵醒，她却不敢再按。回到卧室，林温拿出一条毛毯，轻手轻脚给周礼盖上。刚盖好，她就被人抱住了。

林温一惊，倒在周礼身上，她撑着周礼胸口，小声问："我吵醒你了？"

"没有，我还没完全睡着。"周礼眼睛没完全睁开，他声音带着困倦，说道，"你怎么没睡？"

"……就睡了。"林温道。

周礼用力抱了抱她，没再说话，也没要放开。两人离得近，阳台窗帘又没拉严，半明半暗的光线下，林温看到了周礼下巴上的小胡楂。

她高中以后就和异性保持了十足十的距离，鲜少注意到男人的胡子，她记忆中唯一的胡子，也就是初三开学前几天，来自眼前这人。

林温看着看着，心软下来，她轻轻道："你去我房间睡吧。"

周礼慢吞吞地睁开眼睛，一言不发地看了她片刻，他才笑了笑说："不用了，睡你的去。"拍拍她后背，周礼将人放开。

林温解释："我睡沙发。"

"嗯，我知道。"周礼捉着她的手，闭眼亲了亲，然后道，"所以我让你睡你的去。"

"……"林温没再出声，她嘴角微微上扬，又蹲了一会儿，她才离开沙发，回到卧室睡自己的。

这回她很快睡着，等再次睁眼，是被电话吵醒的。林温接起来，听见袁雪的声音。

"你没看到我刚发你的微信吗？"

睡前林温把手机调成了振动，她哑声道："没有，怎么了？"

"……你还在睡觉？"袁雪似乎迟疑了一下。

"嗯。"林温睡眼惺忪。

"喀，你上班要迟到了吧。"袁雪声音恢复正常，"我昨天搬家，有东西落下了，现在过来拿，你起不起得来？还是我自己开门进来？"

林温反应慢半拍，过了几秒她才彻底睁开眼睛，问："你已经到了？"

"嗯，已经爬上五楼了。"袁雪抱怨，"以后减肥不用去健身房了，我干脆一天三趟来你家。"

林温从床上弹起，快速跑到客厅，将沙发上的男人拽起来。没拽动人，倒是把人闹醒了。周礼皱眉，声音沙哑："怎么了？"

"袁雪过来了，你去卫生间躲一下！"

"……"周礼闭了闭眼，冷静了几秒，他面无表情地揉了把林温的脑袋，顺从地"躲"进了洗手间。

林温打开大门，袁雪把钥匙放玄关上还给她，边换鞋边问："你怎么还没上班啊？"

林温心跳还没恢复，但是她神色如常道："我请了半天假，下午再去公司。"

"怎么请假了？"袁雪打量她，"身体不舒服？"

林温顺着她的话点头。

"要去医院吗？我陪你？"袁雪问。

"不用，睡一觉就好了。"林温说。

袁雪去卧室拿完东西，本来想再提一下任再斌的事，话到嘴边，她又忽然不想说了。走前袁雪再次提醒:"你要是不舒服就别勉强,干脆请一天假。"

"嗯嗯。"林温点头。

大门重新关上,林温舒口气。她走到卫生间门口想叫人,下一秒就听见了花洒水声。

"有没有浴巾?"里面的男人问。

"……有。"

楼上冲着澡,楼下,袁雪刚出单元门。

她拎着东西,望向停在单元楼前面的那辆黑色奔驰,又仰头看了看六楼,她叹了口气,忧心忡忡,自言自语:"作孽啊……"

周礼冲完澡,换上阿姨送来的衬衫西装,没带走脏衣服。

他今天行程安排紧密,做完两场访谈后,又出了一趟短途差,去了隔壁市。

一直忙到将近凌晨三点,他才回到酒店,睡了两个小时,天微亮又要起床,继续忙碌一整天,等他停下来的时候,已经是下午三点多,工作还没结束。

他坐进车里休息,才有空翻看汪臣潇早前发给他的微信。

汪臣潇问他:"你晚上过不过来?老任说他请吃饭。"

今天任再斌回来了。周礼用手指轻敲两下手机屏,先给林温拨了通电话。

电话很快接通。

"在公司?"周礼问。

"在会展中心,今天可能要加班。"林温问他,"你回来了吗?"

"还没,事情还没做完,今天不一定赶得回。"周礼说。

这两天他们都忙,根本没时间说话,周礼只报备了一下自己的行程,林温也在争分夺秒地忙着农产品展会的项目。

结束通话,周礼给汪臣潇回复:"我在出差,今天不一定能回。"

但后半段工作格外顺利,没有耽搁时间,周礼在天黑后还是赶到了。

他两天才睡了不到五个小时,又困又累头还疼,回程的车子上他睡了一路,醒来的时候看到汪臣潇给他发了好几条信息,都是问他回没回来。

周礼皱眉,揉了揉太阳穴,看车窗外景色,已经到了宜清市区。早晚得碰面,他索性回复说:"半小时到。"

不到半个小时,周礼就进了肖邦店里。

脱了西装,周礼看了一圈人,连袁雪也来了。

袁雪其实是非要来的。最近汪臣潇为了能每天跟她联系,什么话都会跟她说,包括今晚的聚会。袁雪一听,当然不愿放过机会,她跟着汪臣潇进门,起初她忍着没开口,等任再斌问起林温近况,她才破口大骂:"你贱不贱啊!"

这是发生在十五分钟之前的事情,周礼没见着。

周礼看向今晚的主角。任再斌个子不到一米八,五官很出色,人也斯文白净,他不是个外向的性格,相对内向含蓄,但总体也算阳光。三个月不见,他晒黑了不少,笑起来的模样好像更开朗了一些。

"老周!"任再斌咧着一口白牙道。

周礼看了他一会儿,评价:"牙更白了。"

汪臣潇听得哈哈大笑,肖邦站在吧台里,一边算账一边抽空觑他们。

袁雪十五分钟前还火冒三丈,等周礼一出现,她的火就缩了回去。

袁雪看看周礼,再看看任再斌,决定今晚还是多观察,少说话。

几人先叫外卖,再闲聊几句,任再斌才将他带回的礼物拿出来,一人一个袋子。另外三个男人都收了,袁雪嫌弃,根本不拿。任再斌讪讪,将她的礼物放到地上。

"抱歉,我这几个月都没跟你们联系。"任再斌开口。

"你是该好好抱歉。"汪臣潇说,"整整三个月,你手机要是再不开机,我们就得帮你报警了!"

肖邦问:"你现在回来有什么打算?"

任再斌说:"我想休息几天再找工作。"

汪臣潇问:"有没有想好找什么工作?"

"有两个大概的方向,但是我还没决定好。"任再斌顿了顿,道,"其实我想先跟林温谈好,问问她的意见,我再决定。"

袁雪打破自己刚才立下的旗帜,冲他道:"谈什么谈,跟她谈分手吗?分手了还问她意见?!你要点儿脸吧!"

"雪,雪!"汪臣潇赶紧安抚她情绪。

任再斌尴尬，说："我没跟她分手。"

"那你是跟她玩捉迷藏是吧？可真有童趣啊，你是越活越往胚胎的方向进化了。"袁雪讽刺。

任再斌被她撑得说不出话。汪臣潇想打圆场，但他又打不出来，任再斌确实不占理。任再斌也清楚，他张了张嘴，半晌道："三个月前我确实很混乱，我没想好我跟林温的感情问题，但现在我想清楚了，我会跟她好好道歉，求她原谅。"

袁雪还想再骂，旁边突然有人出声，袁雪一个激灵闭上嘴，差点儿咬到自己舌头。

"三个月的时间，不是三天，这都赶上老汪做一个大项目了。"

周礼除了进门时打了一个招呼，后来一直没开腔。他靠着沙发，捏着后脖颈休息到现在。放下手，周礼拿起桌上零食盘里的一颗白巧克力，边拆边说："你要是为她就算了，你这是为自己。为了自己深思熟虑这么久，感情还剩多少真？"

任再斌愣了愣。

袁雪意味深长地看向周礼。

肖邦谁都不看，他在眼镜底下翻了个白眼。

汪臣潇越想越觉得有道理，他点点头，忽然有些后悔自己早前的举动。

刚想到这儿，店门口的迎客风铃就响了起来，门被推开，林温背着单肩包走了进来。

汪臣潇先站起来，林温是他叫来的。之前汪臣潇想过，他要是林温，绝对不可能原谅任再斌，可他不是林温，也不知道林温的真实想法。任再斌想跟林温复合，汪臣潇想，假如这两个人都对彼此还有感情，就像他跟袁雪一样，要是连话都没说清楚就彻底分开了，岂不是要抱憾终生。

不管最后是分是合，总要开诚布公地谈一次，这种事要速战速决才能显出诚意，于是汪臣潇照着任再斌给的电话号码，给林温打了一通电话。

林温在电话里说她今天可能要加班不能过来，汪臣潇原本不抱希望，结果，林温和周礼一样，还是来了。

周礼没从沙发上起来，他捏着刚拆开的白巧克力，眯眼看向刚进来的人。

林温其实一眼就看见了坐在沙发上的男人，他今天又是一身出镜的打扮，既成熟又稳重。但林温视线没在他身上多停留,她握紧了包包肩带,立刻将眼神给了别人。

她跟汪臣潇和肖邦打招呼,跟袁雪牵了下手,也看向了期待又忐忑的任再斌,却没往沙发的位置偏一下头,一副刻意撇清关系的样子。

外卖送到了,汪臣潇接过一堆袋子说:"来来来,先吃饭!"

肖邦指挥:"去房间里吃。"

几个人往房间走,林温跟袁雪说了声:"我先去下洗手间。"

周礼慢条斯理地将巧克力送进嘴里,从沙发上起来,远远跟在林温身后。

店里卫生间不分男女,就只有一个,装修跟普通住宅里的一样。林温开门进去,刚要反锁,门把手忽然自己一转,她往后退了两步,门被推开了。

"不是说加班?"

"……提早结束了。"顿了顿,"你不是说今天回不来?"

"跟你一样,提早结束了。"

"……哦。"

周礼衬衫袖子卷着,手臂上筋络线条分明。他反锁上卫生间的门,摘掉了林温的包,将人搂过来。林温手抵在他胸口,不知道是自己手烫,还是周礼胸口烫。周礼低头碰了碰她的额头,若有似无地亲着她,巧克力的甜香弥漫在两人唇间。

"我衣服落你那儿了。"

"……我给你洗好了。"

"外面一直下雨,晾干了?"

"都两天了,早干了。"

"没到两天。"

"……嗯。"

是三十五个小时。

外面游戏房,任再斌见林温去了洗手间,放下筷子就想去找她。袁雪将他拽住,没让他走出房间门。袁雪看了看时间,那两个人已经同时消失四分钟了。她头痛叹气,真是作孽啊……

Chapter 15
风雨同行

我不放你，你看你走不走得成！

卫生间有扇小气窗，气窗外绿植遮掩。

不知不觉又下起雨，雨水淅淅沥沥打在植被上，奏出的韵律像是助眠的音乐，大自然的宁静会让人跟着顺从。两个人很小声地说着话，声音轻得彼此贴唇才能听到。直到一阵带着凉意的风涌来，林温才推推人，说："好了，你出去吧。"

周礼捏了捏她的手，最后亲她一下，说："嗯。"

周礼没在门口等。

过道转角有个柜子，柜子上原先摆的是一棵发财树。前不久员工小丁建议肖邦再养只乌龟，说店铺开张半年了还没收回一半本钱，可能就是因为有煞气，龟能镇宅挡煞，也能招财。

肖邦不迷信，但他对迷信也来者不拒。他转头就在夜市上花了十二块钱，买回两只迷你草龟，又忍痛花了十六块买了一包饲料，买回来才一周，店里生意突然火爆，他立刻把装乌龟的廉价塑料缸换成了奢华玻璃缸。

林温从洗手间出来，看见周礼手心上的小草龟。草龟只有她半截手指大，实在太可爱，她忍不住摸了摸。周礼原本想放回去了，见她喜欢，又见她背着的托特包又大又重，他摘下她的包，替她拎着，另一只手捧着乌龟，再让她玩一会儿。周礼顺便讲了一遍这两只草龟的由来。

林温不确定道："难道不是因为学生陆续放暑假了，所以生意才好转的？"

周礼笑了笑，说："人一旦求助了迷信，自然就会刻意忽略一些现实，毕竟迷信造就的奇迹更能让人惊喜和满足。"

林温愣了愣，低头又看向草龟。她如果头上长草，现在这株草应该蔫了。

周礼若有所思，没再继续这个话题。

放回乌龟，两人慢慢往回走，快走到房间门口时，林温要拿回自己的包。

周礼没马上松手，林温用力拽了拽，没拽动。

林温想了想，不太习惯地摇摇他的手臂，再小声说："配合一下？"

周礼自然知道今天只是林温跨出她严防死守的"安全区"的第二天，他也拒绝不了她这副软乎乎的样子。周礼松开手，又压了下她的脑袋。

林温头发被弄乱，她甩了两下，没有介意。重新背上包，她和周礼一道进门。

空房间只剩了这一个黑白色调的鬼屋圆桌房，袁雪、汪臣潇、肖邦、任再斌四人依次坐了大半圈，还剩两个相邻的空位。

"哎哟，我说你刚干吗去了，我就一个转头的工夫你人就不见了！"汪臣潇对周礼道。

"去抽了根烟。"周礼随口说。

周礼个儿高腿长，他比林温快一步，先坐到了任再斌旁边，林温自然只能坐到袁雪旁边。

任再斌失落地隔着周礼看向林温。袁雪像吃了大力丸似的用力掰开一次性筷子。

"你这烟也抽得太久了。"汪臣潇拿起一瓶酒，先来热场，"都饿半天了，咱们先吃饭，该吃吃该喝喝，桌上就不聊些有的没的了，吃完了以后，想聊什么，再聊什么！"

说着，汪臣潇起开瓶盖，先给他旁边的肖邦倒上，说："好久没聚了，今天难得，肯定少不了酒。"

再给任再斌倒上，任再斌把杯子递给他说："我一点点就够了，我喝不了多少。"

汪臣潇适量地给他倒了半杯。

"老周！"汪臣潇等着周礼，"你今天是坐电视台的车来的，可别找借口。"

"我说话了？"周礼把杯子递过去。

"我是未卜先知，提前预防。"

汪臣潇倒好酒，递还给周礼的时候，忽然叫道："哎，等等！"

众人都看了过来。汪臣潇凑近眯眼，拈起卡在周礼衬衫纽扣上的一根黑色长发，敏锐道："可被我逮到了，这头发就缠在你纽扣上。嘿嘿，今天抱过女人了？哪位天仙啊？"

袁雪提着心偷瞄林温。林温抿着嘴，面上看不出异样。周礼把长发从汪臣潇手中抽回来，看了一眼说："你什么时候改行当警犬了？"

"啧，你这就没意思了，有情况还藏着掖着。"汪臣潇道，"我怕你单身久了心理变态。"

酒还没倒完，还剩一个林温，汪臣潇没有追着周礼要八卦，他道："你没公开的就是没认真，我等着你认真带回来一个。"

袁雪胃痛。

汪臣潇紧跟着问林温："你也来点儿？"

林温还没开口，任再斌先抢答："她不会喝酒，你又不是不知道。"

那两个人在那说话，周礼左手食指缠了几下黑色长发，拿起杯子，喝了一口白酒，他低声问右边："应该有六十度，想不想喝？"

右边的长发主人目不斜视，小幅度地动了一下嘴唇，说："不要。"

周礼浅笑。桌上铺着饭店赠送的红色一次性桌布，十道菜摆在上面，喜气洋洋，也土味十足。

"那就开动吧！"汪臣潇举筷。

有汪臣潇在，现场气氛没有冷场，几个人边吃边聊闲话。

林温其实从来没对人说过她不会喝酒，只是所有人似乎都默认了，她这样的性格、长相是不会喝酒的，一旦有人想劝她喝，身旁总有人站出来帮她说话。她也只习惯自饮自酌，所以她每次也都承情，没有多此一举地解释。

男人们喝酒，林温和袁雪喝苏打水，袁雪今晚话特别少，只顾着吃。林温见她杯子浅了，又开了一瓶水，给她加满。林温问："你很饿吗？"

袁雪往嘴里塞着炸茄盒，口齿不清道："不饿。"

"……不饿，你吃这么急？"

"难熬嘛，消磨时间。"袁雪说。

林温一头雾水。

旁边汪臣潇见炸茄盒离得远，袁雪又爱吃，他赶紧起身，殷勤地给她再夹一个。任再斌见状，犹豫了一会儿，也夹了一块糖醋里脊，隔着周礼，放进了林温的小碗里面。

"你爱吃的。"任再斌讨好道。

任再斌挡在了他面前，周礼放下筷子，往椅背一靠，听着任再斌在他跟前继续说："你夹不到的跟我说，我帮你夹。"

"我夹得到，谢谢。"

"……那，要不要饮料？我给你开椰子汁吧？"

"我喝苏打水就够了。"

周礼边听，边捉住了右边人摆在腿上的手。

林温一顿，抽了抽，周礼攥着她手指头不放，还捏了捏她的指甲盖。

一次性红色桌布长长地垂挂着，遮住了桌底下的动静，应该没人看得到，但林温依旧做不到面不改色。她尽量镇定，红着耳朵，指尖撅了一下周礼的手指。林温没有留长指甲，她手劲也远远比不上牙齿的咬合力，周礼觉得她在挠痒痒，他跟她五指相扣，紧了紧，然后松开，适可而止放过了她。

林温手发麻，尤其是相扣的指蹼部位。她缩起左手，拿起水杯喝水，尽量远离"危险"。一大口水含进嘴里，林温才发现这水变了味。两只杯子放太近，她拿错了。

周礼看了眼放杯子的位置，又瞥了她一眼，然后收回视线，夹了一筷子菜，边吃边说："想喝就喝吧。"

林温抿紧嘴，过了一会儿，才缓缓咽下这口酒。

高度酒太辛烈，喉咙里火烧火燎，她从前没喝过六十度以上的。

这一口刺激到她了，林温放下周礼的酒杯，拿起自己的苏打水灌了两口。苏打水是带气儿的，喝了并不舒服，林温难受地呛了两声。

周礼立刻拍了拍她的背，又给她夹了一筷子爽口的凉拌菜。

这动作太直观，旁边的任再斌，和另一边正起身又要给袁雪夹菜的汪臣潇，同时愣了愣。

袁雪倒抽口凉气。

肖邦顿了顿，然后淡定地夹了一筷子青菜，起身送进林温碗里，开口："没事吧？你今晚吃得有点儿少，多吃一点儿。"

"……是有点儿少。"袁雪学着周礼也给林温拍背，又学着肖邦，机械似的把她自己碗里的炸茄盒贡献给了林温，"是不是没胃口？你尝尝茄盒。"

"你自己好好吃。"汪臣潇被糊弄过去了，又给袁雪夹了一个，没当回事地坐下了。

任再斌关心地问林温："你没胃口吗？"

林温看着自己碗里满满的菜，那道凉拌菜已经被压在了底下，只露出了一点儿边角，她摇摇头，忍着心惊肉跳，慢慢将小碗里的菜都吃干净了，只剩一块糖醋里脊。

周礼拿起酒杯。

林温今天吃东西一点儿都不沾嘴，她也没涂口红，杯口只隐约有一点儿不属于他的小印记。周礼靠向椅背，随意地喝着酒，视线偶尔斜向边上，看向林温通红通红的耳朵。

饭吃完，要办正事了。汪臣潇一脸酒气，干笑道："那你们聊？"又搭着肖邦和周礼，说，"走走走，我看到你吧台里藏着牛肉干，我要吃！"

周礼也喝了不少，他拧了拧眉心，瞥了眼林温后，才走出房间。

房门关上，热闹消失，只剩相顾无言。半晌，任再斌才开口："温温，对不起。"

客厅里，三个男人坐在沙发上，袁雪翻出一包薯片，继续消磨时间。

汪臣潇仰头看着天花板说："不知道他们怎么聊。"

肖邦打了一个酒嗝，醉醺醺道："我这里的门隔音效果不好。"

"……那不太地道。"

"随便你。"

过了一会儿，汪臣潇问："你们说，那俩能和好吗？"

袁雪不屑道："做梦。"

肖邦道："不能。"

"老周，你说呢？"汪臣潇问。

周礼闭着眼没开腔，也不知道是没听见还是睡着了。

汪臣潇也不在意周礼的回答，他触景生情地感慨："我还是希望他们能好，毕竟一段感情走了这么些年，很不容易，终成眷属多好，他们看起来明明这么般配。"说着，他看向袁雪。

袁雪却根本没看汪臣潇。袁雪叼着一块薯片，眼睁睁看着周礼在那句话之后睁开了眼，他缓缓转头，面无表情地看向刚刚说话的男人。

一口咬碎薯片，袁雪碎屑乱飞地冲汪臣潇嚷："你可闭嘴吧！"

肖邦认同地点点头。

半个多小时后，包厢门终于打开了，两人一道走了出来。另外三人都站了起来，只有周礼还坐在沙发上，也没人问谈话结果，场合不合适。周礼靠着头枕，双手插兜，左手手指缠着那根隐藏在黑暗中的长发，望着不远处的两个人。

任再斌像在林温身上黏了根线，视线一直盯着她不放。

时间已经不早，外面又一直在下雨，该回去了。

汪臣潇喝了酒只能叫代驾，袁雪不让他送，准备和林温一起打车回去。

汪臣潇问周礼和任再斌："那我送你们？"

周礼也没让他送，"我自己打车。"他道。

上了出租车，袁雪松口气，今天饭桌上太惊心动魄，比怀个孕还让她心力交瘁。她看向林温，欲言又止。但林温情绪似乎不是很好，袁雪善解人意，咬牙忍着，最后什么都没问。

出租车先把袁雪送到家，林温下车时雨势更大了，几步路就把雨伞打得湿透。林温甩着雨伞爬楼梯，爬完一层她才注意到楼梯上有湿湿的大脚印，二楼、三楼脚印逐渐淡去，四楼、五楼还剩一点儿印记。五楼半……

林温抬头。周礼拎着西装靠墙站着，他头发和衬衫都湿了，碎发耷拉下来，遮在他眼尾。露出的两截小臂上挂着水珠，水珠顺着青色的筋络缓缓下滑，有一种力量的美感。

林温几步上去，问："你怎么过来了？"

周礼看着她,将她拉进怀里。

"我来拿衣服。"他酒气浓郁,将林温撞在了门上。

伞掉地上,也洇湿了地上的西装。雨夜十点半,"急着"要拿衣服的人却没马上进门拿,错乱的脚步声和顶到门的声音时不时响一下,感应灯也迟迟没灭。

林温像踩着云,又像踏着火,她后背紧贴木门,双手抓着周礼衬衫腰侧。包包从肩膀滑到小臂,她挂不住,包掉到了地上,里面东西也哗啦啦滚了出来。

踩到了,她脚下更加不稳,周礼托紧了她的腰,林温的衬衫领口渐渐倾向一侧,露出了肩膀和脖颈里挂着的项链。她今天穿白衬衣黑长裤,银色的项链藏在领口中,只露出一点儿银链条。现在领口歪了,挂坠也晃了出来,戒指形状的挂坠像投进了湖,砸开了平静的湖面。

周礼喘着粗气,停下动作,盯着她的脖颈。林温没耳洞,脖子和手腕总光着,周礼猜她不爱戴首饰,他也确实没见过她戴手表以外的配饰。直到今年三月,周礼第一次见到一对戒指出现在任再斌的朋友圈。后来任再斌走了,林温仍戴着那枚戒指上班、逛超市、去肖邦店里……

湖底暗潮涌动,周礼耷拉着眼皮,捏起林温脖颈上的戒指,低声问:"什么时候回的酒吧?"

"……嗯?"林温心跳急促,呼吸不匀,她意识还不清醒,也就没有听明白。

周礼又问了一遍:"什么时候回的酒吧,嗯?"他举了下戒指。

林温看向那枚铂金戒指,蒙蒙地回答:"昨天晚上。"

她昨天下午上班之后才想起她把戒指忘在了酒吧包厢,下班后有时间,她就去了一趟酒吧。朋克女已经认得她,听她说明来意,立刻带她进包厢找,最后她们是在沙发右边的金属脚底下找到的,戒指卡在了那个位置。

林温实在不习惯在手上戴饰品,回家后她翻出一条项链,把项链原本的挂饰取了下来,套上了这枚戒指。

"你昨天上班不忙?"周礼贴着林温嘴唇,沉声问。

呼吸太热了,酒香也躲不开,林温喃喃:"忙。"

"这么忙还特意跑一趟……"周礼松开手,戒指重新垂落,带着他的温度,贴近林温的锁骨。

周礼亲了亲她的锁骨，说："他是后悔了，想跟你复合……"

林温后背更加贴向门，敏感地缩了下肩颈，微微蜷了起来。

周礼用力扣紧她的腰，亲她耳侧，声音极轻，却又蓄满了力："现在他回来了又怎么样，太迟了——我不放你，你看你走不走得成！"

他的语气像是温和的，可又像那烈酒的余香。闻起来并不辛辣，酒香却足以霸道地侵蚀整层楼。

周礼的动作不再收着。林温被他吻着，进退都无门，项链上的铂金戒指滑动来去，她后知后觉，这两枚戒指确实长得近乎一样，但她又不太肯定。

昨天她没醉，今天他也没醉，酒只是将人的情绪和欲望都放大了。林温心跳如鼓，想起前晚在酒吧鬼迷心窍般的失控，又想到此时此刻。她形容不出自己具体想些什么，又是什么心情，只是随着周礼，她身体里的血液像无头苍蝇似的乱窜。直到楼道里传来声音——

"这雨真是没完了。"

"还要下两个礼拜。"

"衣服都干不了，真麻烦。你内裤要不够了，再给你买两盒。"

"够啊，不是还有好几条。"

声音越来越近，林温惊醒，她推推周礼的肩膀，周礼不放人。

楼下还在继续说。

"你那几条都破了，晒出去你不嫌丢脸我还嫌丢脸。楼上什么声音啊？"

"什么什么声音？你先开门。"

"你等会儿，我上去看看。"

林温别过头，躲开了周礼的吻，终于"好心"并且紧张地解释："戒指是袁雪送给我的……"

周礼一顿，呼吸微促。

三秒后，五楼女住户站在五楼半，只看见六楼的小姑娘蹲地上在捡零碎东西。还有一个衬衫没有收进裤腰里的陌生男人，正弯腰捡起地上的西装和雨伞。

奇怪的声音没有了。

男人抖两下西装，朝她瞥来一眼。

女住户干笑了一声，转身下楼了。脚步声离去，林温松口气。

她从没试过做贼，可今天从吃饭到刚才，她彻底做了一把贼。那种惊慌、心虚、混乱的后遗症太厉害。林温胡乱把零碎东西塞进了包，又从包里翻出钥匙，钥匙在她手上没拿稳，啪嗒掉到地上。

林温伸手捡，周礼也过来了。两人的手碰到一起，林温晚了一步，周礼先捡起钥匙，抬眸看向她。两个人还蹲在门口，离地近，雨水印渍近在咫尺。这些水印就像地图，从楼梯最上级一直描绘到靠墙、门口中央以及门前，彰显着刚才的冲动和混乱。林温看不下去了，她脸红心跳，立刻从地上起来。周礼也站了起来，没把钥匙给她。

林温脚受伤时他曾经用过她家的钥匙，周礼抖开钥匙串，准确找出大门那一把，插孔的时候第一下没找准，第二下才插准。看来他还是有点儿醉了，林温瞟了他一眼。

门打开，还没有摸到灯开关，林温听见周礼问："你跟他聊了什么？"

"……都说开了。"

任再斌跟她道歉，解释自己的心路历程，那些话林温在三个月前就已经从汪臣潇嘴里听过一遍。林温打断了任再斌的话，直接挑明："跟你一起去旅游的那位女同事也回来了吗？"

她的语气依旧是温温柔柔的，任再斌却像被她拍了一板砖，当场呆怔住了。反应了很久，他才解释："我跟她什么都没发生，真的，我发誓，我真的跟她什么都没发生过！"

林温却不想听，这对她来说已经没有意义。

灯打开，大门重新关上，两个人站在地垫上面对面。

周礼衬衫湿漉漉地贴着身，腰侧布料被揪出了裤腰，林温现在才正眼看到，她原本就没消下去的红晕又加深了一层。

林温的衬衣也被沾湿了，她耳朵红脸也红，眼睛也湿漉漉的，周礼直视着她，说道："你出来的时候一副心不在焉的样子。"

林温紧捏了一下拎着的包包肩带。她确实心不在焉，那是因为她在跟任再斌挑明的瞬间，突然意识到，她对于她不在乎的事情，向来是剑及履及的，比如她对任再斌，比如她对那个实习女生。

而对于她真正在乎的事情，她却一直犹豫不决，拖泥带水，反反复复。

比如她对父母。再比如，她对周礼……林温抿着唇没吭声，只是耳朵又烫了几分。

周礼一直盯着她看，半晌，他没忍住，捏了捏她的耳朵。

林温拍了下他的手，小声说："痛。"

"刚刚咬疼你了？"周礼低声问。

林温听不下去，她推开他，脱了鞋跑向阳台，说："太闷了，我去开窗。"

屋子里房门紧闭一天，确实有一些轻微的气味。周礼换了鞋，将林温扔地上的包放到了鞋柜上。

"我的浴巾放哪儿了？"他问。

林温拉开阳台窗户，顿了顿，然后说："盥洗柜第二个抽屉。"

昨天早上周礼走后，她把他的衣服和他用过的浴巾都洗了挂出去，今早上班前才收进来。

外面狂风暴雨，林温只留阳台窗户一小条缝透气。

周礼擦着头发走出浴室，回门口拿了双拖鞋，扔林温面前，说："穿上。"

林温穿上拖鞋，摸了下自己的耳朵，小声问道："你大半夜跑来，就为了……问那些？"

三个字省略了一连串尴尬。周礼却不领情，他说："我来拿衣服。"

林温："……"

林温扔下他走进卧室，过了一会儿，她捧出叠好的衣服，说："我给你找个袋子装一下。"衣服纸袋都在电视柜抽屉里，林温打开抽屉，拿出一个纸袋撑开，把衣服往里塞。

周礼身上都是雨水，到现在都没坐下。他解开一颗衬衫扣，又把袖子往上挽了挽，走到电视柜前，挡住了林温的手。

周礼将自己的衣服从林温手里抽出来，说道："我去冲个澡，等雨小了再走。"

林温："……"

片刻，浴室里响起水声，林温打开电视机，一手拿着遥控器转台，一手捻着脖颈上的项链。电视没什么好看的，林温低头看向项链，手指头一根根往戒指里塞。玩了一会儿，她才想起周礼的西装。林温放下遥控器，走到玄关，拿起周礼随手搁上面的西装。西装又脏又湿，林温去厨房拆了一块新抹布，打湿抹布后，她将西装平铺在餐桌上。

周礼冲澡很快，几分钟就结束。洗完澡人也酒醒不少，他换上被林温洗干净的衣服裤子走出浴室。看见林温在一点点擦拭他的西装，周礼擦头发的手顿了顿。

"洗好了？"林温抬了下头。

"嗯……"周礼走近她，揉了下她的脑袋，"别忙了，你也去洗一下。"

"……等你回去了我再洗。"

"那就看电视。"

周礼把林温带去了沙发。

"你平常都看些什么？"周礼问。

"电视剧，但看得也不多。"林温说。

"电视剧也爱看悬疑？"他还记得她挑选电影的口味。

"电视剧我不挑。"林温说，"用来放松而已。"

周礼随便挑了一个年代剧，他愿意看，林温也能接受。

林温又去厨房切了一盘水果。两人坐在沙发上。电视剧里风雨飘摇，电视剧外大雨滂沱，小小的老旧客厅里，宁静又安好。

两集电视剧结束，周礼问林温："你什么时候放假？"

林温有点儿犯困，说："后天。"

"后天我们去宁平镇？"

林温一愣，睡意去了大半。周礼看着电视机，语气像谈家常："后天我们自己开车去，路上最多两个小时，待两天回来，怎么样？"

"……你有时间？"

"有。"

"哦……"

林温睡意全消，继续看电视，电视剧里的有志青年正慷慨激昂地发表最后的演讲，演讲完，他即将奔赴刑场。林温看得动容，她偏头想跟周礼说话，结果这回，轮到周礼合眼了。

周礼洗过澡，卸了妆，眼底青黑暴露出来。他这两天根本没睡几个小时，又一番东奔西跑，今天还喝了这么多酒。他身上到现在还有淡淡的酒味，林温闻了闻。

林温看向阳台外。雨像瀑布，天空电闪雷鸣。她调低电视机音量，轻手轻脚离开，去浴室洗了个澡。

洗完出来，雨似乎小了一些，周礼还在沙发上睡着。

今晚不热，林温把新买的那台更好用的电扇搬到阁楼，又把小床的床单铺好。回到客厅，林温小声叫人："周礼，周礼。"

周礼皱眉，眼皮没有掀开。

"你去楼上睡。"林温轻轻拽了拽他的手。

周礼握住她的手，过了一会儿，才困倦地睁开眼，眼底泛着明显的红血丝。

林温的声音更加轻柔："去楼上睡吧，床已经铺好了。"

"……嗯。"周礼哑声，眼睛半合不合。

两个人一个楼上，一个楼下，听着没被窗户挡住的雨声，一觉到天明。

第二天早上，林温六点四十五分起床，周礼还在睡，她没吵醒人。

吃完早餐，又备下一份新的，七点半林温准备出门了，她上楼叫人。

"该起了。"林温给周礼算着时间，"你还要回家换西装，今天你九点要到电视台。"

周礼没睁眼，他翻了个身，握了握林温的手腕，声音还没清醒："我叫了阿姨送衣服。"

"……"

这次阿姨没敲门，她将装衣服的包摆在了门口。

林温打开门，把包拎进来，放到了餐厅椅子上。黑色的大号旅行包，里面不只装了一套西服，还装了T恤和内衣裤，以及男士洗面奶、化妆品、剃须刀等。现在才七点三十五分,周礼还没醒,他是什么时候通知阿姨的?

林温仰头望向阁楼。

周礼起床时已经过了八点,阁楼开着小窗户,带着雨丝的风吹进屋,清清凉凉的叫人提神。他把窗户关好走下楼,屋里寂静无声,人早就去上班了。

餐桌上摆着一只电蒸锅,打开盖子,里面是温热的玉米、烧卖、包子和小米粥,锅边上还有酱菜和牛奶。

他食量不小,但这一顿的碳水加起来还是超过了他的胃容量。周礼笑了笑,把插头拔了,盖子放边上,先让食物晾凉。走进厨房,他打开冰箱。看了一圈,冰箱里没有冰水。周礼拧开纯净水的水龙头,接了杯凉水一饮而尽,然后去浴室洗澡。洗完澡出来吃早餐,接着打理发型,换衣服,打车去电视台。

忙到晚上六点多,周礼下班到家,还要继续对着一堆资料加班。冲了个澡,换上舒适宽松的T恤长裤,周礼戴上眼镜,坐在书桌前专心投入工作。

手机响了一声,周礼不紧不慢地把一段资料读完才拿起手机看信息。

信息是郑老太太发来的,邀请他进APP玩剧本杀,林温也在。

周礼拒绝了,回复说他在工作。回复完,他点进APP,旁观了一下游戏。

林温今天下班很早。她在回家路上买了一盒蓝莓,到家后她先看餐桌,除了蒸锅还在桌子上,其余干干净净。林温走进厨房,厨房里没脏碗,洗干净的碗都放在了水池边的白色沥水篮里,冰箱里放着早晨没有吃完的包子。

林温洗完手,拿起碗碟和筷子看了看,都挺干净的。只是洗碗的人似乎用错了刷碗的工具。她刷碗用百洁布,清理油渍污垢用抹布,现在百洁布干干净净窝在老位置,抹布挂在了沥水篮的挂架上。林温也不能百分之百确定,她放下这个,先把晚饭做了。

吃晚饭的时候她收到了郑老太太发来的游戏邀请,林温同意了。

老太太对剧本杀很感兴趣,边玩边开麦说:"如果有实景的地方,比如像迪士尼这样的游乐园,玩起剧本杀应该会更身临其境。"

林温说:"有这样的实景场所,只是没有迪士尼这么大。"

两人玩了一局,准备玩第二局的时候张力威来了,一出现就嚷嚷:"同学会!"

林温头痛，说道："我最近比较忙，不去了。"

张力威热情道："那你什么时候空下来？我们可以根据你的时间来定！"

林温找借口，跟老太太说她有事，立刻从游戏房间退出。

刚退出，她就收到了周礼发来的信息。

"晚饭吃了？"周礼问。

"吃了。"她已经在吃餐后蓝莓。

"进房间。"周礼说。

周礼开了一间私密房，林温以为他想玩游戏，跟了进去，周礼却没点开始。

周礼道："就这么开着，你忙你的吧。"

林温："……"

林温还没洗碗，她随身带着手机，把脏碗收进厨房。拧开水龙头，水哗地流出，声音有些响，游戏房间的麦克风一直开着。

林温把水龙头关上，说："会吵到你工作吧？"

"不会。"周礼问道，"你在洗碗？"

"嗯。"

"洗吧，不会影响我。"

林温重新打开水龙头，洗着碗问："你今天洗碗用的是百洁布还是抹布？"

周礼低头看着资料，随口回答："抹布。"

"……"林温默默把沥水架上的碗放进水池，重新洗了一遍。

收拾完厨房，林温倒水喝。

麦克风收音效果好，周礼能听见所有细微的动静。林温在喝水，咽水的时候发出了很小声的咕咚声；周礼拿起边上的咖啡杯，也喝了一口。

水杯放到桌上，磕出了"咚"的一声，她那是玻璃杯；

周礼放下咖啡杯，咖啡杯碰到书桌，发出"嗒"的一声，他这是陶瓷的。

"啪嗒"关灯，她走出厨房；"啪嗒"，周礼打开了书桌上的阅读灯。

脚步声很轻，几乎听不到，走到一半，林温像是撞到了什么。

周礼靠向椅背，轻轻滑了一下，椅子滚轮几乎静音。他问："撞到了？"

"嗯，撞到了椅子。"

"没撞伤?"

"没有,就碰了一下。"

"现在要去干什么?"

"去洗手间。"

周礼听到,提醒说:"别动我的东西。"

林温回家到现在还没上过厕所,她走进洗手间,打开灯,看见了摆在水池台面上的一堆男士用品。

洗面奶、护肤品、化妆品、剃须刀,全是早上包里的那些东西,周礼没带回去。

林温站着看了一会儿,又听到周礼说:"那些你也可以用。"

"……谢谢,我有。"

周礼笑了一声。

林温慢吞吞的,还是动手了。她洗脸会弄湿台面,所以台面上她通常只放牙刷牙杯。林温把这些男士用品都堆进了水池边的小推车。

洗澡的时候林温关了麦克风,周礼听不到她那边的动静,但林温照旧能听到他那边的。

周礼在敲键盘;林温打开洗发水,瓶盖掀开时"嗒"的一声,跟敲键盘有点儿像。

周礼在翻文件;林温拧开热水龙头,哗啦啦,盖过了翻纸张的声音。

周礼在倒冰块,冰块碰撞,听着就凉;林温刷牙,牙膏是凉爽的薄荷味。

周礼这时问:"你还没洗完?"

林温这才重新打开麦克风,含着牙膏口齿不清:"洗完了。"

周礼笑笑,喝着冰水,坐回电脑前。

这一晚周礼忙到将近十二点,林温已经睡了,她头像上的麦克风却还显示着发声的波纹。

那是窗外的风声、雨声,或者是她清浅的呼吸声。

周礼关了书桌上的台灯,转动椅子,望向落地窗外流光溢彩的街景,听着棉花一样柔软的声音,也犯起了困。

次日周六，早晨八点，周礼开车来接林温。

雨太大，林温没穿对鞋，几步路就把帆布鞋踩湿了。周礼给她抽了几张纸巾，林温没马上拿，她打开自带的塑料袋，将湿漉漉的雨伞放进袋子里。周礼看着好笑，问："你这是干什么？"

林温贴心道："省得弄湿车子。"

周礼受不了，凑过去亲了亲她，亲得很温柔，只是碰了两下。

车子上路，速度很慢，雨天路滑，视野也不好。一路堵到高速路口，在路口处排了一会儿队，他们才开上去。过了收费站没多久，又遇上大堵车。这回堵在高速，长龙望不到头。林温看着导航上显示的预估堵车时长，说："要堵半个小时。"

周礼拿过她手机看了看，道："看这天气，说不定更长。"

空调有点儿冷，林温看着仪表台，不确定该按哪个键，她问周礼："空调按键是哪个？"

周礼指给她，顺手调高温度。

"我记得你有驾照？"

"嗯，大二暑假考的。"

"考完一直没开过车？"

"没有。"

堵车无聊，周礼顺便教林温车上按键功能，又帮她回忆了一遍怎么开车。两个人一个教得开心，一个学得专心，时间一晃而过，堵车路段终于通了。耽搁太久，半道上他们绕进了服务区。

俩人一个进男厕，一个进女厕。上完厕所，林温站在水池前洗手，感应水龙头不灵敏，她走到边上打算换一个，恰好和一个人同时伸出手。

林温抬了下头，对方也看向了她。

"你是周礼的朋友？"

"……嗯，你好。"

"你好，没想到这么巧。"覃茳尤笑道。

林温也意外，更意外覃茳尤竟然会记得她。覃茳尤穿着丝质的V领连衣裙，长相大气,气质卓越,她站在水龙头前没挪位,林温又换了一个。

俩人同时洗着手,覃茫尤看着镜子,问:"你是去哪里?"

林温报了县名。

"自己开车吗?"

"不是。"

"跟朋友一起?"

"嗯。"

两人毕竟不认识,没什么话好说,走出洗手间,周礼就等在不远处。

周礼见到洗手间里一道走出来的俩人,挑了一下眉。

覃茫尤回头对林温说:"你的朋友是周礼啊?"

林温有点儿尴尬,点了点头。覃茫尤笑笑。

周礼走了过来,问:"你在这儿?"

覃茫尤道:"我去出差,你呢?"

周礼说:"办点儿事。"

同行助理还等在前面,覃茫尤道:"也不知道你成天在忙些什么。"

说着,她看了眼林温,又对周礼道:"有时间带人家回来吃顿饭。"

周礼一笑,没回应。

覃茫尤拍拍他胳膊,又回头看向林温,含笑说:"不打扰你们了,下次见。"

助理撑伞,覃茫尤慢慢走向停车场。

林温一直望着她的背影,周礼按了下她的后脑勺儿,问:"看呆了?"

林温说:"你表姐真有气质。"

"你喜欢这样的?"周礼问。

林温说:"没人会不喜欢吧,长得好,又厉害。"

周礼扯了下嘴角,看着林温说:"小朋友。"单纯。

"什么?"

周礼撑开伞,道:"说你呢,小朋友。"把林温搂过来,这点儿路也不用她单独撑伞了。林温躲在周礼伞里,仰头看他,没明白他的意思。

周礼搂着人,边走边说:"她的厉害跟你认为的厉害可不一样。"

"什么意思？"

"覃家现在除了我外公，就剩她了。她爸和她同父异母的弟弟，都被她弄出国了。"把人弄出国那年，覃洰尤才二十一岁，她的手段并不高明，甚至算得上下作，但胜在有效。周礼不想多谈这个，雨又大了起来，他搂紧林温，带着她快步上了车。

剩下一半路，没有遇到堵车，行车速度快了许多。但到达宁平镇附近的时候车速又降了下来，雨势太强，根本看不清前面的路。

公路两边建筑很少，看见的几栋都是低矮的平房，这一带不知道算城镇还是乡下。周礼隐约见到路边有家两层楼的小酒店，他跟林温商量："先去那里吃点儿东西？"

已经十一点多了，又看不清路，开车太危险，林温自然同意。周礼把车往路边开。出了公路，剩下的都是土路，酒店前方的那段路有障碍物，车子过不去。周礼靠边停，解开安全带正要下车，看清外面的地，他回头跟林温说了句："你等会儿。"

"嗯？"林温听话地没动。

周礼打开车门，撑开雨伞，皮鞋踩进泥泞软烂的地里。

强降雨把这土路冲刷成了泥泞。周礼绕到副驾，打开了车门。

"你拿着伞。"周礼对林温道。

雨声吵闹，连讲话都得高声，林温接过雨伞，问："你要干吗？"

周礼把林温早晨上车时说的那句话还给她。

"省得弄脏你鞋子。"周礼说着，弯下腰，直接将林温抱出了车子。下着雨，打横不好抱，会被雨淋到脚，周礼托着她的臀，将她提抱起来。林温一手举伞，一手搂着周礼的脖子，脸唰地红成番茄。

几十米的路，周礼抱着人加速过去，皮鞋踩着泥，帆布鞋却洁白如新。

林温躲在他温暖的怀里，把雨伞降低，再降低，挡着自己，也挡着周礼背后的风风雨雨。

Chapter 16
她诉

> 想要一个人，是很难藏住心思的。

踏上酒店台阶，周礼才将人放下，林温双脚终于落在了实处，但又觉得像踩空，脚底空落落的。周礼快速推开玻璃门，等着人进去，回头看林温斜着伞，还站在他后面给他挡飘来的大雨，他抽走林温手中的雨伞，催道："快进去。"

林温立刻进屋，周礼替她收伞。

这家"酒店"一看就是自建房改造的，墙面刷了白漆，地是水泥地，前台很简陋，没看到能吃饭的地方。整个一楼的空间感觉不大，不过收拾得特别干净。周礼皮鞋上都是泥，他在门口踏了踏才入内，但还是不可避免地踩出了一串泥脚印。酒店里只有两位四五十岁的中年人，看模样像是店主夫妻。

老板娘打扮得干净利落，招呼说："没关系没关系，进来吧，外面雨这么大。"

老板有点儿驼背，沉默寡言地拿了拖把让周礼踩几下，又将泥脚印拖干净，周礼道声谢，问："这里有饭菜吗？"

"有的有的，不过菜比较少，你们看看有没有想吃的。"老板娘热情道。

"酒店"主要做住宿，餐饮是顺带的，没有专门的厨师和菜单。老板娘把他们领去厨房，给他们看现成的食材，待会儿也是她亲自下厨。

周礼和林温都不挑，他们要了一份花蛤蒸蛋、一份雪菜蒸笋，又要了一份青椒炒肉丝。

吃饭的地方在靠近大门口的小饭厅，之前饭厅门关着，两人都没注意到。

饭厅没装空调，只有电扇。周礼打开电扇，林温给他递纸巾，说："你快擦一擦。"

外面的雨实在太大,两个人身上还是被飘到不少雨水,林温稍好,周礼的手臂、后背和裤脚全都湿了。周礼扯了扯衣服后背,随手抹了抹脖子和胳膊,再坐下来擦皮鞋。皮鞋惨不忍睹,林温不停地给他递纸巾,纸巾一团团变黑,周礼的鞋终于被救了回来。

菜品简单,上得也快,老板娘边上边介绍:"花蛤都是早上买的新鲜的,吐沙吐了一上午,绝对干净!"

"笋里面放糖了,你们吃得惯吧?"

"青椒可能有点儿辣,你们要是吃不了就跟我说,我给你们换道菜。"

很少碰到这样热情的店主,林温一直道谢。

老板娘终于没再打扰,两人吹着电扇慢慢吃午饭。

小饭厅门没关,方便透气,紧闭的窗户外,雨下得像沙尘暴,天色黑压压的,电闪雷鸣有些吓人。林温吃得心不在焉,视线总投向窗外。

"在想你爸妈?"周礼问。

"……嗯,"林温扒着饭粒说,"不知道他们这几天怎么样。"

她父母年纪大,阴雨天总是骨头疼、肌肉疼,林温一直在记日子,父母来这里已经五天,雨也连续下了五天。

桌上手机响了几声,有新微信。林温看了一眼,人脸识别自动解锁,屏幕上显示出发信人的名字。林温皱眉,没有去碰手机,继续低头吃饭。

周礼扫到了姓名,他没吭声,过了一会儿,他才再次开口:"有没有想好怎么跟你爸妈说?"

林温慢慢地摇了下头,她看向周礼。看不到周礼的后背,也不知道他的衣服干没干,但他裤脚还湿着,林温瞄了眼桌子底下。

她想起周礼说过的许多话。比如"离群索居者,不是野兽,就是神明",再比如,"人一旦求助了迷信,自然就会刻意忽略一些现实,毕竟迷信造就的奇迹更能让人惊喜和满足"。

周礼不是个话多的人,他多数时候也喜欢沉默,他就比她大了四岁,但他的成熟是远胜过她的。

林温做事向来不问人,她长大懂事后一贯自己默默拿主意。但这次她身边有了人,林温忍不住尝试征求周礼的意见:"我一开始想这次直接把他们劝回来,但刚才我又犹豫了。"

她担心父母不乐意,也担心戳破父母旅游谎言后尴尬。

周礼放下筷子,靠向椅背,想了想,他问:"你爸妈多大岁数了?"他估计七十来岁。

林温道:"他们都七十了。"

"跟郑老他们差不多大。"周礼说出自己的看法,"我向来觉得人年纪大了,只要不做缺德事,想怎么活就随他们怎么活。"

林温问:"要是他们被骗了呢?"即使寺庙是正规的,林温也始终心存疑虑。

周礼反问:"他们已经被骗了吗?"

林温蹙了下眉,摇摇头。周礼道:"你在这件事上提前做了预判,本身就有了自己的立场,没给过你爸妈机会。"

林温的心一跳,周礼和她对视。这形容太熟悉,将"爸妈"直接替换成周礼,也毫不违和。林温抿了下唇,周礼看着她一笑,不跟她翻旧账。

继续言归正传,周礼道:"你顾虑得太多,也跟你爸妈缺乏沟通,你可以先中立地看待寺庙的行为,再想想下一步该怎么做。"

林温若有所思。

周礼握起她的右手,将她的筷子戳进菜里,说道:"边吃边想,菜要凉了。"

于是林温边吃边想。假如父母是正常的礼佛,她没看到又跪又拜又塞钱的场景,也没听到其他人夸张的故事,她那天会不会有那么大的心绪起伏?

林温吃完饭,说道:"我想先看看我爸妈现在的情况。"

他们是变糟还是变好,这才是决定她该怎么做的最关键因素。

周礼点头,都听她的。

饭后雨势恢复正常大小,离店的时候店前面那段路已经被店主夫妻铺了一层稻草,林温的帆布鞋踩在稻草上,只洇湿了一点儿鞋边,没有踩到淤泥。走到车边,周礼看了看停在不远处的另一辆车。这里周围的建筑物只有那家"小酒店",他们过来的时候附近没车,现在多了一辆车,酒店里却没有进新客。

"怎么了?"林温已经坐进副驾,她还没关车门,见周礼撑着伞在边上没走,她不由得问道。

"没什么。"周礼拍拍她膝盖,让她把腿缩回去,关上副驾门,他绕去了驾驶座。

几分钟后,他们进入宁平镇,林温叫停,找了家小杂货店,买了一件雨衣。

跟着导航又开了一阵,他们终于抵达寺庙。寺庙门口不好停车,他们把车停在离寺庙百米远的地方。

步行进入庙内,林温裹着雨衣,尽量隐藏住自己的身形、外貌。

周礼被她逗得忍俊不禁,"你上回也是这么'乔装打扮'的?"他笑着问。

林温尴尬:"嗯……"

周礼紧了紧她的帽檐,配合道:"嗯,真的认不出来了。"

"……"

下着雨,林温穿雨衣并不奇怪,周礼撑着伞走在她边上,两人顺着人多的地方去,不一会儿就到了一处大殿,里面正在讲经。

林温在人群中找到了自己的父母,她指给周礼看。

周礼观察道:"他们气色不错。"

林温点头。

一直看到讲经结束,林温和周礼又远远跟着这行人去厨房。

已经十二点多了,他们才刚准备吃饭。林父林母跟人说笑着端碗去餐桌,餐桌上摆着不少素菜,餐盘边放着公筷,老年人边吃边评价菜色。

"林温,周礼?"

林温听到声音回头,是齐舒怡。周礼见到来人,有点儿诧异,过了两秒才想起上回林温提过在宁平镇碰到齐舒怡的事,原来不是在镇上碰到,是在寺庙。

齐舒怡穿着围裙,今天她在厨房做义工,刚忙完手头的事,去上了个厕所,出来她就看到了这俩人。

"好久不见。"齐舒怡含笑,跟周礼打招呼。

周礼打量她,问:"你怎么会在这里?"

"林温没跟你说吗?"齐舒怡看向林温。

林温道:"我没跟他说过你是在这里做课题。"

"那现在知道了？"齐舒怡笑着跟周礼说了一句，又问林温，"你怎么又来了，你爸妈这边……？"

林温简单解释："我今天先过来看看。"

齐舒怡今天事情多，不能陪着林温，知道不是林温父母有什么事，她就没多担心，跟他们简单聊了几句她就走了。

等父母吃完午饭，林温和周礼也走了。他们去庙外面买了一些香烛，又换了点儿现金，回来后每个大殿都走了一遍。

烧香拜佛，再往功德箱里塞点儿零钱，周礼带着林温跟殿内的僧人聊了一会儿。聊完这个殿，又去聊那个殿，拜过大半佛像，两人又去逛庙里其他地方，路上碰到香客聊天，周礼偶尔也插句话，林温有时旁听，有时也会提问。

一直到夜色降临，林温目送父母回寝室，她才和周礼离开寺庙。明天还要过来，他们先去镇上找今晚住的地方。宁平镇上没有星级酒店，也没有像样的宾馆，甚至连小旅馆也只找到三家，最尴尬的是客房也只剩一间。因为白天的暴雨和雷电，一家旅馆的电路坏了，一家旅馆被水淹了，还有一家旅馆幸存，导致入住率上升，仅剩一间大床房。

林温低头看导航，说道："好像没有其他旅馆了。"

周礼转了转车钥匙说："上车，去中午那家店。"

两人重新上车，不一会儿就到了公路边那家"小酒店"，店里依旧只有店主夫妻二人。夫妻俩还记得他们，听他们说要开房，老板娘道："正好还剩下一间大床房。"

两人："……"

"怎么了？"老板娘问。

周礼敲敲前台桌子，看向林温，说："你住这儿，我回镇上住。"这才第四天。

林温点点头，没有反对周礼的提议。

周礼先送林温上楼。酒店只有两层，二楼是客房。走过楼梯，推开露台门，林温的房间在露台旁边。去房间还要撑伞，周礼把伞打开，搂着林温快步过去。几步路，林温被周礼护着没有沾到雨，周礼另半边手臂却被淋湿了。

房间没有房卡，用的是钥匙，林温打开门，又开了灯，房内陈设一目了然。

有床有柜有空调，装修很简单，但胜在看起来很干净，比镇上的旅馆要好。

周礼看了一圈，道："这里还行。"

"嗯。"

"那我走了？"

林温看着他，点点头。

"明天七点过来接你？"周礼又问。

"你起得来吗？八点好了。"

周礼点头，说："好。"

送周礼到门边，林温又听周礼说："门记得反锁。"

林温说："知道。"

打开门，周礼撑伞离开。

林温把房门反锁，回屋开了空调。行李包放在柜子上，她过去拉开拉链，取出里面的换洗衣物。走到卫生间门口，她顿了顿，又折返回去，放下衣物，她拿出装在塑料袋里的雨伞。林温开门，撑伞走向露台栏杆。远远地，她看见周礼踩过稻草铺成的小路，走到了车边。

车灯亮了亮，周礼拉开车门，坐进了驾驶座。不一会儿，车子发动，缓缓开向公路。周礼咬住烟，一边转动方向盘，一边摸出打火机。

车轮滚上了公路，他没马上提速，望向路边的小酒店，他按了下打火机。火苗燃起，他又松开了。没点烟，他收回视线，看向公路，继续往前开。开了不到两百米，他回头又望向小酒店，周围漆黑，露台上亮着灯，像黑夜里的萤火。

人影还在。周礼再一次收回视线，缓缓开了一百多米后，他拿下咬在嘴里的烟，猛打方向盘，掉头返回。

车子突然冲回老地方，林温后退两步，离栏杆远了些。但她依旧能看到车子熄火，有人走出驾驶座，没有撑伞，那人大步流星地踩过了稻草铺成的路。林温握着伞原地打转，半晌她才小跑向房间，跑到一半，她忽然被人抱起。

"去哪儿？"周礼用力亲了一下她的脸，抱着她走向房间。

林温把伞举过周礼头顶。

到了房门口，周礼将人放下。圈着她，周礼抽出她紧握在手里的钥匙，直接开了门。推开门的瞬间,周礼在她身后说:"我今晚住这儿。"

周礼从前要做点儿什么,基本会带点儿征询的意思,比如周礼第一次叫阿姨送衣服去她家,也是先问过她。但这次周礼说今晚住这儿,他用的是陈述句。林温没吭声,在他胸前扭动了一下。周礼挡在她身后,不让她跑。

林温这才说:"我要收伞……"

"……"周礼拿过她手里的雨伞,像是怕她钻空,先将她推进房门,再自己替她把伞收了。

雨伞滴水,周礼把伞搭在门口地上。他这一路没打伞,即使走得快,身上还是湿了不少。房间就这么点儿大,因为空间小,床头柜只有一张,床也靠窗摆,床尾是柜子,林温没地方站,就站在床尾和柜子中间的小小过道上。

林温原本以为自己应该会继续慌乱,然后拒绝,或者扭扭捏捏、局促不安,可等周礼放好伞,直起身,她望着对方的脸,出口的话却是:"你先去洗个澡。"觉得光这一句不合适,她又添加解释,"你身上都湿了。"

林温除了耳朵有点儿红,神情如常,语气也平稳,让人去洗澡这句话说得自然而然。这不像她平常对外展现的性格,或者说,现在的她,更像深夜时分,在火热嘈杂的夜宵摊,独自酌着白酒的那个人。周礼目不转睛地看了她一会儿,然后"嗯"了一声。

林温指甲刮着柜子边,不一会儿浴室里传出水声,她缓缓吐出口气,扯了下自己发烫的耳垂。把窗帘拉上,她在床尾干坐十几秒,之后翻出手机,随便刷起新闻。新闻看不进,她又打开电视机。男人洗澡的速度跟刷牙的速度差不多,林温刚选好要播放的节目,浴室门就开了。

周礼头发和身上的水没干,只在腰间围了一块白色浴巾。他身材精瘦,没有夸张的腹肌,但他身上明显有日常健身的痕迹,宽肩窄腰,皮肤紧实,他腹部的脐毛像条分界线,腰部的肌肉力量强劲。

林温的视线和他腰部平行,看到他那处肌肉随着呼吸和步伐微微起伏,林温"嗖"地转头,专注地盯回电视机。

周礼走近,声音在她头顶居高临下,"去洗吧。"他说。

"……哦。"林温放下遥控,站起身。

周礼堵在过道，林温过不去，她捧着换洗衣物，仰头看对方，视线"高高在上"，避开脖子以下。

周礼和她对视几秒，慢慢侧过身，给她让出路。

卫生间的门关上了，周礼靠坐着柜子，盯着那道门看。隔音效果差，声音半点儿都藏不住，他听见里面的人拉开了玻璃门，又关上，接着水声哗哗。热气仿佛蔓延出来，周礼捏着后脖子，仰头看天花板，喉结滚动。

水声中断，半响才继续，过了一会儿，再次中断，接着又继续。

他上班前都会在洗手间耗很久，不是吹头发就是护肤，但他对这些其实很不耐烦，所以他洗澡向来是速战速决。女人跟男人完全不同。周礼闭了闭眼，叹了口气。他放下手，扯开腰间的浴巾，换上了T恤和长裤。

他没睡衣，这身衣服是明天要穿的。

林温穿着保守的居家服出来时，看到的就是同样穿着保守的男人。

她用毛巾捂着发尾，动作顿了一顿。

"怎么不把头发吹干？"周礼拿着遥控器，背靠床头问。

"……哦，头发还滴水，我擦干了再去吹。"林温说。

"嗯。"周礼继续看电视。

过了一会儿，林温去卫生间吹干头发，再出来的时候，周礼站在电视柜边上喝矿泉水。林温拿出充电器，把手机放在床头柜上充电。

周礼喝着水，站在床尾跟她说："你睡里面。"

林温脱鞋，爬进了床里面。周礼拧上没喝完的水，把瓶子放到床头柜，也上了床。

被子只有一条，周礼没去盖，他问："再看会儿电视？"

"好。"林温说。两人靠着枕头，又看了一会儿前天晚上的那部年代剧。

看完两集，周礼问："还看吗？"

"不看了。"已经十点半，林温道，"明天还要早起。"

周礼把电视机关了，再关灯，房间陷入黑暗，他平躺下来。

床宽一米五，两人中间隔着一个人的距离，林温在黑暗中把被子甩过去一点儿，背角正好盖住周礼的肚子。周礼的手搭在软软的被子上，说："张力威说你昨天从游戏里跑了，刚又给我发了微信。"

林温抿唇，道："哦。"

周礼说："他缺根筋，郑老他们倒挺喜欢他。"

林温想起张力威的言行举止，笑了笑，赞同地"嗯"了一声。

两人聊了几句不再说话，都闭上了眼。大约过了十分钟，床头柜振动了几下，漆黑的房间瞬间亮了亮。周礼睁开眼，摸到手机看了看，然后拔掉充电器，拿着手机，戳了一下林温的脸，提醒："微信。"

林温睁开眼，手机又一次自动解锁，任再斌的名字像四月里的柳絮，让人烦不胜烦。周礼瞥了一眼，重新躺平，林温看向他，手机很快自动熄屏，房间再次陷入黑暗。

半晌，有人说话。

"你微信里有多少好友？"

"……嗯？"

"你微信里有多少好友？"

"一百五。"

"记得这么清楚？"

"嗯。"

"……一百五定律？"

林温一愣，转向身旁。雨水拍打窗户，窗帘拉着，什么都看不见。

很难得，有人跟她一样，竟然也知道这个。周礼仿佛什么都懂。

林温咬唇，心跳莫名加速，脸也莫名发烫，呼吸在枕头间，一会儿凉，一会儿热，半晌，她手指轻点屏幕，房间黑暗被驱逐，她看见了周礼。

周礼穿着T恤和长裤，这是外出的穿着，根本不适合当睡衣。

他侧枕着，一直面朝着她。幽光中两人对视，周礼拂了下贴在她脸颊上的碎发。

脸颊有点儿痒，不属于她的温度入侵了她，屏幕再次熄灭，林温在黑暗中小声开口："下次张力威再让你找我，你别理他了。"

周礼温声问："为什么？"

林温沉默片刻，才道："我初中的时候……被班里女生孤立。"

这段经历，林温从没跟人提过，此刻她鬼迷心窍，就像四天前在酒吧，就像两个小时前,她让周礼进这间房。

林温的讲述言简意赅,几句话就结束了她的初中三年经历。

周礼先前多少能从林温的态度和张力威的表述中猜出一些,只是他猜和听林温自己说,到底不一样。周礼的手还搭在林温脸颊边,等她说完,周礼问:"为什么不告诉你爸妈?"

林温张了张嘴。

周礼摸摸她的头发。林温慢吞吞道:"我有一个哥哥,他在我出生前就过世了……他走的那年是高二暑假,那天坐校车去夏令营,同车的还有他的同学。"把父母带来寺庙的李阿姨,她的儿子,就是她哥哥的同学之一。

那场车祸源于司机的不专心驾驶,林温母亲赶到事故现场,当场崩溃昏厥,等再醒来时,她躺在医院,林温父亲告诉她,医生检查了她的身体,说她怀孕了。

林温母亲不敢置信,回过神后悲恸大哭。为了养胎,林母咬牙支撑着自己,可她的精神状态根本无法自控,每天躺在熟悉的家中,她浑浑噩噩,就像行尸走肉。后来夫妻二人封存住满是回忆的房子,回到老家,林温出生,林母对于她的喂养战战兢兢。

"我爸说,我妈那个时候每天凌晨会惊醒好几次,醒来就摸我的鼻子,看看我还有没有呼吸。"

林温三四岁的时候很爱玩,后来因为母亲担心,她连家门都很少出,她变得安静又乖巧,长大点儿后又变得温顺。她从小就不敢受伤,不敢吃外食,母亲太敏感脆弱,给她的爱也复杂厚重。林温从记事起就知道要照顾父母的情绪,他们走不出伤痛,这不是他们的错,也不是他们能控制的,就像他们给她太多太多的关注和爱,这更不是错。只是林温有时候会很迷茫,偶尔也会喘不过气,她像生长在一个形状固定的模具中,那个模具是父母喜欢的,但空间逼仄,限制了她的成型。

"所以我不敢告诉我爸妈,就像我之前脚受伤,我也不敢让他们知道。"林温蹭了蹭枕头,轻声说,"其实也还好,我念了高中后,就慢慢交到朋友了。"即使是她强迫自己去交的友。

周礼握住了她放在枕头上的手。

林温用另一只手，再次点开手机屏幕，她直接进入微信，让周礼看。周礼看向屏幕。屏幕上显示的是微信通讯录的界面，界面最底端有一行灰色小字——

"一百五十个朋友及联系人。"

一百五定律又称邓巴数字，一个叫罗宾·邓巴的人类学家说，人类的稳定社交网络人数最好控制在一百五十人以内。

从人类的智商来看，这个社交人数处于众人能够应付的范围，一旦超过这个数字，人际交往将变得相对麻烦。林温讨厌复杂的人际关系，她希望父母对她的爱最好没有掺杂其他，也希望同学关系只是简简单单。所以她一直严格遵循邓巴数定律，她的稳定社交人数被她牢牢控制在一百五十人以内。

现在正好是这个数字，她不会再添加好友。

林温手指滑动屏幕，周礼看着她的动作，一直滑到"R"开头，她才停住，然后点进去，右上角，选择删除。

林温看向周礼，问："你的微信号是手机号吗？"

"……不是。"周礼拿过她的手机，添加了自己的微信号，再反身拿到自己的手机，同意好友申请。

微信声响起，屏幕上显示"你已添加了温，现在可以开始聊天了"。

周礼放下手机，借着微光看着林温，低声道："知不知道你现在是什么样子？"

"……嗯？"

"像你喝酒的样子……"

安静温和，却又有着无人窥探到的沉闷憋屈、任性和隐藏最深的随性。

人本身就是这世上最复杂的生物，又怎么可能只有一种单一的性格。只是没人发现真正的她，她也从不叫人看见她自己。

周礼拿起床头柜上的矿泉水，将剩下的半瓶全喝了，但还是解不了渴。他深呼吸，掀开被子，将林温抱了过来。没有开灯，四周很快又变黑，林温在他身下手脚被束，周礼在空调房中冒了热汗。周礼将林温翻身，咬住她的后脖颈，他呼吸又急又重，像猛兽叼住了猎物，差一步就能将她撕开。最后一步，他还是放过了她。

周礼下了床，走进卫生间，不一会儿里面传出动静，林温面红耳赤，将自己埋进被子里。

周礼再从卫生间出来，身上带着冰凉水汽，他先把人抱进怀里，不久又把人远远推到墙边上，他自己贴着床头柜睡。

林温本来已经酝酿出睡意，被周礼这一推，她又醒了。她先平躺着发了一会儿呆，然后侧身，用手指抠了抠墙壁。在墙灰被她抠下来之前，她睡着了。

再睁眼，房间里有微弱的光。窗帘没有拉严，光是从缝隙中漏进来的。

林温先看向旁边。周礼努力躺在离她最远的地方，一条腿都挂到了床外面，如果没有床头柜挡着，他也许会睡到地上。

林温压了一下上翘的嘴角，轻轻坐起身，拉开窗帘一角，望向窗外。

这间房的窗户开在北面，放眼望去，北面一片空旷，远处有田野，田野周边散落着几幢房子。雨势没有昨天大，但天空阴沉沉的，也不知道现在是几点。

手机后来又放到床头柜上充电了，林温小心翼翼地爬向床尾，下了床，她绕到床头柜，拿到自己的手机。一看时间，竟然才五点半。林温轻手轻脚去卫生间刷牙洗脸，出来后开了一瓶矿泉水。站在床尾，她边喝水边看着周礼。

周礼没穿回衣服，他睡得又太沉，即使她后来又悄悄给了他一点儿被子，也不顶用。林温拿凉凉的矿泉水捂了捂脸颊，看了一会儿，她才走过去，拉出一点儿被子给周礼盖上。时间太早，林温重新爬回床躺着。

房里的光又稍稍亮一点儿的时候，周礼睁开了眼睛。在空调房里睡了一夜感觉嗓子干哑，他这一觉没睡太好，醒来时眼皮发沉。

周礼把挂在床外的腿收了回来，捏了捏眉心，往边上看了一眼。林温双手贴在脸颊边，手机被她压在了手底下，看模样像是玩手机玩到睡着。

周礼没挪位置，他胳膊长，伸手过去，勾了勾林温的小拇指。

林温没反应，依旧睡得香甜，她睡着的样子很减龄，看起来也有点儿好欺负。

周礼笑了笑，撑起身，往她脸蛋上亲了一口。

周礼起床后习惯先喝水，再冲澡，房间里只有两瓶矿泉水，一瓶昨晚被他喝了，还有一瓶，不知道什么时候开了封，水也少了一截。周礼走到电视柜前，拧开瓶盖,看着躺在床上的人,他慢慢喝掉她喝剩的水。

进浴室简单冲了个澡,周礼擦着水珠出来,看了眼时间,才六点十五分。

把水擦干,周礼回到床上。一时半刻睡不着,他双手枕在脑后,平躺着耗时间,等听到一旁传来动静,他立刻翻身,一手撑在林温脸旁,另一只手托着她耳后到脖颈的那一截。

林温才刚睁眼,什么都来不及看清,转瞬又闭上了。两人呼吸紧密交缠,周礼的大拇指时不时地揉按她的耳朵和脖子,这是无意识的安抚,也是不让她动。许久,周礼缓缓放开她的唇舌,低声说:"早。"

林温也低声说:"早。"

周礼一笑,掐着她胳肢窝,直接将人抱了起来,"起床!"他说。

两人换好衣服,退房时已经七点半。早餐没在这家小酒店吃,周礼带林温回镇上,找了一家看起来比较像样的早餐店,一人叫了一碗面条。

吃完面,林温放下筷子说:"先去趟超市。"

周礼问:"想买什么?"

"给我爸妈买点儿东西。"

这是已经拿定了主意,周礼"嗯"了声。

宁平镇上没有大型超市,小超市更像杂货店,店里没有推车,只有手提式的购物篮。周礼拎着篮子,林温在前面挑选,挑一样,往后面放一样。

她买的零食都是些红枣、话梅、糕点类的东西,父母能咬得动,他们也爱吃,又买了一套床上用品和电蚊香。结账的时候林温还要了一箱牛奶。

买完零食,林温觉得还缺,转去隔壁水果店买了一些水果,接着又找到一家药店,买了点常备药和缓解疼痛的膏药。东西备齐,两人再次前往寺庙。

大约因为是周末,上午的寺庙尤为热闹,不少本地人在这儿上香,义工人数也增多。林温找到父母时,父母正在厨房后门,和几个同样上了年纪的人一块儿说说笑笑,处理着午饭要用的食材。她深呼吸,拎着超市购物袋走了过去,语气轻快地叫人:"爸,妈!"

林父林母回头,惊愕之下,手里的菜全掉到了地上。

十多分钟后，林温站在父母这几天住的寝室，将她买的零食一一理出，让父母到时候分一点儿给李阿姨。林温拿出新买的床上四件套，道："这是给你们备用的，我看这里有洗衣机，等不下雨的时候，你们记得洗一下再用。"

又拿出感冒药、创可贴、膏药等，问父母要来一支笔，在药盒上备注好大字的服用说明。最后林温道："电蚊香我也给你们买了，晚上睡觉有蚊子的话记得用。"

林父林母说不出话。

恰好一只蚊子飞了过来，就在林温面前打转，林父叫道："别动！"

林母立刻拍掌，"啪"的一声，没有拍到。林温从座位上起来，加入逮蚊子的队伍。

"床边上！"

"左边！"

"柜子把手那里！"

林父林母全神贯注，林温随手抄起一本书，"啪——"，扁平的蚊子印在了书封上。林温看到书名，才发现这本书是寺庙住持所著的经书。她不由得看向父母。

林母问她："刚才没被咬到吧？"

林父怀疑蚊子还有同伙，转着脑袋四处找，说："我看看还有没有。"

两人都不在意经书，林温心底舒了口气。

一家三口再次坐下，林父林母这回对林温坦承："我们就是怕你不高兴。"

"我们没有瞎捐钱。"

"这里还是可以的，每天都很热闹，大家都很好相处。"

"我们刚来的那天确实有被吓到，但相处下来也看出来了，寺庙嘛，是想着赚钱，但师父们也是很好的，不是什么乱七八糟的人。"

林温不住点头，她一方面接受不了寺庙的敛财方式，另一方面也承认，这寺庙并不是什么龙潭虎穴，也许万事都有两面性。昨天周礼带她在寺庙逛了大半天，见到僧人就聊，见到香客就问，她是因为放下了心，所以今天才会现身。

父母心明眼亮，没有沉溺其中，在这里住得也开心，林温不可能反对。

"你们要是缺什么就跟我说，我可以给你们寄过来。"林温道。

林母见林温真心赞成,她紧紧捏住林温的手,眼睛发红,忍不住落泪,难受地拍打自己的胸口。

　　林父小声安慰:"好了,好了,别让温温担心。"

　　林母仰头望天,逼退眼泪,努力控制自己的情绪。

　　林温忍着酸涩,抑制情绪,她挤出笑容,抱住母亲,闻着母亲身上熟悉的香味,她轻声问:"妈,这几天一直下雨,你腿疼吗?"

　　"不疼不疼。"林母抹去眼泪说。

　　"疼,怎么不疼。"林父拆台,林母瞪他。

　　林温笑笑,把母亲哄到床上,替她按摩肩背和小腿。

　　林父坐在旁边,过了一会儿,他才想起外面走廊上的人。

　　林父瞄了一眼,小声叫林温:"欸,欸,温温。"

　　"嗯?"林温回头。

　　"那个小伙子……"林父示意。

　　周礼没打扰这一家三口,他一直背靠栏杆,栏杆外是清风细雨。

　　此刻见屋里人望了过来,他才直起身,走进房门,打招呼道:"叔叔,阿姨。"

　　"哎哟——"林母翻过身,赶紧从床上起来。

　　刚才他们是没心思,现在心事放下了,二老对周礼这张脸印象深刻,但他们还是在等着林温正式介绍。周礼不作声,看向林温,也等着林温向她父母介绍他。

　　这是第五天,时间还很短……

　　林温看着周礼的双眼,不由自主道:"这是我男朋友。"

　　周礼目光牢牢锁住她。

　　林父林母一口一个"小周",既客气又热情。

　　外面细雨飘飘,周礼为林温撑着伞。林父林母偶尔回头,一路都在笑。

　　这一路去往厨房,因为寺庙还有在建的建筑,地面也没修好,脚下有许多水坑,绕道也绕不开。林温尽量小心走路,遇到小水坑就踮脚跨过去,遇到大水坑,她得观察水坑中间哪里有空隙可寻。周礼没这烦恼,他腿够长,步子够大,而且他穿的是皮鞋,不怕踩水。

　　又碰到一个大水坑,林温停了停,还没想好要怎么下脚。

周礼看了她一眼,笑了下,然后掐着她胳肢窝,单手将她微微提起。

林温一愣,想起她脚受伤那几天,他也这样把她提来提去。

"走。"周礼提醒。

林温双脚离地,练轻功似的飞出一个大步,顺利跨过水坑。

"……"

双脚落地,林温捏了捏周礼的手臂。

"干什么?"周礼好笑。

"真硬。"林温评价。

"嗯,那再来?"

"……"

接下来,无论水坑是大是小,林温继续身轻如燕。

一直等快到厨房了,林温才过瘾叫停:"好了好了。"

小游戏结束,周礼放开人,顺手又替她理了理皱起的衣服。两人抬眸看向前方,才发现齐舒怡正站在不远处,冲着他们似笑非笑。

林温的笑容微僵,不太自在,周礼面不改色,跟齐舒怡点了下头。

厨房在忙着准备午饭,林父林母重新加入老年队,林温搬出一筐菜,去水池那里给他们打下手。

周礼手机昨晚没充电,电池变红,他跟林温说了一声,去车上拿充电器。

齐舒怡找来一条干净的围裙,让林温系上。林温道谢,系着围裙,她仍有些不自在。齐舒怡看得出来,她问:"你跟你男朋友已经分手了?"

林温点头,说:"嗯。"

齐舒怡了然道:"周礼这是心想事成了,你没什么好尴尬的。"

林温刚绑好围裙系带,闻言抬眸,不太确定她话里的意思。

齐舒怡含笑解释:"周礼这样的性格,当时我就在想,他能忍到什么时候。想要一个人,是很难藏住心思的,至少他没在我面前藏住。"

"喜欢"和"爱",这两种情感都留有足够的余地。

"想要"的话,那已经是一种逼迫性的克制。

Chapter 17
佛祖盯着

周礼亲了亲林温戴上玉佛的脖颈，低声告诉她："我不走，佛祖盯着呢。"

周围人来人往，林温让开路，将菜筐挪了一下位置。

几片菜叶掉到地上，林温捡起来，抹了下菜叶上沾到的带泥雨水。菜叶一抹就干净，好像也把她心中的芥蒂和不自在抹掉了一些。

林温捻了捻沾湿的手指头，问齐舒怡："周礼跟你说过什么吗？"

齐舒怡以为林温会好奇却又羞于探讨这个话题，没想到林温的提问竟然这么直接。齐舒怡见林温神情半点儿都不像几分钟前的那种尴尬，不禁一边意外地打量她，一边思忖道："周礼有没有跟你提过，我跟他相亲，是他爷爷奶奶安排的？"

"没有，他没怎么跟我说过这方面的事。"林温从旁边挪来一张板凳，对齐舒怡道，"你坐。"

齐舒怡扬眉，看了看板凳，又看向含笑的林温，她莫名有点忍俊不禁，顺从地坐了下来。齐舒怡和林温面对面，中间隔着一个大菜筐，两人一边择菜，一边说话。

"那他一定也没提过，我是他高中校友。"齐舒怡道。

林温点头，好奇道："你是他学妹？"

"不是，我跟他同级。"

齐舒怡跟周礼同岁，高中同校不同班，只不过他们都在重点班，教室毗邻。

现实中的高中校园不像电视剧，里面俊男美女的比例并不高，周礼在当中就显得鹤立鸡群了，他的外形实在出色，尤其他成绩还在年级排名前十，运动能力也突出，这样一个人，不说全校，至少全年级没人不认识他，齐舒怡也不例外。

不过齐舒怡跟他高中三年全无交集，如果硬要扯出点儿关系，那只能是，她的爷爷奶奶，和周礼的爷爷奶奶是邻居。齐舒怡的爷爷奶奶是艺术家，退休前在宜清市周边乡村看中了一块地，利用几年时间建房装修，退休后二老迫不及待地搬了家。乡村山清水秀，风景独美，二老每天喂鸟种花，清闲自在。某一日齐奶奶心血来潮想在院子里多余的地方种菜，于是她向隔壁那对院子里种满蔬菜瓜果的老夫妇请教。一来二去，齐舒怡的爷爷奶奶知道了隔壁那对老夫妇跟他们一样，也是因为不喜欢城市里的生活，所以才搬到了乡下的。两家老人学识不同，经历不同，从前的生活不同，如今的习惯也不同，但意外地有话聊，没多久就成了每天都会串门的老友。

齐舒怡在周末时去乡下看望爷爷奶奶，爷爷奶奶跟她讲了许多隔壁老友的事。比如他们家原先穷苦出身，儿子争气读书好，靠自己的本事一步步奋发图强，曾经是著名主持人，现在在电视台做高层。只是他们的儿子婚姻不顺，早年离异了，十几年来一直单身，总说没时间另找，老友夫妇现在生活无忧无虑，只是放不下儿子的婚事。

"他们观念传统，认为中国人不是老外，老外不结婚正常，中国人就是不能不结婚。这种思想我倒也能理解，做长辈的总是希望自家孩子别人有的他都有，一切都能顺风顺水，老来也有个相知相依的伴。"齐奶奶说到这里，笑道，"还有一件事很巧，他们家的孙子跟你在一个学校，今年也是高三。"

齐舒怡好奇，问："是吗？哪个班的？不会正好跟我同班吧？"

"说是在1班，就在你隔壁，名字叫周礼，你认识吗？"齐奶奶问。

齐舒怡愣了愣，剥核桃的动作也停了，说："哦，他呀，我知道这么个人，但我跟他不认识。"

高三课业繁忙，齐舒怡尽量每周都抽时间去趟乡下，她一直没在那里碰到过周礼，但爷爷奶奶偶尔会说："你早来一个小时就能见到你周奶奶家的孙子了，本来还想介绍你们认识呢。"

齐舒怡道："介绍我跟他认识干吗呀，我又不能跟他一块儿玩。"

"就知道玩。"齐奶奶嗔道,"周礼长得帅,成绩又好,我怕你将来嫁不出去,想在你周奶奶家提前开个后门。"

齐舒怡被自己口水呛到,她面红耳赤说:"奶奶,您要不重新拿起画笔吧,我看您是太无聊了。"

齐奶奶道:"怎么,你不喜欢周礼这样的男孩儿?"

齐舒怡心说,她可不想自虐,周礼在学校就没缺过女朋友。

齐舒怡没数过周礼到底交过几个女友,可能三四个,可能四五个,她只知道周礼跟每一任女友的交往时间都不长,周礼这人没什么能被人诟病的,唯一能叫人诟病的,就是他情感太充沛,情史太丰富,而那些女生也统统脑袋被门夹了,在这事上前仆后继,奋不顾身。

齐舒怡自认为她自己条件优秀,她不会成为感情里的卑微者。但后来随着对周礼的了解增多,齐舒怡推翻了她对周礼的认知。

高三一整年,齐舒怡每周都能听到一段周家的故事,甚至是周家的秘辛。比如周礼的母亲竟然姓覃,跟周礼父亲离婚,是因为她消费能力太强。比如周礼跟他外公家并不亲近,覃家里面水太深。再比如周礼跟他父亲相处得像陌生人,一天说不上一句话,周礼爷爷奶奶不知道怎么调节他们父子关系。最后,就是周礼父亲入狱了。

齐舒怡在进入大学后,回看高中三年,也回想了周礼,她结合自己专业所学,重新认识了周礼这个人。

"他交往经历丰富,但交往经历不代表恋爱经历,在我看来,他的恋爱经历为零。"齐舒怡微微拧眉,说道,"周礼其实看不起女人。"

林温一愣。她手上还掰着菜叶子,听到这里,她反驳:"你是怎么得出这个结论的?周礼他从来都没有看不起女性。"

"抱歉,是我没说完整。"齐舒怡道,"准确地说,应该是周礼看不起任何恋爱中的女人,以及恋爱中的男人。"

周礼的父母对周礼影响极深,他的母亲将爱情当儿戏,他的父亲将爱情当人生,一个爱得淡薄,一个爱得深沉,这可能让他觉得,沉浸在爱情中的人,都是神经病。

但他又想尝试恋爱，也许这跟他爷爷奶奶从小灌输给他的传统婚姻观有关，又也许他是想体验他父母的曾经。

爱情终归是没错的，错的是在这段爱当中的人。周礼一边尝试，一边又置身事外，像个旁观者一样冷漠地看着他的历任女友，也冷漠地看着他自己。

齐舒怡也推翻了她从前认为的"他情感太充沛"。周礼不是情感充沛，相反，他过于淡薄了。

而如今，齐舒怡又要再次推翻自己。心理学的奥妙或许就在于，她以为她已经完全读出了一个人，可事实上，人类何其复杂，也许走完一辈子，她都不一定读得懂一个人。

"我之前一直在外地读书，这些年很少回来，去年回来看爷爷奶奶，我爷爷奶奶又跟我提起了他。"齐舒怡娓娓道来。

去年八月，她回来了一趟，爷爷奶奶开始催婚。

齐舒怡稀奇，说："你们以前还说周奶奶他们思想太传统。"

齐奶奶道："是啊，可我们又没否认这种传统。"

齐舒怡："……"

"你既然提到你周奶奶了，那正好，你周奶奶说了，周礼这些年一直单身，在大学的时候都没谈过女朋友，现在工作了，他借口更多，你周奶奶一直在帮他相亲。"齐奶奶笑道，"我上个礼拜提到你要回来了，你周奶奶可高兴了，知道为什么吗？"

"……"

于是齐舒怡点了头，但她点了头，周礼那边却一直没有回应。直到九月，她回来读博，相亲终于安排上日程。那天约在西餐厅见面，时隔多年，周礼再次出现的形象是一身西装革履。

齐舒怡也偶尔会看看财经新闻，可电视和真人到底不同，看到真人，她才确信，高中时期那个桀骜淡漠的男孩儿，真的已经长成了一个成熟稳重的男人。

周礼不认识她，对她这个校友也完全没印象，他绅士地请她先点餐，等一番客气的开场结束后，周礼才坦言，他爷爷奶奶即将离开这里，临走前就一个要求，希望他去相亲。齐舒怡能想象到两位老人是如何威逼或者卖惨的，她不在意道:"这么巧,我跟你也算同病相怜。"

那顿饭周礼请客,吃得还算愉快。

过了一阵,齐舒怡主动联系周礼,她有学业上的事需要周礼帮助,那是他们第二次见面。

他们的第三次见面,是在相亲一个月后的十月份。

那天她约了一位KTV老板,要问对方拿一份关于娱乐行业灰色地带从业者的资料,到了KTV,老板说他有点儿事,要一两个小时后才能过来。

她正为这一两个小时的去处苦恼,恰好就在这家KTV,她碰到了周礼。

"嗨,这么巧!"齐舒怡跟周礼打招呼。

周礼刚从门口进来,道:"我约了朋友,你来这儿唱歌?"

"我倒是想,我约了这家KTV的老板,但老板可能要迟到一个小时。"齐舒怡唉声叹气,"现在我得消磨掉这一个小时,不知道你的朋友介不介意多认识一个朋友?"

周礼揣着兜走向一间包厢,说:"那进来坐坐吧。"

就这样,齐舒怡跟着周礼,混进了包厢。

林温没想到当初的情况是这样,她把垃圾袋的口子撑大一些,将周边地面的烂叶子捡进去。

齐舒怡择着菜,把择掉的部分都扔在了地上。厨房后院一直很乱,人多菜多,收拾的过程干净不了,午饭后会再统一清扫地面。但林温没随手扔,她特意问人要来几个垃圾袋,将垃圾都规规矩矩扔进里面,还顺手捡起齐舒怡扔地上的。

齐舒怡没想到,周礼的目光会追随这样一个"规规矩矩"的女孩子。

那天她跟着周礼进KTV,里面人已经到齐。周礼替他们做了简单介绍,齐舒怡自然坐在周礼身边,跟他聊了聊上回请他帮忙的事,并说下次请他吃饭。

周礼工作忙,一边跟她聊着,一边回复手机信息,朋友们唱歌唱得起劲,他头也不抬,直到话筒传到一个女孩儿手里,温柔的嗓音响起。周礼没有抬头,他只是放慢了回复消息的速度,回复完一条,他撂开手机,弯身拿起茶几上的饮料,直起身的时候,他的目光像是带过似的扫过了那个女孩儿。

齐舒怡将这一切尽收眼底,顺着他一掠而过的视线,看向了他朋友的女友。

他朋友的女友坐在长沙发尽头，他们坐在贵妃椅这头，两边隔着最远的距离，这距离是人为刻意的。离对方最远，又是能看清对方的最好视角。

在那温柔歌声即将收尾时，齐舒怡问："你喜欢她？"

齐舒怡想，他或许会否认。周礼握着饮料杯，瞥了她一眼。

齐舒怡又道："她是你朋友的女朋友。"

周礼扯了下嘴角，重新看回女孩儿。也许是灯光过于昏暗，也许是周遭过于嘈杂，周礼的眼神在齐舒怡看来，像带着一种隐晦的压抑和逼人。她听见周礼淡声道："嗯，不用提醒我。"

齐舒怡沉默，她又一次推翻了自己，周礼不是过于淡薄。井盖压在他心口，淡薄的是井盖，一旦井盖挪开，底下或许是难以见底的深沉。从那天之后，齐舒怡没再请周礼吃过饭，也没再见过周礼。

菜已经择到了底儿，林温的手上都是绿色的菜汁，她停下了动作。

齐舒怡笑笑，说："啊，菜都择得差不多了，是不是可以洗了？"

"嗯。"林温搬筐，齐舒怡在边上给她帮忙。

林温边想心事边洗菜，齐舒怡也不再说话。

等菜快洗完的时候，林温忽然问："你为什么会跟我说这么多？"

齐舒怡说得太多，而她不像一个多嘴的人。

齐舒怡甩了甩菜叶上的水，道："可能我希望你们能有始有终？"

她不会成为感情里的卑微者，可是她希望，曾经占据她青春的少年，能有一段真正美满的人生。

林温看向齐舒怡，第一次细细打量对方。半晌，她才点头笑道："谢谢。"

过了一会儿，林温又问："对了，周礼的爷爷奶奶去了哪里？"

"他们去了港城，之后应该会去国外定居。"齐舒怡道，"他爷爷奶奶说周礼会跟他们一起去，去国外从头开始哪有那么容易，周礼在国内做主持人做得好好的，我看都快一年了，也没见周礼辞职啊。"

林温一愣，沁凉的水冲刷着她的手背。

周礼确实一直在办理辞职，只是还没办成。

周礼走出寺庙的时候，只剩一点儿雨丝。庙门口不能停车，他走到百米开外，找到自己的车子。坐进车里，他翻找到充电器，一抬头，他忽然注意到后视镜里有辆眼熟的车子，那车昨天曾经出现在公路边的小酒店旁。

周卿河当年出事后，好事者众多，周礼对跟来跟去这方面很敏感。周礼推开车门下车，回头望向不远处的那部车子，慢慢朝它走了过去。车门窗户贴了膜，周礼从挡风玻璃望进去，看到一个陌生男人在打电话。陌生男人瞥了他一眼，似乎不耐烦，嘴唇巴巴动了两下，发动车子开走了。

周礼掏出手机，拨通肖邦的电话。

肖邦一如既往地死气沉沉，问："有事？"

"我记得你有个朋友，你问问他能不能帮我查个车牌号。"周礼把车牌号报给肖邦，简单讲了几句，他挂断电话。

刚才那人手机离了耳朵，手机界面不是通话状态。

周礼重新回车上，翻出烟和打火机，点燃香烟，他胳膊搭着窗户，慢慢想着事。抽完两支烟，他散了散味道才回到庙里。

厨房在炒菜，林温捧着一杯水坐在灶台另一边的桌子前。

周礼拿着充电器回来，林温指给他插座的位置，说："门口那边。"

插座在墙脚，周礼扯了一张凳子，把手机放上面充电，然后坐到林温旁边，一把抢走她手里的水杯。

木头杯子轻飘飘的，周礼看向杯中，菊花茶只剩薄薄一层底。

林温两手空空，愣愣地维持了两秒握杯的姿势，才笑道："我给你重新倒一杯。"

"不用。"周礼仰头，毫不嫌弃地把剩下的那点儿微凉的茶水一饮而尽，再将木头杯子往林温手边一摆，说，"再加点儿水。"

林温去灶台那边，左右看看，没找到热水瓶，只有两个刚烧开的热水壶，一个用电，一个在煤炉上，都是六升超大号。

林温把用电的那个插头拔了，用力提了起来。她不算太瘦，但还是归属于细胳膊细腿的行列，两只手拎着壶，她拎得费劲，周礼远远看着也费劲。

周礼起身，几步走到她跟前，将电热水壶从她手里拿了过来。林温又一次两手空空，她摩挲了一下自己的手指头，跟在周礼身后。

壶身滚烫，周礼把电线缠握到手柄上，给木头水杯倒水。

几朵小菊花缓缓浮上水面，旁边又推来一只杯子。

"小伙子，给我也倒一点儿。"一位老婆婆笑着说。

周礼顺手替她满上。

刚倒完，"嗖嗖嗖"，桌面上忽然多出五六只杯子，还有两只杯子差点儿撑到周礼的脸。老婆婆老爷爷们各个慈眉善目。

"给我也来一点儿。"

"年轻人，帮帮忙。"

"这水是刚烧开的吧？"

周礼："……"

周礼面无表情，林温在旁边看到，知道他不耐烦做这种事，好笑地凑过去，她握住提手，小声说："我来吧。"

周礼看了她一眼，见她一副要笑不笑的模样，他顺势松开壶，把位置让出来，站边上旁观林温操作。

林温吃力地提着手柄，壶身大，杯子在桌上，她得举高才能倒水，这比拎着要费劲许多。倒完一杯，轮到下一杯，林温捏紧手柄攒力气，胳膊都凹出了一点肌肉。周礼笑了声，大手握了上去。

重量骤减，林温轻松把水注满。这杯倒完，周礼轻轻拍开林温的手说："你给我一边待着。"

林温鼓了鼓脸，老实待到一边。

大约因为这边起了头，那些老人闻风而至，络绎不绝。倒完一杯又来一杯，周礼不情不愿地当起茶楼服务生。最后热水壶见底，人也散得差不多了，周礼正要收手，桌上"嗒嗒"两声，又冒出两只杯子。

周礼抬眸，林温抿嘴笑。

"还有水吗？"林温问。

周礼不吭声。

"汩汩——"

热气袅袅，周礼一边倒水，一边将人搂过来，偏头往她脸颊上亲了一口。

林温推他一下，觑眼看了看四周。

"没人盯着。"周礼目不斜视。

林温顶嘴："佛祖盯着。"

周礼把水倒完了，竖起水壶，闻言他顿了顿，看向林温，似笑非笑，说："这会儿你倒是也迷信了。"

林温讪讪，没好气地随手戳他一下，这一记正好戳到周礼的腰。周礼腰上肌肉骤然绷紧，他一把抓住那只越界的手。

林温盯了盯他的腰，了然道："哦，原来你怕痒。"

"谁说的？"

"刚刚证实的。"

"哦，那你回去再试试。"周礼学她的句式。

"……"

那两杯水是给林温父母倒的，午饭终于准备完毕，林温父母喝着茶休息，林温给他们分着碗碟。

林母看了看屋檐外，说道："现在雨停了，你们吃完饭赶紧走。"

雨天路滑，交通事故频发，林母不放心他们路上驾驶，将开车的安全事项像念经似的重复好几遍。每一遍林温都认真地听，没一点儿不耐烦的，周礼听不惯人念经，但他在林温旁边看着，又被她夹了一筷子菜，那一点儿不耐烦也就被林温掸灰尘似的掸没了。

饭后林温陪父母洗碗，周礼在寺庙里走了走，下午一点多，两人起程返回市区。

林温有点儿困，上车没多久就打起了瞌睡，她昏昏沉沉地想到了齐舒怡，刚才离开寺庙的时候没见着人，她还没跟齐舒怡告别。这一想，林温挣脱出了梦境，看了眼时间和车外环境，竟然已经回到宜清市区了。

回程顺利无比，两个小时都没到。

林温看向驾驶座。周礼开着车，看了她一眼说："怎么醒了，还没到，你再睡会儿。"

"已经不困了。"林温开口,"对了,我听齐舒怡说,你爷爷奶奶去了港城,打算以后出……"

林温话才开头,手机铃声突然响起。

是周礼的,周礼看了眼号码,不想开免提,他靠边停车,接起电话。

电话是覃胜天的秘书打来的,说覃胜天身体不适,进了医院,问周礼现在能否过来。周礼皱了皱眉,预估了一下时间,说四十分钟后到。

林温听得到电话那头说的部分内容,再结合周礼的回应,她猜出了个大概。

"你有事的话就去忙吧,我自己打车回去。"林温说。

周礼预估的四十分钟,包含了送林温回家的时间。

周礼道:"不急,我先送你回去。"

"都已经到市区了,"林温解开安全带,"就这样,我自己回去,你去忙你的。"

周礼不放心。当他多疑,肖邦那边还没查出车牌号,他想了想,没跟林温争,干脆道:"你跟我一起去医院。"

林温一愣,迟疑不语,她觉得这不太合适。

周礼捏了捏她下巴,补充道:"你就在医院里等着,用不着见我外公。"

林温暗自嘀咕,这样的话为什么不让她先自己回去?周礼读出她脸上的表情,笑了笑,他亲自给林温系上安全带,将人绑紧了,没给林温民主的权利。

没多久就到了医院,雨已经停了,周礼把人带下车,让她在住院部的花园里自己玩一会儿。周礼独自上了 VIP 楼层,找到覃胜天的病房。

覃胜天没躺床上,他坐在沙发上,一边听着电视机里的新闻,一边翻着财经杂志。

这期杂志有周礼的一个访谈,篇幅占比不算大,但以周礼二十七八岁的年纪,以及他"毫无背景"的身份,能上这本杂志,实属本事了。

周礼在访谈中主要谈了他对近期几个金融问题的看法,少部分内容讲了他的求学经历和工作经历,但只字不提他自己的出身和家庭情况。没什么人知道他是周卿河的儿子,更没人知道他是覃家的外孙。

"外公。"周礼进门。

"来了?"覃胜天继续翻着杂志,头也没抬地问道,"你这几天在忙什么?"

"不就是工作。"周礼坐到单人沙发上,问,"您身体什么情况?"

"没什么大碍,只不过中午吃饭的时候胃不太舒服。要是不说严重一点儿,你也不会乖乖过来。"覃胜天看完了最后一段报道,放下杂志道,"已经过了这么多天了,你还忙什么工作,辞职这点儿小事这么难办?"

桌上有几样水果,周礼随手拿了一个橘子,边剥着皮消磨时间,边道:"我上次已经说过了,我对坐办公室没什么兴趣。"

覃胜天道:"那你是只对子承父业感兴趣?"

"现在这年代,不兴子承父业这一套。"周礼看向覃胜天,意有所指,"也不兴世袭这一套。"

覃胜天冷哼:"你这话不用再说了,我创立的集团,为什么要让外姓人来接管!"

周礼说:"我姓周。"

覃胜天道:"所以我让你改姓!"

周礼笑了笑。

覃胜天十五岁时白手起家,一手创立覃氏,现年已经八十二。他事业上成就无数,但家庭经营不善,并且某些方面的观念始终继承自迂腐的老一辈。

周礼道:"我昨天碰到了表姐,她就没个休息天。"

"所以呢?"

"她比我更合适。"

"哼,你这话不用再提。"覃胜天抬手,"我知道你在想什么,我确实重男轻女,但我不看好她,并不单单因为她是女人。她到底是我的亲孙女,她要是有足够的能力,我也不介意让她来接班。"

覃胜天从沙发上站了起来,绕着病房慢慢走着,说道:"如果不遇到什么大事,她的能力确实足以掌舵覃氏,但一旦遇到大事,我放不下心。"

周礼说:"您或许看低了她。"

覃胜天提醒:"她做事太急,不够耐心,没有沉淀,一旦她被逼到死胡同,她就会做错事,十几年前她是怎么对待她父亲和弟弟的,你忘了?"

十几年前,覃茬尤二十一岁,把她的父亲和她父亲带回家的私生子,送上了同一个女人的床。

"商场无父子,我不会反对她对付人,想得到就自己争取,我反而十分看中她的进取心。我当年也如了她的意,把那两个人都撵到了国外。只不过她始终不认为她用错了手段。"覃胜天沉声道,"我不说自己多光明磊落,但我能把覃氏做到今天的地位,我自认为没做过龌龊的事,我白天吃得下,晚上睡得着,没做亏心事就不怕鬼叫门。覃氏要想长久,掌舵人就必须身正!"

周礼跟在覃胜天边上,慢慢走到阳台。

外面不知何时又飘起了雨,雨丝打得树叶乱颤。树底下的人双手遮在头顶,小跑向远处的一个凉亭。

周礼看了眼腕表,她已经等了二十分钟。

周礼慢慢吃着剥好的橘子肉,听覃胜天说完最后一句话:"我今天上医院,确实没有大碍。但我已经到了这个年纪,今日不知明日事,我必须做好安排了。"

雨说下就下,也没点儿预告。林温本来在花园里逛得好好的,突然就被浇了个正着。她从大树底下再跑到凉亭底下,从随身小包里拿出一包纸巾,抽了张纸,擦拭身上淋到的雨水。

擦完雨水,林温坐到凉亭椅子上,一边查看工作群的信息,一边用手指卷着发尾。她两耳不闻凉亭外,突然一瓣橘子杵到了她嘴前,她愣了下,还没反应过来,橘子又一杵,堵住了她的嘴。

林温抬头。周礼说:"我刚尝了,挺甜。"

林温嚼着橘子点点头,问道:"都好了吗,回去了?"

"嗯,回去了。"周礼看天,"等雨小了再走?"

两人等了几分钟,雨一直没见小,周礼把手上的橘子肉都喂完了,林温抿了下甜滋滋的嘴唇,商量道:"别等了,停车的地方也不是太远。"

两人站了起来,一齐往来时的路跑。草坪柔软湿润,雨中泥土芳香,花园里除了奔跑中的一高一矮,再没有其他人。

上了车，白色纸巾乱飞，一高一矮都成了落汤鸡。周礼脖子上黏到了纸巾碎屑，林温一边擦着头发，一边想给周礼拿下来。碎屑粘得牢，她第一下没成功，改用指甲去抠。两人贴得近，周礼顺手把她有些湿的头发拂到耳朵后。

"对了，你之前想说什么？"周礼忽然问。

"什么？"

"你说齐舒怡跟你提到我爷爷奶奶。"

"哦，"林温想起来了，她道，"齐舒怡说你爷爷奶奶现在在港城，以后会出国。她说你爷爷奶奶说，你以后也会去国外定居。"

周礼说："嗯。"

林温抠下了碎屑，捻在手指上，顿了顿，抬眸看向周礼。

"你想不想出国？"周礼问。

林温摇头，说："不想。"抿了下唇，她道，"你之前在办离职，不是像袁雪说的有好去处，是为出国做准备？"

"我现在也还在办离职。"周礼说。

"……"林温的心往下沉，纸巾碎屑被她捻得更碎。

"但不是为了出国。"周礼把她另一边头发也拂到耳后。

他打开副驾前面的手套箱，从里面拿出两只小盒子，一只盒子里是玉观音，一只盒子里是玉弥勒佛。这是在寺庙时，林温洗碗，他闲逛的那会儿买的。

他跟买乌龟的肖邦一样，都是无神论者。

老僧人说，男戴观音女戴佛，男人脾气躁，女人度量小，让女人戴佛，可以酝养出宽广的胸襟。周礼觉得这不适合林温，但观音又是意在让人性情柔和的。林温已经足够柔和，相比之下，她还不如戴佛。

林温两边头发都已经被他拂到了耳后，他扶着林温肩膀，不让她动。

摘掉了林温脖子上的戒指项链，周礼把玉佩给她戴上。

温润的玉佩像极了这时节的雨，沁沁凉凉印上皮肤。

车外风雨如磐，草叶飞扬。车内幽宁清香，是花与净土。

周礼亲了亲林温戴上玉佛的脖颈，低声告诉她："我不走，佛祖盯着呢。"

Chapter 18
合住室友

> 我今天开始住你这里。

戒指项链被扔进了黑黢黢的包里,林温摸了摸挂在脖颈上的玉佛。

她小时候也戴玉,那是舅舅送给她的生日礼物,生意人讲迷信,母亲说舅舅特意找大师开过光,让她戴着别摘。林温一直戴着,直到红绳掉色,她才把玉收进抽屉。如今时隔多年,她又有了一块玉佩。林温把玉佛塞进领口,隔着衣服拍了拍,嘴角不自觉地抿出一个小弧度。

车子穿梭在雨中,林温和周礼聊着闲话,长路也不觉得长。进小区大门的时候,大门边围着不少人,林温和周礼随意瞟了眼,都没什么好奇心。

终于到家,林温习惯性地先开窗透气,周礼自己去厨房找水喝。两人身上的衣服没完全干,穿着到底不舒服,周礼冲澡快,林温让他先去浴室。

已经是晚饭时间,林温两天没在家,冰箱里就没放新鲜食材。隔着浴室门,林温拿着手机点外卖,问周礼:"你想吃什么?"

"别全素就行,你给我报几个菜名。"周礼淋着热水道。

林温嫌站着累,她握着手机蹲下来。

今天中午在寺庙吃斋饭,周礼吃得就不多,林温边找吃的边报:"毛血旺、卤鸭、红烧猪蹄、红烧肉、酱棒骨……"

三分钟冲澡结束,周礼拉开浴室门,第一眼没看见人,他低头。

客厅开着空调,浴室热气氤氲,冷热空气对撞,蹲在门口的林温最先感受到。她转头,先看到两条长着腿毛的结实小腿,仰起脖子,又看到劲瘦的一截腰。

周礼一笑,在林温反应过来前,他弯身,将人直接以蹲姿抱起。

林温吓一跳，手机差点儿摔地上，两秒后她被放在了浴室盥洗台上。

林温两脚悬空，朝前面踢了一下，问："你干吗？"

"我吹头发，你继续。"周礼道。

周礼不上班的时候不会特意吹头发，他显然是故意的。林温又轻轻给他一脚，周礼拿下挂在墙上的吹风机，堵着林温，不让她下地。

林温只能报菜名："烧花鸭、烧雏鸡、烧子鹅……"

得益于她从小就学讲阿凡提的故事，《报菜名》也是她儿时学过的段子。林温音色轻柔，两手撑着盥洗台，腿一晃一晃的，有种闲散的腔调。

她连挑衅的姿态也是温柔的，没人见过她这样，周礼挑眉，一直听她报到"烩鳗鱼"，周礼才打开林温双膝，说着"那今晚吃鳗鱼饭"，然后扣住她腰，伸舌将她嘴堵住。

林温一直后仰，腿碰到了白色浴巾，周礼握住她膝盖窝，将她扯得更近。过了会儿，又让她夹紧了，周礼抱着人走到了花洒底下，将她抵着冰凉的瓷砖墙壁，慢慢慢慢才放下她的腿。

"洗澡吧。"周礼咬了咬她的嘴唇，哑着声，费劲道。

林温的胳膊还挂着他的脖子，脚上拖鞋早掉了，她站不太稳，光脚踩他一脚，气弱外加脸红心跳，说："出去出去！"

周礼笑笑，放开人走出浴室，林温跟在他后面关门。在门关上的前一刻，林温小小声地吐出两个字："活该！"

"砰——"

周礼回头，气乐了，伸手就转门把，门却已经反锁。周礼隔着门，等生理反应平缓了一会儿，他才轻飘飘地警告里面的人："你最好给我当心点儿。"

这一晚周礼没留宿，待到九点就回去了，经过便利店，他停车买了六盒防护用品。

次日周一，工作进行得有条不紊，周礼在中午吃饭的时候收到肖邦发来的信息。车牌号已经查到，车主信息普普通通，上面有对方的居住地址。

有地址就容易多了，周礼给狐朋狗友打了一通电话，托对方去查一下车主的工作和关系网。两个多小时后，狐朋狗友将查来的信息发给周礼，周礼一条条往下看,看到其中一条信息时,他目光停住。

车主现在所在的公司,公司老板是覃茫尤的前夫。覃茫尤二十六岁那年商业联姻,三十一岁那年离异,和前夫一直保持着朋友关系。

周礼沉下脸。他沉思片刻,给林温发了一条微信,让她下班别走,他去接她。

到了下班的点,周礼准时接到林温。林温上车问他:"你今天不忙?"

周礼说:"电视台来了新人,等他上手后我就能走了。"有人分担工作,自然没从前这么忙。

林温点头,问他:"那你晚饭想吃什么?"

"你有没有什么想吃的?"

"我想自己做。"已经吃了好几天外食,林温想清清肠。

周礼没意见,问她:"去菜市场?"

"去超市吧,我顺便买点儿牛奶。"林温道。

到了超市,林温先买菜,周礼替她推车。选完一堆食材,两人再去其他货品区。周礼没看到他常喝的苏打水和矿泉水牌子,他随便提了两箱喝的放进购物车。

林温说:"这里没有,你家小区门口的超市不就有吗?"

周礼道:"这些放你那里。"

"……哦。"

周礼问林温:"家里还有没有酒?"

林温觉得他对她一定有了误解,"我不常喝的。"林温替自己澄清。

周礼觉得她这会儿过于可爱,虽然她只是平平常常说了一句话。周礼揉揉她脑袋,笑着说:"我知道。"

说完,他提了一箱啤酒,林温喜欢白酒,他偏爱啤酒。

林温理了理被揉乱的头发,问:"你酒也要在这里买?"

周礼说:"这些也放你那儿。"

"……哦。"

最后逛着逛着,周礼又买了两盒内裤。这回林温不问了,周礼也没再说。

购完物,两人驱车回小区。到达小区门口,周礼的车被拦截住了。原先光秃秃的入口处，不知何时建起一个车闸。林温拉下车窗，看着保安走近。

"你们是这小区的吗？"保安拿着一个白色本子问。

"是的，我住这里。"林温不解，"这个车闸是怎么回事，早上还没有。"

"啊，你不知道吗？上个月就已经通知过要建车闸了。"保安打开本子说，"你是几幢几零几的？"

"5栋1单元601室。"林温回答。

保安低头翻着手中的白色本子，找到林温报的地址，说："你一直没有登记过，你要登记一下，交了钱才能进去。"

"要怎么交钱？"林温问，"我没车也要交钱吗？"

保安指了指林温坐着的奔驰，问："这不是车吗？"

车闸旁边的保安亭边上聚着几位老阿姨，之前告诉林温寺庙之事的吴阿姨也在其中。吴阿姨看见林温，招招手说："欸，温温啊，你车子先开到边上来，我跟你说。"

周礼将车靠边，让出入口的位置。

小区建造久远，没有物业，一直靠街道和业委会管理，吴阿姨是业委会副主任。吴阿姨跟林温解释："我们小区原先是开放式的，什么车子都能进出，那些附近的车为了省点儿停车费，老往我们小区里停，业主都投诉过好多次了，说他们下班回来，自家的车根本没停车位。"

林温没车，所以一直没关注过这方面的信息。

吴阿姨继续道："上个月大家商量好了，要建个车闸，以后外来车辆一律不准入内！这不，昨天下午这边就开始施工了，不过因为一直下雨，所以耽误了，今天才刚刚搭好。"

难怪昨天下午小区门口围了许多人。林温看了眼周礼，问吴阿姨："临时停一下也不行吗？"

"原则上是不行的，但现在办法刚实施，那个机器都还没完全搞好，还需要慢慢调整，总不能一刀切了。"吴阿姨看向奔驰车，说，"你这车要进去多久？我们先按时间收费。"

也只能这样了，林温问："怎么收费？"

吴阿姨说:"一小时、三小时什么的,价格都不一样,过夜价格也不一样。"

林温刚要回答,一旁的周礼先开口了:"过夜。"

林温:"……"

阿姨们:"……"

因为设施还不完善,奔驰车的车窗上只能手动贴了一个"过夜"小标志,林温一路憋到家。

周礼将三箱喝的扛上楼,不紧不慢地收拾起来。他把一半喝的放在冰箱里,剩下的都垒到了冰箱旁边。

林温拿着锅铲说:"不能放这里。"

"放哪儿?"周礼问。

"楼梯下面吧。"

周礼又重新垒到楼梯下面。

接着周礼去了浴室,找到塑料盆,将两盒内裤拆了,倒进塑料盆里。

林温举着锅铲追出来,盯着塑料盆说不出话。周礼当着她的面,放水、加洗衣液、搓洗。

林温说:"今天没下雨。"

周礼说:"嗯。"

林温说:"你也有车。"

周礼说:"嗯。"

林温说:"你也没喝醉。"

周礼说:"嗯。"

林温上前,拍了下他的手臂。

周礼大方道:"不用你帮忙。"

林温憋死了,说:"谁要帮你!"

周礼干脆把她扯到胸前,一边圈着她,一边搓洗。

林温举着锅铲,扭动了一下,周礼拍拍她的屁股。他手上有水,林温今天穿的是裙子,裙子布料薄,水一下就渗了进去,凉飕飕的,让人打战。林温老实了,就这么看着一条条的男士内裤在水里沉沉浮浮。

饭后，林温将周礼赶出去扔垃圾。门一关上，她立刻冲到自己卧室门口，看看卧室，又抬头望望阁楼。

最后，林温一咬牙，把卧室里睡了一个多礼拜的床单换下来，铺上一床新的。铺完后她又红着脸待了一会儿，觉得自己真是中邪了。

这才第六天。

林温再一咬牙，翻出四件套，跑到阁楼重新铺床。

另一边，袁雪在肖邦店里玩了一下午剧本杀，任再斌过来的时候，她正准备去外面吃晚饭。任再斌一脸忧郁地说：“前天晚上，温温把我删了。”

袁雪惊讶，问："她居然才删了你？"

任再斌："……"

顿了顿，任再斌问："你们知道她这两天去哪里了吗？我去她家找过两次，她一直不在家。"

袁雪闭紧嘴，下午的时候她听肖邦提过，周礼前两天出门了。

肖邦装模作样地拿起账本，下午的时候他听袁雪提过，林温前两天出门了。

任再斌唉声叹气："我再去她家找找。"

袁雪一个激灵，肖邦扶了扶眼镜。袁雪连饭都没胃口吃了，跟肖邦挥挥手走了。店内客厅空了下来，肖邦想了想，给周礼发去一条微信："老狗，你没跟林温在一起吧？老任杀过去了。"

袁雪抓耳挠腮地走了一整条街，最后她忧国忧民，在街尽头给林温发了一条微信："宝贝，如果姓周的那牲口的奔驰车停在你家楼下，你要不让他挪个位置？"她就是前车之鉴啊！

可惜……半小时后，任再斌站在五栋一单元前面，死死盯着那辆熟悉的黑色奔驰车，以及车子挡风玻璃上贴着的"过夜"标签。

林温和周礼的微信响起时，他们一个在厨房盛菜，油烟机轰鸣，一个在露台晾男士内裤，跟楼下隔着厚厚的楼板。两人谁都没听见手机声音。

二十多分钟后用餐结束，周礼拎着垃圾袋下楼，扔完垃圾回来，他径直走向自己的车。打开车门，他从手套箱里拿出烟和打火机，顺手还取了另两样东西，一块儿放进了裤子口袋。

转身走向单元楼，楼底下亮着灯，有道身影在楼道里徘徊不前。周礼起先没在意，一直等走进楼道门，他才看出那背影像是熟人。

对方也恰好在这时转过身，两人照上面，周礼几不可察地拧了下眉。

任再斌怔了怔，他没想到会在这里见到人。

周礼穿着衬衫和西裤，这是他上班着装标配，脚上穿的却是一双极其不搭的塑料拖鞋，显然他刚才是随意下楼，懒得换自己的鞋。

拖鞋款式熟悉，任再斌用力盯着，脑袋轰鸣，他没法儿再自欺欺人。

任再斌怒目哆嗦，双拳颤抖，说："……你们是什么时候的事？"

周礼没答。楼道回声响，大门隔音也不见得好，现在又是饭后休闲时间，随时会有邻居出入，撞破这里的动静。林温脸皮太薄，今天已经惹到她一回，周礼不欲在这儿闹出事，他朝外面示意了一下，说："出去说。"

不待任再斌同意，他先走了出去。任再斌捏着拳头紧随其后。

停车位后面是一排树，树后是草坪和围墙，围墙外就是中学了。

周礼走到树后面停住步，回头看向任再斌。

这里光线不暗，任再斌脸上的愤怒清晰可见，说："现在可以说了？！"

周礼顿了顿，开口："前不久。"

任再斌听他一口承认，只觉得自己被敲了一记闷棍，他耳鸣目眩，怒火中烧，朝周礼冲去，说："你这浑蛋！"

周礼条件反射地避了一下，任再斌第一拳落空。

再来第二拳，周礼没躲，挨了三四下后他才回击："够了！"

"你是我兄弟，你这么做，对得起我？！"

"就是把你当兄弟，我才忍到现在！"

任再斌一愣，怒道："你们早就有一腿了是不是！"

周礼揪着他衣领，说："你自己跟别的女人不清不楚，少拿你的德行套别人身上！"

任再斌脸红筋涨，这事他连汪臣潇都没告诉过，林温是意外得知，周礼还能从哪儿知道。任再斌往周礼脸上打,说:"林温是我女朋友!"

"你们三个月前就已经吹了!"

"我们没分!"

"你当你是什么东西,玩儿左拥右抱?!"

"你又是个什么玩意儿,连兄弟的女朋友都抢!"

"滚蛋!"

任再斌去藏区风吹日晒了三个月,手臂上有了肌肉,体能明显见长,每一拳都用足了劲。周礼打架斗殴是老手,除了一开始让他几下,后面全没忍。

任再斌很快不敌,被周礼按在地上,周礼想收手的时候,任再斌又反扑。

周礼不慎被撞倒,腰间一阵刺痛,石子也划破了手心,他皱了下眉,一脚将任再斌踹飞,不再给人留情面,给了对方几拳死的。

草坪上摔出声响,任再斌鼻血直流,躺地上起不来,周礼抹了下自己的鼻子,也抹到了一手背的血。他随意往地上一坐,喘着气,从裤兜里掏出烟和打火机,点燃后用力抽了一口,他才开腔:"是你一声不响扔下了人,林温给你留了体面,你也清一清你脑袋里的水,别玩儿吃回头草还要死缠烂打的那一套。"

"你有什么资格跟我说这话。"任再斌气焰没再像先前那样足,他咳嗽几声,声音轻了好几度,带着鼻音道,"你是故意的,当初你故意把我支走,你好乘虚而入,是不是?"

周礼抽着烟一顿。

三四个月前,他们几个男的聚在肖邦店里,肖邦大方地开了两瓶酒,大家都放开了喝。那时任再斌已经在考虑辞职和分手的事,只是他一直举棋不定,下不了决心。他多喝了几杯,苦闷地征询好友们的意见。他没说想跟林温分手,只是表达了一下他感觉生活和工作都太憋闷,跟林温也没什么共同话题,他想换一个环境,换一种心境。

汪臣潇不太赞成,他认为考公务员是千军万马过独木桥,不喜欢也应该熬着,熬着熬着说不定就熬出头了,离职太草率。

再说林温,汪臣潇道:"谈恋爱久了缺少话题正常,像我跟袁雪,也不是每天都有话聊。"

肖邦以自己开剧本杀店为例："你有了明确的目标和计划的话，放弃现在的工作也不见得可惜。"至于情感方面，他母胎单身，只能抱歉。

任再斌躺在草坪上，大汗淋漓地打了一架，他的情绪已经平复了不少。转头看向周礼，他问："你当时是怎么跟我说的？"

周礼抽着烟道："任再斌，腿长你自己身上，没人能让你走。"

"你敢说你当时没有私心？"任再斌质问。

周礼吐出烟圈，弹了弹烟灰。

他记得那时，他坐在吧台最靠边的位置，远望也能望到任再斌手指上的反光。任再斌询问他，他盯着任再斌的手指说："想做就去做，尊重自己的欲望。"

那天是他们四兄弟在任再斌不告而别前的最后一聚。

周礼朋友一堆，他多数的朋友性格都是大方豪迈一派，任再斌是少数的相对内敛和婆婆妈妈的。大一刚开学时他和他们并没有玩到一块儿，但那一阵他把母亲给的生活费全都退了回去，导致连吃饭都成问题。后来他想自己挣钱，前期投入需要资金，肖邦存款少，是汪臣潇和任再斌拿出了他们的银行卡。周礼一直记着，之后但凡他们需要，他也二话不说。

烟缩小了一截，周礼看向任再斌，说道："我是有私心，但我也不会害你。"

随心所欲，他本身就一直这么行事。任再斌也想到了他的性格，他转回头，望着头顶漆黑的夜空。

光线暗了暗，似乎是围墙另一边的中学操场熄灯了，周礼打开烟盒，抽出一支烟，朝任再斌扔了过去。

"我还是那句话，你这三个月想的是你自己，你对林温到底还剩多少感情，你自己琢磨清楚。"周礼低头又吸了两口烟，说，"琢磨清楚了就离她远点儿，我见不了。"

这话说白了就是嫌他碍眼，任再斌气得咳嗽，他按住胸口的烟，撑着地慢慢坐起来。

周礼又将打火机扔给他。任再斌抽烟少，他吸进喉咙后呛了呛，抹了一下口鼻，他看着掌心的血渍问："你跟她已经在一起了？"

"嗯。"

"我回来的那天,你们就在一起了?"

"嗯。"

任再斌觉得自己被狠狠打了脸,他想起那天的情景,恨不得将打火机用力砸向周礼。周礼捡起掉在草坪上的打火机,拿在手上把玩。

任再斌用力抽烟,胸口起伏不定,过了会儿他又问:"你什么时候喜欢上她的?"

周礼没吭声。

任再斌问:"早就喜欢上她了?"

周礼喉咙里只发出一个音:"嗯。"

任再斌也不再吭声,他低下头。

烟雾缭绕,夜风徐徐,两个男人默默抽烟,抽完手上的,周礼又分给对方一支,任再斌接住,再次点燃。等一滴雨水落到脸上,周礼才抬起头。梅雨季节还没过,又要下雨了。周礼把最后一口烟吸了,从地上起来,穿上之前掉了的拖鞋,对任再斌道:"我上楼拿个东西,你在这儿等会儿。"

"哦。"任再斌说。

楼上林温洗完澡走出浴室,发现周礼已经扔了半小时的垃圾。

她皱皱眉,找到自己的手机,想给周礼打电话,结果周礼的手机就搁在她手机边上。手机有新消息,林温边走向阳台,边点进微信,看完一愣,她整个脑袋变成蒸汽火车,几步冲到阳台,林温往下望。

奔驰车就在老位置,车后的树丛里似乎有人影,周礼的身影从车尾走过,正要进楼道门。林温跑到门口,打开大门,没一会儿就听到了周礼的脚步声。她耳朵快要红冒烟了,举起手机,她道:"周礼,袁雪她……"

周礼拐过五楼半,身影出现在林温的视线中,林温话语戛然而止。

"你怎么了?"林温跑出大门。

她还穿着室内的拖鞋,周礼大步跨上楼,抄起她的腰,将人顺回屋,说:"任再斌给你的戒指呢?拿来。"

林温一愣。周礼拍拍她胳膊,说:"快点儿,他还在楼下等着。"

林温一口气没上来,她晕头晕脑地进卧室取出戒指,周礼什么都没说,转身就下楼。

林温回过神,说:"等等!"她的事她向来喜欢自己解决,林温跟了出来。

周礼眉一皱,又大步跨上楼,将人往屋里一推,握住门把,二话不说碰紧大门,"老实待着!"他警告。

林温在门内掐了下腰,反应过来,又立刻跑去阳台。

周礼到了楼下,任再斌已经走出了树丛。小雨时隐时现,周礼递上戒指说:"待会儿雨大了,你快回吧。"

任再斌怔怔地看看戒指,又看看周礼。

"拿着。"周礼催促。

任再斌慢吞吞拿回戒指,仰头望向楼上。楼上隐约有人,他后退一步,想看仔细。

周礼提醒:"流鼻血不能仰头。"

任再斌又把头低回来,抬手擦了擦鼻子。

周礼插着兜,看着任再斌,轻声道:"回吧。"

雨势有变大的样子,任再斌浑身狼狈。他"嗯"了声,脚步转向小区出口,想到什么,他又停住。任再斌转头看向周礼,问道:"要是我三个月前没走,你会跟林温怎么样吗?"

周礼沉默片刻,说道:"她要是不喜欢你了,我就会对她怎么样。"

换句话说,任再斌其实并不在他的考虑范围内,他要做点儿什么,完全取决于林温的状态。

"……你刚才还说你不会害我?"任再斌斥责。

"你跟个不喜欢你的人在一起,这才是害你。"周礼讲道理。

手上的那根烟还没抽完,任再斌猛吸两口,气得有口难言,指了指周礼,他头也不回地走了。

周礼回到楼上的时候,大门又是开着的。

林温等在门边,伸手说:"你快点儿过来,要不要去医院?"

周礼一顿,快步上去,搂着人先亲了一口。

他身上一片狼藉，脸上有血痕也有污渍，林温来不及嫌弃，将人拽进来，打开刚刚翻出的医药箱。医药箱里有常备药，也有药水、酒精和纱布棉签。林温上回已经见过周礼受伤，这回她知道该怎么操作。

"洗完澡再上药。"周礼说。

"你这样洗澡没问题吗？"林温担心。

"皮外伤而已，没问题。"周礼随意道。

林温一打量，发现周礼衬衫腰间有血迹渗出，"等等！"她拉住人，扯出他的衬衫，往上掀开。

周礼身材紧实，皮肤显得光洁，此刻他腰后多了一道血口，血口周围有擦伤，看起来触目惊心。林温意外，问："任再斌带刀了？！"

周礼被她逗笑了，说："想什么呢，是我摔地上的时候擦伤的，草坪上应该有什么尖东西。"

林温皱眉。

伤口有点儿疼，但在周礼能忍受的范围内，周礼面不改色地推了下林温，说："我去洗澡，你先看会儿电视。"

林温叮嘱："你避开伤口洗。"

"知道。"

林温挑拣着药箱里的东西，耳朵注意着浴室内的动静。

没多久周礼冲完澡出来，他腰后有伤，浴巾围得比平时低，露得影影绰绰。

周礼擦着头发经过主卧，余光瞥见主卧变了颜色。他下楼扔垃圾前，大床上的床单被套是香芋色的。现在床单被套换成了浅粉色，香芋色的那套躺在脏衣篓里。这几天会一直下雨，林温不该无缘无故换床单。

林温在客厅催他："你快点儿。"

周礼走过去，坐到了沙发上，牵扯到腰上的伤口，他眉头小皱了一下。林温把药箱放旁边，又拿来一面化妆镜，像上回那样，周礼自己处理，她给周礼打下手。周礼一边上药，一边将刚才的事情说了，手机在茶几上，他顺手按了下屏幕。

林温抓抓头发，将袁雪发的那条微信告诉周礼，周礼边看着自己的手机，边道:"嗯,那正好。"

说完,他把手机屏幕朝向林温。屏幕上显示着肖邦发的微信,林温看完,脑袋再次变成蒸汽小火车。林温瞪大眼睛,脸颊和耳朵肉眼可见地变红,周礼将手机撂一边,连药也不上了,一把将人抱了过来。

这次直接抱到了腿上,林温不适地扭了扭。

周礼拍拍她的腿,说:"连任再斌都知道了,你还怕什么?"

林温说:"我没怕。"

"那你慌什么?"

"我哪儿慌了。"

"那我们这两天抽空请袁雪和肖邦吃饭。"

林温抓着周礼手臂,咬紧嘴唇瞪着他。周礼一笑,去咬她嘴唇,想把她嘴唇咬出来。林温躲了躲,最后埋进了他胸口。

周礼肌肉绷紧。

林温想了想,小声说:"先等我跟袁雪见过面。"

"好。"周礼摸着她的头发,忽然问,"你这天气要洗床单?"

"……嗯。"林温胡乱敷衍。

周礼低头朝她看。林温不太自在,坐起身说:"你先上药!"说着就要下去。

周礼没让她动,他抱着林温,语气平静地通知:"我今天开始住你这里。"

林温垂死挣扎,说:"现在还不太合适……"

"什么不合适?"

林温瞟他,心知肚明。

"想什么呢?"周礼一本正经道,"我发现覃茳尤派人跟踪我,她那性子,不太安全,我怕她胡来。"

林温一愣,没料到这个大转折,她问:"怎么回事?"

周礼认真跟她细说覃茳尤这个人。

覃茳尤从小就要强,十几岁的时候她父亲带回一个私生子,母亲病逝,从此家里开始明争暗斗。

覃胜天提出希望她商业联姻,她欣然接受,她生育困难,试管了好几次终于怀上一对龙凤胎，生完孩子，覃氏跟她夫家的合作项目完成，她就跟她丈夫提出了离婚。两个孩子的抚养权都在她手上，她着重培养她的儿子，因为覃胜天重男轻女。

"我跟她提过我对覃氏没兴趣，但她显然不信，只有真到她手上了，她才会放心。"周礼轻声道，"她做事的手段不像她外表看起来的那么亲和无害，从现在开始得防着她。"

林温感觉像在听天方夜谭，她平常出入最多的是超市和菜市场，豪门争斗只出现在她看的电视剧里。

周礼最后问："那同意了？"

林温没马上吭声。

周礼道："就当多了个合住室友。"

林温："……"

这理由太事关重大、严肃正派、合情合理，完全没有添加半点不正当的颜色。

林温朝着合住室友点点头。周礼拍拍她屁股，赶人下去，说："走吧，我上药。"

林温："……"

林温从周礼腿上下来，见他用不着她帮忙，她想起浴室里的脏衣服，说："我先去洗衣服。"

周礼心无旁骛地给自己上着药，说："嗯。"

林温走进卫生间，捡起地上的衣服。

周礼在草坪上滚过，衣服脏得不像样，所以没扔脏衣篮。林温准备先手搓一遍再放洗衣机，裤子口袋里有东西，她摸了摸，掏出一盒烟和一支打火机。

另一边口袋还有东西。

周礼刚给腰后抹了两下药，忽然想起什么，他一顿，起身走向洗手间。

洗手间灯光明亮，他的衬衣西裤被搁在盥洗台上，旁边还摆着烟和打火机。

站在盥洗台前的人手上拿着两盒被压扁的东西，红着耳朵看向他，语气倒还算镇定："合住室友？"

周礼走进浴室，将人离地抱起，转个身走到玻璃门边，踢了踢脏衣篓，里面静静躺着紫色被套。

周礼亲亲刚才没被他咬出来的小嘴,回给她:"合住室友?"

林温扶着他光着的肩膀,耳朵轰鸣,小火车再次开启。

最后她"恼羞成怒",从周礼身上下来。

林温扯扯睡衣,忽视自己热气腾腾的脸,她急中生智、风轻云淡地描补:"阁楼的床我早就已经给你铺好了,你待会儿记得搬一台电扇上去。"

周礼挑眉一笑,爽快地说:"哦。"

林温:"……"

周礼在客厅上完药,还真的乖乖把电扇搬到了阁楼。林温躲在门背后偷听声音,听到脚步声上楼后没再下来,她拉开一丝门缝。

外面的灯都关了,客厅确实没人。林温关上门,躺回自己床上。她攥着被子刷手机,刷到有点儿昏昏沉沉的时候,她的房门被人敲响。林温撂下手机。

"林温?"周礼敲门。

林温把被子往上提了提,躺平不动。

"睡着了?"周礼问。

林温装尸体。

"温温?"周礼低声叫人。

林温紧闭眼睛。

这几天他们几乎朝夕相处,没什么需要叫名字的场合,这是周礼第一次叫她小名。周礼是主持人,平常说话不会特意字正腔圆,但他音色深沉,讲话自带天然的吸引力,声音和腔调都太过好听,林温想让耳朵忽视都不行。

周礼又轻轻叩了两下门,然后没声了。

林温突然想起她忘了件事,睁开眼睛,她猛地掀开被子,跨到床尾后跳下地,直冲卧室门。

眼看门背后的反锁扭触手可及,结果她还是迟了一步,门被人推开了,她一头扑进了男人怀里。

周礼欣然接受"投怀送抱",他忍俊不禁:"你大半夜的在房间里练田径?"

林温懊恼,故意"嗯"了声。

周礼配合道:"成绩怎么样?"

林温说:"你看到了,慢了一步,让你开了门。"

周礼语重心长:"还是因为你缺乏锻炼。"

林温道:"那重来一次,你退出去,我关下门,你让我再练练。"

周礼像个五好青年,说:"晚上别扰民。"

林温点头赞同:"那你还打扰我?"

周礼顺势道:"没办法,楼上太热,我睡不着。"

"胡说,"林温义正词严,"这几天晚上一点儿都不热。"

"那你还开空调?"他们站在卧室门口说话,冷气一直往外逃。

林温提醒他:"你看看空调,我已经关了。"

行!周礼又道:"楼上的床太小了,我睡着不舒服。"

"胡说,"林温还是这两个字,她道,"那床有两米长,你才多高。"

周礼气笑了,他第一次被人说"矮"。懒得再跟她废话,他直接将人扛上了肩,动作太大,扯到了后腰,他忽略这点儿疼,径直往阁楼走。

林温挂在他肩头叫了一声,外面只开着楼梯灯,她视线颠倒,其余都看不清,只能看清周礼后背。

"你干吗!"林温蹬腿。

周礼朝她屁股拍了一记,道:"楼上既然像你说的这么好,那你跟我上去睡。"

林温不适应头重脚轻,她扑腾道:"不舒服不舒服。"

周礼在楼梯半道给她换了个姿势,将她斜抱到了怀里。林温双脚差点儿踢到楼梯墙壁,她搂着周礼的脖子刚调整好自己的视线,转眼人就到了阁楼。

周礼将林温放到床上。一米二的单人床睡不开两人,周礼撑在林温身前,捧住她的脸,没说废话,直接撬开她的牙关,向他的"合住室友"妥协。

阁楼大灯没开,只开了一盏小小的床头灯,光线昏暗,人却像在灼烧。欲望来势汹汹,周礼脱了T恤,弓起了背。

林温能摸到他背后的骨骼和紧实的肌肉,她觉得烫手,却又放不开手,周礼每碰她一个地方,她那里就像留下了一个被灼烧过的痕迹。

林温蜷缩起身体,周礼掰过她的肩膀,从她胸前抬起头。

周礼咬着她的嘴唇，气息滚烫急促，声音低沉："楼上热吗？"

阁楼电扇已经开到最大，风将垂挂着的床单裙边吹得呼呼作响，林温颈后滑下汗，她承认："热。"

周礼又问："床小吗？"

这张单人床当年买得急，没太研究款式质量，床脚是几根圆柱，稳是稳，但不经晃，一晃就吱呀吱呀地响。周礼生得高大，一米二的床对他来说确实紧促。

林温再次承认："小。"

周礼扔了扁盒子，打开她双腿，一滴汗落在了她腹部，他替她擦了，又回到上方，鼻息与她死死交缠。林温觉得自己一定疯了，这和她一向的行事有悖，可她的理智被死死压制在了角落，从未有过的强烈冲动驱使着她随心所欲。

林温顺从地迎合，汗让空气变得越来越稀薄，她的手也抹到了黏糊糊的汗。

林温的手从周礼后腰回到他的肩膀，在他宽硬的肩膀上留下了一道血痕。

残余的理智终于将林温拽回，黏糊糊的不是汗，林温一怔，抵着周礼叫停："你伤口……"

周礼置若罔闻，蓄势待发。

"你流血了！"林温躲着他。

周礼早就感觉到了后腰上的疼，那尖锐的疼反而让他更加失控，他不想理会，"别管它。"他哑声道。但林温已经清醒。

林温一直推他，周礼将她抱紧。

"不要……"林温使劲逃开，周礼被她掀到了一边。

伤口撕扯，周礼疼得闷哼了一声，林温撑起来，跪在他旁边要看他的腰。

周礼不让她看，又揽住了她，林温拍开他的手，疾言厉色："你疯了是不是！"他后腰的血口已经拉大，血流得瘆人，林温心慌，勒令道："去医院！"

她平常温和惯了，很少有厉害强势的时候，这回她真厉害了，周礼仰躺在床，胳膊搭在额头，努力平复自己。

林温没工夫害羞，她穿上衣服，又扔给周礼一件干净的T恤，简单给他处理了一下腰上的伤，带着人直奔医院。

周礼自己开车，林温怕磕到他的腰，特意从家里拿来一个小软枕，让周礼垫着腰。周礼嫌不舒服，把软枕扔到了后座。

林温说："那你坐的时候跟椅背保持点儿距离。"

"哪儿用这么麻烦。"周礼扯过她手腕，将她的小手垫到他后腰，道，"这不就行了。"

林温："……"

林温迁就病人，忍耐着维持这个古古怪怪的姿势。周礼好笑，车子停在红绿灯路口，他又把她的小手扯了出来，五指相扣，放嘴边亲了亲。

隔了一个车道的位置，同样停着一辆奔驰，覃茳尤坐在后座，旁边四十多岁的中年男人方形脸，穿休闲装，照旧脖子戴玉，腕上戴名表和手串。

两个人说着话。

红灯转绿，谁都没看到谁，两车同时发动，向着各自的目的地去。

到了医院，林温给周礼挂了一个急诊，没多久两人就进了诊室。

医生看过周礼的伤口，说伤口再大一点就要缝针了，给周礼打了一针破伤风，医生叮嘱了一堆注意事项，重中之重自然是不能剧烈运动，以免牵扯到后腰，小伤变大伤。

从医院回来，已经过了十二点，林温不忍心再让周礼睡阁楼，她给周礼接了一杯水，走出厨房说："你睡主卧吧。"

周礼接过水杯，吃了一粒药，眼睛瞥向她，却什么都没说。林温逐渐脸红。

周礼笑笑，给她一个晚安吻，说："快去睡，明天还要上班。"

"嗯……"林温迟疑，"那我再给你搬台电扇？"

周礼深呼吸，将她推进主卧，还替她关紧卧室门。

第二天起床，林温在厨房做早餐，周礼揉捏着脖子进来，经过她背后，低头亲了下她的头顶。

"你起这么早？"林温看了他一眼。

周礼打开冰箱，拿出一瓶冰水说："待会儿送你上班。"

"哦。"

周礼喝着水，看了眼蒸锅道："我早上吃得不多。"

"我知道。"林温说。

周礼笑笑，又亲了她一下，然后才去浴室冲澡。

冲完澡出来，早餐已经端上桌，这次的碳水是小米粥和香菇青菜包，配菜是蒸排骨和清炒刀豆。分量正合适，清爽又有肉。

林温掰出一粒药给他："你先吃药。"

周礼看了眼送到他手边的药，他握住林温的手腕，抬起来，直接从她手里吃了。

手指头上没口水，但林温还是把手指头往周礼脸上擦了擦，指腹擦到了他脸上的小胡楂。

周礼还没剃胡子，他将林温扯到腿上，把胡楂往她脸上蹭。林温笑着躲避，手按住他的脸，这下手心触感更明显。周礼捉住她的手，又亲了好几口。两人抱了一会儿才开始吃早饭，早饭吃完，周礼先送林温去公司，再回电视台。

林温从小数学就不好，她对数字并不敏感，但她现在莫名开始记数字。

比如这是周二，是属于他们的第七天，是他们成为"合住室友"的第一天。

"第一天"结束，时间又往上叠。

林温要加班一小时，家里菜没了，她让周礼先去买菜。

周礼的两次买菜经历都是跟林温一起，他觉得自己不适合去菜市场，明智地选择了超市，花了十几分钟，他随便拿了几盒蔬菜和肉类。

买完菜正好接到林温，林温翻了翻购物袋。周礼问："怎么样？"

"很好！"林温没挑三拣四，她给予了周礼肯定的夸奖。

用周礼买的菜做了一顿丰盛的晚餐，饭后周礼抱着林温，坐在沙发上继续追看那部年代剧。

"上次看到第几集了？"林温问。

周礼想了想："应该是第六集。"

林温转到第六集，说："总共四十三集，好长。"

周礼道："不着急，每天看一点儿。"

"嗯。"林温窝在他怀里。

到了周四，是属于他们的第九天，是他们成为"合住室友"的第三天。

今天有一场重要的峰会，林温作为承办公司的小员工，穿着打扮必须得体。出门前她翻出从前买来只穿过一次的细高跟，上脚试了试，走路依旧不太适应。周礼头一回见她如此"隆重"，站后面看了她半天。

林温拎着包准备就绪："好了，走吧。"

周礼说："等会儿。"

"嗯？"

周礼上前，掐着林温的腰，一把将她抱坐到鞋柜上。

林温扶着周礼的肩，紧张他的伤口，说："你怎么又来……"

周礼偏头，顺势亲了一下林温的胳膊，然后握住林温脚腕，脱下了她的高跟鞋，翻过面，撕下了鞋底贴着的标签。

既然是重要场合，走路露出鞋底的标签，自然会失礼。

三层鞋柜高一米一，林温坐在上面也不慌，因为周礼就在她跟前。今天又是一个阴雨天，但玄关处的灯光像带着太阳的温度，柔和中又隐含着炽烈。

林温居高临下，看着周礼弯着身，替她撕掉标签，又替她穿好高跟鞋。

她晃了晃腿，在周礼直起身的时候，她搂了上去，用力拉下周礼的脖子，吻住他嘴唇。

林温从小文静，但她记得她儿时也有过蹦蹦跳跳的日子。

比如邻居婆婆家来了小孩儿，三四岁的她第一次找到同龄玩伴，虽然因为母亲的关系，她只短暂蹦跳了几日，但收获到的快乐却是真实并且弥足珍贵的。

又比如在她还不明白煮饭做菜的意义是为了满足食欲，只把这当作一场游戏的某天，小小的她站在厨房板凳上，在父母的帮助下完成了她人生中的第一次烹饪，她开心地从凳子上一蹦而起，被父母紧张地抢进怀里。

再比如小学一年级第一次期中考试，她成为班里唯一考到双百的学生，拿到满分试卷，她在学校鼻孔朝天，像孔雀一样骄傲，放学后又像麻雀一样蹦跶回家。

如今她也想蹦跳，这情绪已经久违太多年，强烈得像是长久压抑着的火山即将喷发。

周礼显然感受到了她的这种坦诚和炽烈，他浑身绷紧，将她掐进怀里，抢夺主导权。鞋柜被林温的高跟鞋鞋跟磕得咚咚响，这响声像在呼应两人的血液流速。

时间拉长到了极限，直到林温碰翻了被她搁在一旁的单肩包。

单肩包掉到了鞋柜背后，金色的链条在瓷砖上发出欢快的脆响，两人依旧吻着，林温嘴角上扬，她没往病患身上蹦，直接跳下鞋柜。

周礼没放手，抱着她，给了她双脚足够的缓冲。尖尖的高跟鞋无声地落到地垫上，周礼也没说她不知轻重，这样会伤到脚，他只是又追着亲了她两口，然后拍拍她屁股，权当警告。

周礼还没换鞋，林温戳他前腰，说："帮我捡包。"

周礼拍了下她手背，说："别动手动脚。"

林温："……"

周礼绕到鞋柜后面捡起包，又好心地提醒林温："嘴上口红掉了。"

林温："……"

林温平常很少化妆，她上班最多把隔离当粉底用，口红挑的也是日常淡色系，今天例外，她画了一个淡妆，口红挑了一支亮眼的。

林温拿回包，找出口红补妆。周礼换上鞋子，抱着胳膊靠在门背后，好笑地瞧着她。林温抿抿嘴唇，周礼说："上次台里化妆师提过一款定妆喷雾，我没记牌子，下回帮你问问。"

林温说："这种都不管用的。"

"管不管用试了才知道。"周礼伸手，指腹揉了揉林温嘴唇，明显是意有所指。

"……"

林温又要去戳他痒，周礼眼疾手快，一把捉住她食指，提醒："别怪我没警告你，我不是怕痒。"

"……"

两人在玄关耽搁了十几分钟，林温前往会议中心的时间变得紧巴。

早高峰有堵车，尤其会议中心位于最繁华的中心地带，开车还不如坐地铁保险。

周礼手头的工作逐渐脱手，他今天不用去电视台，两人商量了一下，把车开到地铁口附近的停车位，周礼陪林温一块儿去坐地铁。

周礼已经近两年没坐过地铁，更没经历过这里的早高峰。

楼梯拥挤得像春运，他和林温被人潮给挤开了，脚步又不能停，他们一个在前一个在后，明明看得到人，中间还是像画了一条三八线，怎么都越不过。

走完楼梯，两人一个等着，一个去逮人。

靠近了，周礼拍了下林温的脑袋，林温握住他的手说："快点儿！"

边说边朝开了门的地铁跑去，可惜她穿着高跟鞋，跑步过于艰难。

列车关门提示铃响起，还差这么几步，周礼干脆揽住她的腰提速，最后一个箭步，赶在关门前一刻，带人上了车厢。

林温双脚稳稳落地，又一次享受到了男人强悍臂力带来的福利。

车上没空座，两人只能站着。周礼起得太早，站了一会儿有点儿犯困，他闭目养神。林温贴着他站，低头回复同事微信。地铁运行没那么稳，林温回复了两条信息，身体一晃，马上又被人捞了回来。

周礼先前明明闭着眼，捞人却准确无误。剩下的路程，林温侧靠在周礼胸前看手机，周礼下巴搁在林温头顶，单臂揽着人，继续闭着眼睛养神。

顺利到达会议中心，林温戴上工牌去工作，周礼交友广泛，本来送完林温就要走，在这儿碰到参会的两个熟人，他又停了下来。跟人聊了一会儿，他看到不远处停下一辆车，司机打开后车门，妆容优雅的覃茌尤从车中走出。覃茌尤在助理的提示下转过头，瞥到周礼，她看了眼腕表，然后朝他走了过去。

"你也参加峰会？"覃茌尤问。

周礼说："我路过。"

覃茌尤笑问："听说你礼拜天的时候去看了爷爷。"

周礼去看覃胜天，按理只有覃胜天的秘书知道，覃胜天也不会跟她话这种家常，覃茌尤从何而知，显而易见。

周礼不动声色地挑了下眉，问："外公肠胃不舒服，他这两天好点儿没有？"

"你这几天没跟他老人家联络？"覃茳尤保持一贯亲和的笑容，说，"他这么疼你，你又明知道他老人家身体不舒服，你这可不太孝顺。"

"所以他这几天还不舒服？"周礼向来不是个好脾气的主，礼让够了，他也不耐烦惯着人，他回应对方的阴阳怪气，道，"那看来我得抓紧时间回去一趟了。"

覃茳尤笑容微敛。

旁边助理提醒覃茳尤，相熟的几位与会人士已经到了，覃茳尤点了点头，最后对周礼道："上次见到的那个小姑娘，也不见你带人家回来吃顿饭，我已经跟爷爷提过了，正好让他开心开心，你不会怪我多嘴吧？"

"怎么会，"周礼大方含笑，"到时候我带她一块儿回去。"

"那就好。"覃茳尤深深地看他一眼，不再耽搁，转身带着助理走进会议中心。

周礼望着她的背影，眯起眼睛。想了想，他拿出手机，给朋友打了一通电话，说改天再约。他本来约了朋友打球，这会儿他决定不如陪林温上班。

覃茳尤进入馆内，看到挂着工牌的林温，总算明白周礼所谓的"路过"，又见周礼随后跟了进来，覃茳尤笑而不语，淡然地同旁人聊起这场峰会。

周礼朋友多，轻易就"混"了进来，林温惊讶，跟同事说了一声，就朝他小跑过去。

周礼扶住她胳膊说："跑什么跑。"

林温问："你怎么进来了？"

周礼说："突然想学习学习。"

林温："……"

周礼一笑，给她指了一下覃茳尤。林温回头，看见了人。

其实她觉得周礼先前多少是掰扯了一点点借口，好合情合理地当她的"合住室友"，法治社会哪有这么夸张。但小心驶得万年船，她也是从小谨慎惯了的人，所以她不介意周礼当她保镖。

林温去工作了，周礼和几个朋友坐到了一块儿。

林温特意在脚后跟贴了防磨贴，但穿细高跟实在累人，一整个上午她不是站就是走，根本不能坐，快中午时她感觉自己腿脚已经废了。

午饭她是跟周礼一起吃的。会议中心对面是大剧院，周边有几家商场，两人随意挑了一家进去，等餐的时候林温在桌底脱了鞋。

刚才经过剧院，门口立着大型海报，晚上七点半有话剧演出。这几天他们各有各的忙，周礼至今还没跟林温正经约会过，周礼问："下午这边结束了，你还用不用回公司？"

林温摇头，说："不用。"

周礼说："那晚饭我们在这儿吃，吃完了去对面看话剧。"

林温从没看过话剧，她问："能买到票吗？"

周礼打开手机查看，普通座已经没位子了，VIP座还有空余，周礼直接买了两张。

饭后两人又回到对面。

峰会在下午三点结束，三点到七点半，还有很长一段时间，周礼看着林温穿着细高跟鞋在馆内穿梭来去，她难受，他瞧着也不爽。

两点多的时候覃莊尤提前离开了会议中心，周礼想了想，去了一趟对面商场。熬到三点过后，林温总算能放松，周礼扔给她一个购物袋，林温边打开边问："什么东西？"

周礼言简意赅："你试试。"

打开购物袋，里面是鞋盒，鞋盒内躺着一双杏色羊皮单鞋，鞋跟不到三厘米。林温一愣，随即嘴角抿出笑，她坐下来把鞋换上。

羊皮皮质极度柔软，鞋底也是软的，上脚像踩云。

林温起身走了几步，走回周礼跟前，她抱住他腰身，仰头说："我请你吃饭啊！"

尾音的那个"啊"轻轻软软，周礼听得"提不起劲"。他回搂林温，趁机啄了口她嘴巴，林温盯着周礼唇上染到的淡红，抿了抿自己嘴唇，故意没有吭声。

周礼眯眼盯着她，舔了舔唇，没尝出味，但知道林温有鬼，他索性扣住她后脑勺儿。

"啊……"林温笑着躲闪。可惜没能躲开，还是被周礼逮住，用力地印了一口。

一个干脆坐实了嘴唇的颜色，一个口红掉色不伦不类，二人"两败俱伤"。

林温抹抹嘴巴，决定下次买口红得换牌子，周礼舔了舔下唇，一笑，慢悠悠地扯了张林温的纸巾，把嘴擦干净。

林温将细高跟扔进鞋盒，踩着云和周礼去逛了一会儿商场，六点吃晚饭，饭后正好临近话剧开演。两人坐在剧院前排，都把手机调成了静音。

林温问："你以前看过话剧吗？"

周礼说："看过一次。"

"什么样的？"

"我睡了一个半小时。"那次是陪肖邦来看的，肖邦兴致勃勃，周礼缺觉，正好趁机补眠。

林温警告："你待会儿不准睡觉。"

周礼捏了下她的耳垂，扯着嘴角道："你有没有发现你对我越来越凶了？"

林温闭上嘴，周礼在她耳朵边笑了一声。

没多久话剧开始，两人不再闹了，坐正了专心观看。话剧演出时长一般在两小时内，跌宕起伏的剧情临近尾声，又进入最后的高潮。台上男女主演引用了莎士比亚写的一句台词，他们激动又热烈，薄情之下，是彼此看不见的波涛暗涌的深情——

"我被蛊惑了，如果那个无赖没有对我下药，我才不会爱上他——"

羊皮单鞋里的脚指头动了动，林温的心脏跟着激情澎湃的音乐舞蹈。

周礼隐约能闻到身上T恤有留香珠的清香，和林温穿着的裙子一个味。香味也跟着音乐舞蹈，他浑身肌肉都在放松。

还有两个半小时，周四就要结束，迎来周五。那是即将属于他们的第十天，是他们成为"合住室友"的第四天。此时此刻，周礼口袋里的手机在急切地无声来电。

Chapter 19
"真"字

> 在这一刻,他们都回到了现实当中。

话剧演出结束,两人走出剧院。对面的会议中心像一座巨大的蓝色帆船,身后的大剧院仿佛一尊金光闪耀的奖杯,紫色的喷泉坐落在两地之间,九点半以后的市中心比白天更生动。

林温很少在晚上来这里,她拉着周礼来到喷泉边,就近看花枝招展的水柱。

一旁有女孩子在拍照,周礼问:"给你也拍几张?"

"不要。"林温一口否决。她不爱拍照,这可能是天生的,也可能跟她初中时的经历有关,她不喜欢将自己的脸定格,再供旁人评头论足。但林温喜欢拍风景照,她拿出手机跑远,对着喷泉和周围建筑拍了好几张,见周礼一直看着她拍,林温后知后觉,体贴道:"给你也拍几张?"

说出的话,和周礼之前提的一字不差。

周礼一个大男人,自然对拍照毫无兴趣,他有兴趣的只是拍照的这个人。但紫色喷泉旁,林温双眸熠熠生辉,像是满怀期待,周礼只能顺着她,给她一个当热心摄影师的机会。这真是一个美丽的误会。

林温又跑开了,指挥周礼站位,周礼听林温调度,站到一个灯光绝佳的位置。

周礼外形太出众,退去成熟正经的西装,一身休闲打扮的他像个二十出头的男模特,尤其他因为职业需要,习惯面对镜头,也拍惯了摄影棚照片,他随意这么一站,就吸引了周围不少眼球。

林温注意到有的人纯粹是被周礼的长相吸引,眼中惊艳和想搭讪的意思太明显。有的人却拿着手机,看一眼手机,再看一眼周礼,像是在比对着什么,还跟同行人交头接耳。林温奇怪地皱皱眉。

周礼比林温更敏锐,自然也注意到了。

他瞟了眼那几个神情异样的路人,不动声色走回林温身边,问:"拍完了?"

"嗯,你看看。"林温把自己手机给他看,同时小声跟他说,"你觉不觉得那几个人看你的眼神怪怪的?认出你是主持人了?"

认出他是主持人,也不至于露出一副八卦的样子,周礼心中想着事情,面上没显。

"照片发我。"周礼恍若未觉。

林温把照片发过去,周礼从口袋里掏出手机,才发现二十分钟前他有五通未接电话。看到来电显示的名字,他立刻回拨过去,对方手机提示已关机。周礼翻通讯录,拨出另一个号码,另一个号码响了许久,直到自动挂断,也没人接听。

林温看出他有事,站在边上一直没出声打扰他。

周礼最后放下手机,看向林温,见她微微仰头,专注地看着他,神情既温柔又关切,周礼想要出口的话在舌尖一转,变成了:"再逛一会儿,还是找个地方吃点儿夜宵?"

林温问:"你饿了吗?"

"不饿,你呢?"

"我也不饿。"林温道,"你是不是有事?"

周礼想了想,说:"应该没什么事。"

周礼这人,行事一向果断,就像他钓鱼抛鱼漂,观察后只抛一次,选中了位置就不变,不像旁人挑挑拣拣,反反复复。他很少会用"应该""大概"这类模棱两可的词语回答别人问题,除非是敷衍人。

但他的敷衍对象不会是她。

林温钩住他的手指头,说:"那我们回去吧。"

周礼反手将她的指头捉进手心,淡淡地"嗯"了一声。

回程本来要坐地铁,地铁耗时和打车差不了多少时间,周礼的车又停在地铁口附近。但现在周礼貌似有事,林温做主,直接在路边拦下一辆出租车。

周礼没意见,坐进车里,他继续打电话,打了两遍依旧没人接听。

林温虽然想问他在给谁打电话,但她从来都是一个分寸感比好奇感要强许多的人,她不想过多干涉对方的隐私,只能努力提升分寸,压制好奇。

周礼拧了拧眉心,若有所思地翻转了一会儿手机,偏头见林温一副"乖巧"样,他脸上肌肉不由得放松了一点儿,思忖半晌,他告诉林温:"我奶奶给我打了五通电话,我没接到。现在她手机关机,我爷爷手机也没人接。"

林温一愣,大晚上连打五通电话,看来不像小事。

林温随即说:"那你接着打。"

"嗯。"

直到取到车子,开车回到小区,周礼也没能把电话打通。

林温进门,放下包和购物袋,默默去厨房洗了手,然后倒了一杯水出来,掰好药片,放到水杯边上。

再上阁楼,翻出周礼的换洗衣物,抱着洗干净的浴巾,将这些都放进浴室。

都准备好了,林温才跟周礼说:"你先吃药,吃完药洗个澡,手机给我,我帮你打电话,打通了就让你接。"

周礼顿了顿,看了她几秒,然后将手机给她,听她的,吃完药,接着去浴室洗澡。

林温当起拨号机器,也不知道是不是她运气好,她拨第三遍的时候,电话终于接通。那头传来一道苍老的男声,讲话带着一点儿地方口音。

"喂,阿礼啊?"

林温道:"爷爷,您稍等一下,我马上让周礼接电话。"

林温赶紧敲浴室门,说:"周礼,电话打通了!"

里头水声一停,没两秒门就拉开了,周礼手上扯着浴巾,没来得及擦满身的水,也没来得及围住腰,只堪堪遮在了腹前。

周礼毫不在意这个,他从林温手里接过手机,叫电话那头:"爷爷。"

卫生间的灯瓦数高,光线明亮,这和他们那一晚在阁楼的情状不同,那晚阁楼只开着昏暗的床头灯,林温被周礼弄得多少有点儿神志不清,视线都是影影绰绰。

如今周礼身上遍布水珠,明亮光线下,他左胸上方一粒极小的黑痣都能看清。林温还是没能练到神情自若的程度,她深吸口气,抓住浴巾一角。

周礼一边说着电话，一边看她一眼，然后松开手，任由林温拿走浴巾。

林温把浴巾抓手里，简单替周礼擦拭了几下头发和身上的水珠，接着打开浴巾，环住周礼的腰，替他围好。

电话那头说的不是好事，周礼绷紧了脸，手臂上一根根的筋络比平常更明显，空余的手捏着指头，指骨发出咔嗒声。

他这几年专心工作，没什么杂事纷扰，经历了不少，年龄又逐渐增长，心态比从前平和许多，为人处世也变得成熟老练。这种暴怒前才有的征兆已经很多年没出现在他身上。

按理他这会儿应该满脑都被怒火占据，但他还是不由自主地分了点儿心，给在他身前不停转悠的女孩儿。周礼边听着电话，边低头盯着林温为他擦水，为他围浴巾。林温从头到尾一声不响，细雨似的，润物细无声。

周礼脸颊肌肉不再绷得那么紧，他呼出口气，理智回归，又成了那个成熟稳重的人。周礼冷静道："知道了，你们现在先休息。"

讲完电话，周礼摸了下林温的脑袋，走出浴室，他随手拉开餐厅椅子，坐下来打开新闻软件。今晚的新闻热搜第三，赫然出现了周卿河的名字。

周卿河在从事幕后工作前，是一名主持人，得益于他格外英俊的外表，他的名字在二十多年前算是家喻户晓。

九年前他事发的新闻一出，引起了一阵轩然大波，后来被上头压了下去，那也花费了一两个月的时间。三年前他出狱，网上仍有人记得他，逐渐传出他去了港城，在大集团做高管的消息。这家集团也被人扒出，说周卿河同郑老先生夫妇关系匪浅，他去的集团就是郑氏。如今又过了三年，网上再次传出周卿河的消息，这回有文字有照片，消息可信度大大提升。

照片里的周卿河早已不复从前的光鲜俊朗，五十五岁的他坐在轮椅上，两鬓斑白，瘦骨嶙峋。文字对他的现状做了解说，说他已经残疾，天道轮回，报应不爽。下面半段新闻内容写的是周礼，子承父业，原来采访过不少商界政要人士的周礼，就是贪污犯周卿河的儿子，而周卿河如今还能在港城养尊处优，自然得益于他儿子的本事。

周礼面无表情地看完整篇报道，才回到最上方看首发的新闻账号。

这个账号隶属于吴永江的传媒公司。

而爷爷刚才在电话里说:"就是今天中午,来了两个人,说是你妈妈那边叫他们来看看的,我们认得其中一个,确实是你外公家里的,我跟你奶奶听了很高兴,又怕你生气,所以没告诉你,哪知道就变成这样了,晚上新闻一出,你爸看到了,他整个状态就不对了,等我们发现他的时候,他已经……现在他人在医院没事,你奶奶哭得不行。"

三年前周礼将周卿河安排到港城,因为有郑老先生的帮助,周卿河的行踪无人知晓,吴永江这种小喽啰没那本事查探到,否则也不至于在一个半月前跟踪他,被他发现后一顿揍。既然出现了覃家的人,也就覃茳尤有这能耐了。

之前电话声音不小,内容林温全听到了,林温心脏揪紧。周礼眼神阴鸷,他这模样对林温来说太陌生,林温站在周礼跟前,担忧地看着他。

周礼抬起头,注意到林温拧着小眉头。他知道他刚上大学时的那副鬼样子有多吓人,周礼尽量柔和表情,捏着林温软乎乎的手说:"我还当覃茳尤是要对你下手。"

覃胜天重利,覃茳尤答应商业联姻,覃胜天就放权给了她。

周礼母亲嫁给一个"外强中干"的电视台主持人,覃胜天就收回了一切优待,让过惯豪奢生活的千金大小姐体验了好几年的平民日子。

"我今天碰到她,还以为她是想利用你,让我惹怒外公,但这点儿手段显然不够。"今时不同往日,覃胜天不一定会因为这点儿女情事再大动干戈,周礼道,"我还想着她会再出点儿什么招,原来招不是出在你身上。"

林温担心地问:"你打算怎么办?"

周礼没吭声,眼神沉沉的。林温忽然抬手,蒙了一下周礼的双眼。

"怎么了?"周礼没躲。

林温抿唇,又放开了手,她看着周礼的眼睛,摇了摇头。

时间已经很晚了,林温明天还要上班,周礼让她去洗澡睡觉,林温问:"那你呢?"

周礼说:"我也上楼睡了。"

林温去洗澡了,周礼起身,拿上烟和打火机去了阳台,抽完两支烟,他才回到楼上。

林温洗完澡出来，外面已经没人，但她闻到了极淡的烟味。她望了一眼阁楼，慢吞吞走向卧室，到了卧室门口，她脚步停了停，还是转身朝阁楼走去。她怕周礼已经睡着，所以把脚步放得极轻，走到阁楼门口，她往床上看。

阁楼没开灯，室外路灯的余光让林温看到了躺在床上的男人。

望了一眼，林温放下心，准备下楼，背后忽然传来低低沉沉的声音："过来。"

林温一顿，掉头朝床边走去。

电扇开着中挡，周礼赤着上身，只穿了一条短裤。他朝林温张开手臂。

林温脱掉鞋，躺进他怀里，周礼将人抱紧。周礼问："今晚睡这儿？"

"好。"林温应下。

周礼亲亲她，拍着她的后背说："睡吧。"

"嗯，你也快睡。"

"嗯。"

林温闭上了眼睛，周礼眼还睁着。借着微弱的光，他的视线像素描笔，从林温额头画到林温的鼻子嘴唇，再往下……

林温的睡衣向来保守，永远是T恤配裤子，裤子不是中裤就是长裤。不知道秋冬季节她的睡衣会是什么样。

周礼没什么睡意，他就这么看着人，看到后来，他见林温额头出了汗。

床太小，躺不了两个人，尤其他个子又大。

他一直抱着林温，中挡的电扇风力不够强，林温衣服又穿得这么严实，显然扛不住热。周礼又躺了一会儿，才小心起来，尽量慢慢抽出被林温压着的胳膊。

下了床，他将人打横抱起。林温忙碌了一整天，穿高跟鞋走得小腿酸疼，累狠了睡得沉，被人抱起，她也只是在周礼胸口蹭了蹭，没有醒过来。

周礼低头，嘴角微微提了一下，轻手轻脚抱着林温走下阁楼，把她放回卧室的大床。

周礼打开空调，给林温盖上被子，抹了抹她额角的汗，他才离开她房间。

第二天，林温比平常早醒了十分钟，她躺在床上回想了一会儿，然后起床，走出卧室，她先望阁楼。

林温像往常一样，洗漱完做早餐，早餐端上桌，周礼正好下楼。

"醒了？"林温仰头。

周礼站在楼梯上，居高临下俯视她。

他一晚上只睡了两个小时，林温没看出来，林温一边放筷子，一边道："先去刷牙。"

周礼盯她半晌，才慢慢开口："我明天去港城。"

林温一愣，想了想，也觉得理所当然，她点头，说："那电视台那边剩下的工作怎么办？"

周礼说："我待会儿去台里看看。"

"你今天别送我了，直接去电视台吧。"

"不差这点儿时间。"周礼没答应。

说完这个，周礼才走下楼梯，进了卫生间。

林温打开锅盖舀小米粥。她并没有深入想过，覃茳尤出的这招，表面上似乎只是让周礼心情恶劣，勉强臭一下周礼的名声，根本达不到她争权的目的。

周礼在卫生间刮着胡子，刀片有点儿钝了，他拿开看了一眼，将刀片扔了。

看向镜子，他深呼吸，扭动几下脖颈，他翻出新刀片。

林温上班，周礼去电视台处理剩余工作，一直忙到下午三点多，他才回了趟自己家，收拾出一个行李箱。

周礼喝着冰水，慢慢走到书桌前。拼图板依旧立在桌上，绒面上是一幅只拼了一圈边的拼图，他已经十天没再碰过这个。周礼拈起一片拼图块，放上绒面。

想了想，周礼拎着行李箱出门，来到地库，他把行李箱放进后备厢，直接开车去了林温的公司。

林温下班，见到等在大厦门口的车，她熟练地拉开副驾门坐进去，问："不是说你今天回自己那儿吗，不用来接我。"

周礼道："我行李箱带上了，明早直接从你家走。"

"哦。"林温系上安全带。

家里没新鲜蔬菜了，两人先去超市买菜。

空气仍然潮湿闷热，到家后周礼打开电脑忙碌，林温进厨房。

饭后两人撑着伞下楼扔垃圾，雨丝细小，他们顺便去小区外面逛了一圈，没人钓鱼，天气原因，夜宵摊生意也没晴天时热闹。

回到家里，照旧是周礼先洗澡，洗完换林温。

林温洗漱完出来，客厅电视开着，周礼坐在沙发上叫她："过来。"

林温不由得想起昨晚，周礼躺在阁楼床上，也是这样叫她。

林温走了过去，正要在周礼旁边坐下，屁股差一点儿就要沾到沙发的时候，周礼的手垫在她臀下，直接把她搬到他腿上。

林温："……"

周礼一笑，林温看着他的眼睛，脸凑近，亲了一口。

周礼眼皮微敛，再慢慢掀开，他轻轻咬了咬林温的下颌和耳朵，背靠沙发，将人抱牢了，说："看会儿电视。"

依旧是那部历史剧，他们已经看到第十集。林温边看电视边问："你要去几天？"

"不一定。"周礼说。

"老太太他们还在港城？"

"嗯。"

"他们知道了吗？"

"知道，明天他们会派车接我。"

林温握住圈搭在她小腹的手，窝在周礼怀中说："你到了那边，脾气别太大呀。"

周礼故意勒紧了一下，指腹摸着林温微微带点儿肉的小肚子，质问："我凶过你？"

林温回头，说："你怎么没凶过我？"

两人视线一对上，同时想起"最凶"的那一回。从夜宵摊一路到酒吧，酒吧包厢里的疯狂……那晚其实也是林温"最凶"的一回。

周礼似笑非笑，林温讪讪。周礼抱紧她，笑容渐淡，他一点点吻着林温的脸，后半集电视剧俩人都没心思看。

到了睡觉时间，林温关电视机，周礼关灯，林温走进主卧，周礼紧随其后。

林温回头，周礼把主卧房门关上，自来熟地走到床头柜前，拿起遥控打开空调，比林温先一步躺到了床上。

林温脱了鞋，爬上床，躺到周礼身旁。两边都有灯开关，周礼把灯关了，回身后，他的手直接伸进了林温睡衣里，然后将她抱了过来。

就这么抱着，再没有其他动作。林温愣了愣，房间拉着窗帘，一片漆黑，她什么都看不清。周礼也是，他只感觉到了一片冰凉中带着点儿温润的东西，从林温颈间挂下，擦过他下巴，最后搭在了他的颈间。

这是玉佛。

周礼把林温整个抱紧，腿跨在她的身上，将她的腿也给夹住了。他昨晚没怎么睡，今晚必须睡一觉。周礼闭上眼，哄着人道："睡吧，明天六点叫醒我。"

"……哦。"林温慢吞吞道。

周礼顿了顿，又在她耳边低声说了句："等我回来……你。"

这句话太轻，尤其是倒数第二个字，听起来就像是周礼的梦话。

林温很少听周礼说粗话，这回他说的粗话，让她耳朵烧了起来。

林温闭上眼睛，埋在周礼胸口，小声命令："闭嘴！"

周礼笑笑，不再说话。

一觉睡到天明，林温醒来，身上睡衣已经不像样。她憋了一晚上，手脚全不能动，扯了扯睡衣，她也懒得说人，转身就去厨房做早餐。

吃着早餐，林温问："不打车去机场吗？"

周礼说："我自己开车。"

"那你车就停在机场？"

"你开回来？"

"……这对你的车不太好。"

周礼忍俊不禁，不再逗她："我叫个代驾，正好能送你回来。"

林温点头。

周六，属于他们的第十一天才刚开始，林温送周礼去机场。梅雨季节还没过完半个月，外面阴雨绵绵。窗户开着一小截，细细的雨丝飘进来，吹在林温脸颊和手背上，清凉的气息让她头脑清醒，她看着挡风玻璃上的雨刮器一下又一下地摆动着，像是钟表在倒计时。

到了机场的露天停车场，雨刮器还没停，林温解开安全带，转头看向身边。

周礼看了她一眼,问:"嗯?"

林温抬手,蒙住周礼双眼。她手心柔软温热,周礼依旧没有躲,这次他没问"怎么了"。雨刮器的声音响在耳边,林温问:"你看到什么最开心?"

周礼没说话。

"好吃的?"林温问。

"我没什么特别爱吃的。"周礼开口。

"那你有什么特别喜欢的?"

周礼没吭声,林温手心底下睫毛刮过。林温感受着,问出口:"你看到我开心吗?"

"……嗯。"周礼轻声。

林温静静地看了他几秒,然后柔柔地道:"那,我拿开手,你睁眼,你睁开眼,就要一直看着我。"

周礼一言不发。

昨天一整天,周礼虽然看起来一切如常,不像前晚那样阴骘,可他眼眸深黑,真正的情绪被他藏进了阴暗中。

林温想起袁雪曾提过的那个周礼。学生时代的周礼,做事随性,不会压抑欲望,固执己见不听好话,不在意事后是否会难以收场,他喜欢让他痛快的过程,并且不达目的不罢休。虽然现在的周礼本性依旧如此,但二十七八岁的他,已经会用成熟掩盖他的本性了。林温希望他继续掩盖,平安健康。

林温慢慢拿开手。周礼从黑暗回到光明,模糊的视线逐渐清晰,窄小的世界里,他面前只有一个人。那人温温柔柔,看着他,嘴角是月牙似的笑。

他昨晚一直隐忍着,没有碰她。周礼掐住林温还没完全收回去的手腕,将人扯近,从副驾拖过来,扣到腿上,狠狠地吻了下去,手也没了规矩。林温呜咽,无力反抗。

雨中车子停了许久,车门才打开。林温整理好衣服,捂着烫脸,陪周礼进机场内。一直等到快登机了,林温才想起代驾,问:"代驾到了吗?"

周礼看了眼手机,说:"到了,在停车场。"

必须进去了,周礼看着林温,低头亲了她最后一下。

完全看不见周礼的身影了,林温还站在原地。过了几分钟,她捂着领口,慢吞吞离开,回到停车场。

奔驰车旁站着一个男人,男人抱着胳膊,一脸死气沉沉,看见林温,他用他一贯平板的腔调说:"我打车过来的,你通知那条老狗,一百整,报销!"

林温:"……"原来这就是代驾……

林温仰头望天,细雨绵绵中,一架飞机起飞了。林温松手,拍了拍领口。领口底下是玉佛,玉佛底下,是随着她心跳震动的胸腔。

回程的路上,林温有点儿尴尬。肖邦开着车,嘴里碎碎念:"知道我昨晚几点睡的吗?今天早上又是几点起的?"

"接上我很难吗?他差这点儿油钱?"

"也是,我也不能跟非人生物计较。"

"你们吃过早饭了?呵,饿死我算了。"

林温包里有一包小饼干,是昨天上班时彭美玉给她的。

林温赶紧翻包,递上小饼干紧急自救,问:"吃吗?"

肖邦还是很好应付的,他嚼着香喷喷的小饼干,嘴巴被成功堵上。林温耳根清净下来。

肖邦直接将人带去店里,店内袁雪和汪臣潇都在。双休日客人多,上午的客人大多数都是昨晚通宵到现在的,陆续有人顶着黑眼圈摸着乱发进出客厅,还在客厅里各种合影留念。肖邦再次贡献出一间游戏房,让林温几个人去里面坐。

林温原本就约了袁雪这周六吃饭,临时出了周礼的事,计划才有所改变,大家准备统一聚一次。她还没跟袁雪沟通过,袁雪和肖邦也都没提起让她尴尬的话题。林温舒口气,把包包放到一边,在袁雪身边坐下。

袁雪和肖邦对视,彼此默契地点了一下头。

昨天晚上袁雪给肖邦打电话定午饭时间,袁雪说:"我下午去产检,老汪陪我去,你午饭别太晚,我可是掐好了时间的,去医院晚了得折腾死。"

已经七月,袁雪和汪臣潇的婚礼取消了,但她还怀着孕,没必要一个人硬挺,汪臣潇该负的责任还是得负。

肖邦暂时确定不了，说道："明早我要去机场把老周的车开回来，等我回来再说。"

袁雪原本摸着肚子漫不经心，听到肖邦这一句，她五雷轰顶，忐忑地对暗号："真巧，温温明早也要去机场送人呢。"

"……也许她送的是狗？"肖邦慢吞吞猜测。

袁雪脑清目明，说："没错没错，是我片面了！"

于是俩人在昨晚成功相认。有了同志的感觉太美妙，袁雪瞬间撂下了肩膀上的重担。此刻袁雪轻轻松松，拿着林温的手机点外卖。

汪臣潇提醒袁雪别吃太重口的东西，说完他唉声叹气："也不知道周礼去港城还会碰上什么事，他也真不够意思，怎么从来没提过周卿河是他爸？"

汪臣潇是看了新闻才知道这事的，看完一阵唏嘘，打电话给周礼，周礼只说没什么事。要真没事，他也不至于今天赶去港城。

袁雪平常骂归骂，但到底把周礼当真朋友，她问林温："哎，周礼没事吧？"

汪臣潇抢话道："你问她干吗呀，她能知道？"

袁雪："……"

林温："……"

肖邦："……"

汪臣潇转而问肖邦："老周跟你关系最铁，他到底有没有事？"

肖邦早饭没吃，一小包饼干不够充饥，他坐在椅子上，正吃着店里的零食，闻言回道："不知道。"

"你怎么一点儿都不关心？"

"我怎么没关心，"肖邦理所当然道，"我不是知道他人还活着嘛。"

汪臣潇："……"

汪臣潇索性对林温道："虽然你跟周礼最不熟，但你比这姓肖的有良心多了！"

林温朝袁雪看，袁雪扶额，喘不上气似的跟林温嘀咕了一句："他小时候大概脑子缺过氧。"

林温："……"

肖邦点点头，往嘴里塞了块薯片。

饭后，汪臣潇陪袁雪去医院产检，肖邦嘴上对周礼冷嘲热讽，但他还是尽职尽责地把林温平安送回了家。

奔驰车他没开走，停在了楼道门口，车钥匙他和林温一人一把。

林温说："你开走吧，不然你怎么回去？"

肖邦道："油钱还是挺贵的，我骑共享单车。"

林温无言以对。肖邦最后递给林温一张字条："周礼让你有需要随时叫我，这是我的手机号。"

林温一愣，接过说："谢谢。"

肖邦走了，车子留了下来，林温捏着字条，站在车边，给周礼发了一条微信。等了没一会儿，她就收到了周礼的回复。

彼时周礼正站在港城某家私立医院的病房门口。

他已经站了两三分钟，在这之前，他先去了楼下的病房，看了他爷爷奶奶。

两位老人已经七十多岁，他们种了一辈子地，二十几年前儿子有钱后他们才开始享福。但老农民不会真享福，也不懂保养，他们满脸褶子，双手粗糙，人也干瘦，看起来像八十多岁。

周奶奶昨天晕了过去，医生说她小中风，这两周内必须提高警惕，以防老人家大中风。周爷爷一个人忙不过来，即使有郑老先生那边照顾，他也心力交瘁。

周礼看了一会儿，就上了楼，楼上病房住着周卿河。

私立医院的走廊上静悄悄的，鲜少有闲杂人经过，他双手插着兜，手指在口袋里有节奏地敲击着，两三分钟后，他收到了林温的微信。

林温说她已经到家，肖邦把车停在了她家楼下，问他那边情况如何。

周礼慢慢回复完，抬起头。他闭了一下眼睛，再睁开，眼神变得淡然许多，成熟掩盖住本性，他敲了敲病房门，走了进去。

周卿河躺在床上，人醒着，见到周礼，他安静几秒，才开口："我让他们别告诉你。"

"可能吗？"周礼走近，心平气和地垂眸，看着周卿河。

昨晚想把自己淹死在浴缸里的人，被医生抢救了回来，可惜现在仍然虚弱苍白，活着跟死了差不了多少。

这不是周卿河第一次自杀。大约心高气傲的人总有颗脆弱的心，原本强大无比的男人在入狱后一蹶不振，双腿落下残疾后更是心如死灰。

人人都以为周卿河出狱后来到港城，一如从前光鲜亮丽，可谁都不知道，三年前在机场，周卿河对周礼说完"我只是遗憾，我错过了你的大学时光"这句话后，是被一旁的专业看护推着他坐着的轮椅，陪同他登上飞机的。

周卿河患有严重抑郁症，他没法儿面对他认识的人和认识他的人，没法儿看相关新闻，他必须脱离熟悉的环境，才能生存下去。

来到港城，他起初一直住疗养院，郑老先生夫妇给予他不少照顾。去年九月，周爷爷和周奶奶过来，周卿河才离开疗养院，住进了周礼安排的公寓。这一年周卿河看似有所好转，至少上回周礼来港出差，周卿河气色是红润的。

可惜……

看护送饭进来，周礼扯了张椅子坐下，抱着胳膊，看着周卿河在看护的帮助下费劲坐起。他头发已经半白，眼角皱纹密布，胳膊上只有一层皮，连肉也拧不出。周卿河拿着汤匙，抖着手，艰难地将食物往嘴里塞。

周礼在港城一待就是五天。

公寓是租的，港城寸土寸金，这房子面积不大，但还是隔出了三室一厅，有间小小的保姆房，保姆房里住的是看护。

阳台很小，好在能看到一线海景，周围环境极好，没有大声喧嚣，早晨能看到海上日出，傍晚又能看到海上日落。

周礼这几天太忙，爷爷已经干不动了，奶奶又倒下了，周卿河光依靠医生和看护没有用，他需要家人陪伴。周礼还得忙早前计划好的工作。

他这几天唯一的闲暇就是站在阳台上抽烟，这天晚上他又站到了阳台上。

梅雨季节快要过去了，天气预报显示今天是这周最后一次下雨。深夜的城市被雨水打湿，覃茳尤站在办公室，厚重的落地玻璃窗挡住了朝她汹涌而来的雨。助理敲门走进办公室，向覃茳尤汇报："吴永江问您这边还有没有需要，他可以再写几篇报道。"

吴永江这人，覃茌尤从前并不认识。上周一，吴永江突然找来，说他手里有周礼的秘料。覃茌尤派人去查，助理把吴永江翻了个底朝天。

"吴永江今年四十六岁，十五年前他是电视台想要重点栽培的对象，他的顶头上司就是周卿河。可惜当年吴永江在工作中犯了点儿错，这错说大不大，轻易就能揭过去，但周卿河大义灭亲了。

"这事当年闹得沸沸扬扬，吴永江事业没了，老婆没一年就跟人跑了，只给他留下一个儿子，儿子也不学好，八岁偷鸡摸狗，意外伤了一只眼睛，他跟周卿河就是这么结的仇。"助理汇报。

覃茌尤听完，当晚就见了吴永江。

那天晚上她还要去赴一场宴，她让吴永江上了车，只给对方十五分钟的时间。

吴永江也干脆，直截了当道："我这段时间一直在跟踪周礼，谁知道周末这两天，让我发现了另外有辆车也在跟着他。"

吴永江上回挨了一顿揍，知道了周礼的观察能力有多厉害，他换了另一个人继续跟踪，谁知就在前天周六，前往宁平镇的一路上，让他发现了另一辆可疑的车子。他通过熟人查出车辆主人，再自己一推敲，终于意识到覃茌尤或许和他有类似的目的——他们都想对付姓周的。

时间紧张，吴永江表明自己的身份和目的后，言简意赅只说了两点。

第一点，他要知道周卿河的消息，让周卿河翻不了身。

第二点，他先问："你是不是一直没找着周礼的弱点？"

覃茌尤确实一直没找到周礼的弱点，周礼每天不是工作就是跟朋友聚会，他工作严谨认真，去的酒吧也没黄赌毒。

覃茌尤知道周礼读书时有过乱七八糟的事，谁知道他这几年竟然跟换了芯子似的，洁身自好得让人无从下手。

最多就是他身边忽然跟了一个小姑娘。起初她还在猜周礼是玩还是认真，直到这几天看到周礼几乎跟林温寸步不离，她才确定大约是后者。只是不知道周礼是不是跟他母亲一样，表面深情款款，甘为爱牺牲，实际深情面具之下，是再薄情不过的本质。可惜她是奉公守法的良民，那小姑娘也简单到让人无处下手，她还没想出什么招。

吴永江接着才道："当年周卿河贪污案事发，我上门'看望'过他，可能说了几句不中听的，周礼那小子年轻气盛，跟我动起了手。

"今年五月，我路上碰见周礼，问了问他爸现在的情况，周礼这脾气还是没变，再一次跟我动起了手。"

覃茳尤听着，原本朝前的目光，慢慢转向身边的吴永江。

吴永江说："是不是很意外？谁都知道他们父子关系冷淡，周礼那小子连声爸都不叫。"

岂止，周礼连他母亲也不怎么叫。覃茳尤算是看着周礼长大的，周礼八九岁那年他父母离异，小小的一个孩子，成天说不了几句话，眼神冷漠，对谁都是冷冰冰的，包括对他父母。覃茳尤想，周礼是恨他们的，就像她恨她父亲一样。周礼还是更像覃家人，冷心冷肺冷血，亲情哪有利益重要。

吴永江脖子戴玉，腕上是名表和手串，他摩挲着手串，笑着说："所以，你大概一直没找着周礼的弱点，其实周礼的弱点，就是他爸。"

覃茳尤垂眸，听了进去，但她不会只听一面之词。次日周二，她立刻派人打听周卿河的行踪，周四，她参加峰会，港城那边终于传来准确消息。

法庭断案只看实质证据，因为这个社会太能演。周礼说他无意覃氏，她给了他机会，让台长允诺了各种好处，可周礼还是想辞职。覃茳尤看不到实质证据，她只信周礼失去行为能力，或者他远远离开，永不出现。

而周卿河的消息，显然给了她意外之喜，比如周卿河三年前为何去了港城，去年九月，周礼又为什么将他爷爷奶奶也送了过去，而周礼辞职的真正目的，又是什么。

周礼原本的计划搁浅了，覃茳尤有必要帮他推波助澜。

覃茳尤转身，背朝布满雨水的落地窗，对助理道："别再管那个吴永江，周礼那边，有没有什么消息？"

此刻周礼刚刚拨通林温的电话。

夜里十一点半，林温坐在床头，手捧手机，看见来电，她立刻接通。

"还没睡？"周礼问。

卧室开着窗，电扇慢悠悠转着，林温九点半就已经上床，十一点又坐了起来，握着手机，一直坐到现在。

"已经睡了。"林温这样回答。

"我吵醒你了？"周礼问。

"没有，我还没睡着。"林温曲着双腿，拨了拨脚指头，问道，"你呢，上床了吗？"

周礼靠着阳台栏杆，手上夹着一支烟，烟丝袅袅，像各种灯光映照下，黑夜里也依旧清晰可见的云。

周礼这样回答："嗯，上床了。"

"困了吗？"

"不困，你呢，困不困？"

"也不困。"

"你这几天忙不忙？"

"还好，不是很忙。"林温简单跟他说了点儿公司里的事，问他，"你呢？"

"也还好。"周礼说。

林温张了张嘴，一手揪着被子，想问既然还好，那他什么时候回来。

港城天气佳，月亮金黄，林温没说话，听筒那端能听见淅淅沥沥的雨声。连天气都截然不同，他离林温太远了。两人都沉默了下来，背后客厅传出动静，周礼转头。

周爷爷睡不着，想出来吹吹风，周礼站在阳台上，侧面朝着他，他视力模糊，也没看清周礼在打电话。

周爷爷趁这会儿，把这几天一直在琢磨的事讲了出来："阿礼，你爸不能再待在国内了，这样下去，真会要了他的命。你从去年拖到了今年，现在既然已经办好了辞职，那尽快再把出国手续重新办起来吧，越快越好，我们一起走，以后再也不回来了。"

闷雷在天边炸响，林温望向窗外，听见电话那头的男人对他爷爷说了句什么，接着男人叫她名字："温温？"

"我在。"林温蹭下床，双脚套上拖鞋，说道，"我听见你爷爷刚才说的话了。"

周礼刚才让爷爷先回房，现在客厅就他一个人。周礼走到茶几边，拿起烟灰缸想回阳台，顿了顿，他又放下烟灰缸，将还没抽完的半支烟摁下去。周礼半弯着腰，捏着烟嘴道："几年前医生就建议我爸换个完全陌生的环境生活，所以我先让他来了港城。"

"……现在，港城也不行了吗？"

周礼捻弄着烟头说："港城也是国内，不算陌生。"

响雷连绵，林温在床边坐了一会儿，然后才走到空调底下，拔掉插头。先前她想问周礼为什么还不回来，却一直犹豫着没有问出口，此刻她倒变得直白。林温问道："出国的话，你也会跟着去吗？"

"他们三个老弱病残，我爷爷奶奶连字都不会写几个，我要是不跟着，他们去不成。"

"那你跟去的话，会在那里待多久？"林温走到客厅，继续拔电视机插头。

烟头早灭了，火星看不到半点儿，烟灰缸底部印出了一个焦圈，周礼却还捏着烟嘴。

他似乎想了一会儿，才说："不一定，得看情况。"

模棱两可的话从他嘴里出来，林温再一次想起那个抛鱼漂的男人。

林温冷静地问："你爸爸的情况，医生是怎么说的？"

林温足够清醒，她不听模棱两可的话。

周礼掀了掀眼皮，松开了手。香烟倒下，一丝残余的烟味扬进了空气中，刺鼻的味道像极了他小时候某段时间每天都能闻到的那一种。只是后来，周卿河将被母亲带走的他从覃家接回，他就没再经常闻到了。周礼直起腰，给了自己三秒沉默的时间，他道："医生说他活得很勉强。"

医生是郑家的世交，谈论起周卿河的病情时，他没有任何拐弯抹角，用词精准且犀利。

林温一怔，说："周礼……"

"嗯，没事。"周礼说。

林温和周礼这几天每天都会联系，但不是每一次都打电话。

林温会关心周礼父亲的情况,但周卿河情况特殊,周礼讲时会有所保留。林温知道周礼的心事,所以她的关心点到即止。周礼也明白林温的意思,所以他不用她说太多。于是林温轻声问道:"那你已经决定好了吗?"

　　活得很勉强,那意味着周礼如果出国,归期不定。

　　周礼爷爷是刚刚才提起这个话题的,但听周礼的语气,不像临时。他在此前应该已经独自考虑过,之所以不提,应该是定不下。或者定下了,却不愿意说出口。

　　周礼没回答,他忽然叫她:"温温。"

　　"嗯?"

　　周礼问:"你那里打雷了?"

　　"你那里"三个字,让林温莫名晃了一下神。这意味着距离,而这如今本来就够远的距离,在将来的某一天,或许还会拉得更远。

　　林温温声回答:"嗯,打得好大。"

　　周礼也意识到了"你那里"的含义,他又听到了几声雷响,那雷穿越了上千公里,响得震耳欲聋。周礼深呼吸。他依旧没回答她之前的问题,林温只听到他最后说:"再给我点儿时间。"

　　"好。"林温近乎迫不及待地回应。

　　放下手机,林温把客厅的空调插头也拔了,转了一圈,又走进厨房,打开扇叶吊柜门。

　　热水器安装在里面,插座位置高,她踮脚也够不到,林温搬了一张凳子,站上去拔掉插头,搬走凳子的时候,凳脚撞到了她的小脚趾,林温一阵抽疼。

　　这一晚林温失眠,她关了窗,挡住了雷雨声,又在手机上搜索国外的各种信息,天气、风土习俗、语言、工作,她设想种种出国的可能以及难度。

　　混沌的一觉醒来,林温在看到冰箱里的狼藉后,理智终于回笼。

　　她完全不记得昨晚她把冰箱插头也拔了,现在冰箱里只剩一丝凉,冷冻室里的食材全都解冻了,牛排包装里淋着血水,肥牛卷从红色变成了棕色。

　　林温呆怔半晌,站在冰箱前不太想动,可不动又不现实,她不仅要动起来,还要抓紧时间,因为她还要上班。林温将长发盘起,把冰箱里的东西扔的扔,擦的擦，半小时后她清出一个垃圾袋。

原本好好的食材，只因为一个意外，就不能留了。

这是周四，是周礼去港城的第六天，林温全神贯注投入工作。

周五她出差，去了宜清市周边的城市，周日中午她就回到了小区。

梅雨季已经过去，这两天没下雨，太阳暴晒。林温拉着行李箱，站在奔驰车前，看着有一点点脏的车身，还有非常脏的轮胎。雨没把这些痕迹冲干净。

林温把行李箱放上楼，又拿着两块新拆的毛巾和一只塑料桶下来，就近去垃圾投放点的水池接了一桶水，往车上一浇。一桶水远远不够，她来回走了好几趟，盘好的头发有些散了，碎发被汗水沾在了脖子上。

她花费近一个小时将车身冲洗干净，叉着腰站在车前看了一会儿，她又拉开车门，坐进去，检查车内卫生。车内座椅被晒得滚烫，大约是因为太烫，所以林温才坐不住。她下了车，锁上车门，回到楼上简单冲了把脸，拎上包，她再次离开家。

半个多小时后，她站在了肖邦店门口。

门口依旧立着一块黑板，黑板上写着店里最近刚到的剧本杀，林温发现了一个错别字，"真"的中间是三横，写字的人少写了一横。

真变成假了。林温走近，想找粉笔给字添加一横，可惜在黑板底下没找到。

她推门进店。周日的剧本杀店人满为患，客厅挤着一堆玩家，肖邦忙着协调人数。见到林温，肖邦愣了愣，让员工小丁处理这边的事，他走到林温跟前，问道："你怎么来了，约了袁雪？"

林温摇头，说："不是，我就是过来看看。"

肖邦诧异极了，林温跟他们这几个男的严格保持了这么多年的距离，这还是她第一次一个人主动上门。

肖邦很快回过神，说道："那给你拿点儿喝的？你想喝什么？"

"不用了，我不渴。"林温说，"你先忙吧。"

肖邦去吧台拿出一瓶苏打水，递给林温说："有什么忙的，我是二老板，可以坐着收钱。"

大老板就是周礼了，林温笑了笑，接过苏打水。这水是周礼常喝的牌子，上回逛超市没买到，现在剩在她家里的，都是他平常不喝的牌子。林温边拧着瓶盖，边问："周礼在你店里入股的很多吗？"

"很多，他出了七成。"肖邦诚实道，"这家店光装修就花了将近六十万，跟装修费相比，房租只是小头。"

周礼有钱，这些钱基本都是他各种投资赚来的，主持人那点儿收入都不够他买两双鞋。当初肖邦肖想他的钱，找的理由就是他给他寻觅到了一项前景非常可观的"投资"。这理由其实是当年周礼用剩的。

肖邦还记得初中的时候。

"那个时候班里有个男同学炒股，周礼看到来了兴趣，用他爷爷的身份证开通了一个股票账号，本金是他的压岁钱，我记得他从小学开始攒的，有二十六万元。"肖邦道，"他这人从小就随心所欲，二十六万元说投就全投了，一下子就亏了个底朝天，他不信邪，还骗我的钱去翻本，当初他找的理由就是让我'投资'。我那个时候天真无邪，轻易就相信了他，两万块压岁钱从此有去无回。"

林温把包放到一边，坐到了吧台凳子上，听到这里，她问："他真的没有还钱？"

肖邦只是夸张了一下修辞手法，他老实道："还了，第二年才还上的。"

"那他后来翻本了吗？"

肖邦只想翻白眼，说："当然翻了。他这人，想做什么就一定要做到不可，他初二炒股失败，初三、高一、高二，他花了三年时间研究股票，高二的时候终于翻回本了。可惜他这人永远只有三分钟热度，达到目的了，他就对炒股完全失去了兴趣。"

"有钱也不想赚？"

"倒也不是，他大学之后不就疯狂赚钱了吗？"肖邦看了眼林温，想了想，林温既然已经在跟周礼交往了，有些事也能跟她说了。

肖邦道："他大学之后跟他妈的关系极度恶化，不再问家里要一分钱，就拼命想着自己挣钱，按他的话说，就是要赚够可以让自己自由的钱。"

有人因钱离婚，有人因钱入狱，周礼的金钱观因他们而变得极端。

肖邦口中的周礼，极端的金钱观源自他的父母。

齐舒怡口中的周礼，冷漠的爱情观也源自他的父母。

其实周礼或多或少也像她一样。林温生长在一个形状固定的模具中，只不过她为了父母束缚了自己，而周礼因为父母，击碎了模具，开始野蛮生长。周礼的父母对他来说太重要，就像她的父母对于她。

肖邦以为林温是想周礼了，说了一堆周礼的故事，肖邦像个情感咨询师似的，建议道："周礼这次在港城待得也太久了，你该让他回来了。"

他还不知道周礼早就有过出国的打算。林温嘴角微弯，没说什么。她只是等不及才会过来这里，她想知道周礼对这座城市有多留恋。他在这里买了车，买了房，投资了一家店，这座城市到处都有他的足迹，可这些足迹不足以让他割舍不下。

她向肖邦告别，走到店门口时，手机铃声响了起来。林温看了眼来电显示，接起电话。烈日当空，人行道上行人稀少，没什么噪声，林温能清楚地听到话筒对面的疲惫声音。

"温温。"

"我在。"

"你想出国吗？"

这个问题，周礼在十四天前的那个周日问过她，那天他们从宁平镇回来，他给她戴上了玉佛。车外草叶飞扬，车内是花与净土。

如今林温再次听到，她没有马上回答。她反问周礼："你要出国了吗？"

电话那端安静下来，许久才出声："嗯。"

于是林温轻声道："我不想走。"

她向来是一个理性多于感性的人，周礼是她长大成人后，稳定人生中的唯一变数。她这十几天像中了邪，可现在理性将她摇晃得清醒了。出国哪有那么容易，她的父母七十多岁了，绝对不可能背井离乡。而她，也不能拿这短短十几天的时光，去赌她的下半生。

她不会抛下她的父母去过自己未知的生活。周礼自然也不可能抛下他的父亲。他走了，就归期不定。

林温看向立在店门口的黑板。"真"字依旧少了那一横。在这一刻，他们都回到了现实当中。

周礼在问出那个问题之前,就已经知道答案。

他不意外也不失落,通话结束,他靠在医院的椅子上,仰头望着蓝天。港城的室内冷气像是不用花钱,这一条廊道三面全是玻璃,阳光无孔不入,妄图驱散医院里的寒气。可惜阳光照不到廊道以外,走出廊道,周围就只剩寒气了。

周礼这几天睡眠不够,他在这里小坐了五分钟,身体稍稍回暖,他再次强打起精神,回到周卿河的病房。

看护刚端出餐具,轻轻带上房门,见到周礼,她马上要重新开门。

周礼拦住她,问:"他睡了?"

看护对周礼道:"周先生刚躺下,还没睡着。"

周礼瞟了眼餐具,看护又道:"先生刚才喝了一小碗汤,米饭吃不进。"

周卿河这两天胸闷心悸,伴随呕吐,这碗勉强喝进去的汤不知道什么时候又会吐出来。

周礼对看护道:"我待会儿要离开,大概明天中午回来,你照顾好他。"

看护点头,说:"您放心。"

周礼回公寓取东西,出门的时候手机振动,是肖邦来电。

肖邦送走林温后又回头招呼玩家们,直到现在清空客厅,他才有时间喝口水,顺便给周礼打这通电话。

肖邦没说林温因为想他所以来了店里,周礼得照顾他父亲,肖邦也善解人意,他拐弯抹角地暗示:"这个月的账目还没报给你呢,你什么时候回来,我提前做个准备。"

周礼在路边拦了一辆出租车,说道:"我现在就回。"

肖邦一傻,问:"什么?"

天黑后,周礼走出机场,肖邦抱着胳膊,一脸严肃地候在出口。

周礼随身拎着只包,没想到肖邦会跑来,他眯了眯眼,问:"你来接我?"

肖邦打量着人,见周礼气色不佳,明显没什么精神,他放下胳膊,语气尽量不那么生硬，说："车上说。"

肖邦自己没车，他借了员工小丁的车子。小车灰扑扑的，车内空间略显拥挤，周礼调整了一下椅位，肖邦开着车，问道："周叔怎么样？"

"就那样。"周礼不想多提这个。

肖邦还算了解周礼的性格，周礼不想多提，就证明情况不好。

肖邦又问："你奶奶呢？"

"还住着院。"

"你这几天就成天陪在医院？"

"嗯。"

"平常跟林温联系吗？"

周礼一直没什么情绪地瞥着挡风玻璃外，听到林温的名字，他才转过头，看向说话的人。

肖邦说："林温下午来过我店里，别问我她来干什么，我怎么知道，我就跟她聊了会儿你，然后她就回去了。"

"……聊了我什么？"

"你还能有什么好聊的。"肖邦将下午说的几个故事告诉他，说完后，瞥他一眼。

周礼垂着眸。肖邦直言："还记不记得我之前提醒过你？"

他提醒过周礼两次，一次是在汪臣潇的别墅，那时周礼已经在行动，而林温显然尚未察觉。还有一次是在汪臣潇父母家。那次他说："你不能确定你这份兴趣能保持多久。"周礼给他的回答是："未来的事没人知道，但我对她已经过了感兴趣的阶段。"

肖邦回忆完，说道："现在你说走就走，我知道你是迫不得已，但我是不是也能说一句，未来的事其实早就有了预料，你永远都是这副德行，感兴趣了就用尽千方百计，得手了又能轻易抛开。你打算怎么对她？"

车速不快不慢，到市区时刚过十点，七月中旬的夜间气温直逼三十五摄氏度，拉下车窗，热浪扑面而来。经过中学门口时，周礼说："停车。"

肖邦慢慢靠边，说："还没到呢。"

"到了。"周礼盯着车窗外,解开安全带下车。

对面的夜宵摊热火朝天,老纪烧烤的生意似乎最好,大片摊位座无虚席,只有一张桌子单独坐了一个人。

大约是见这里有空位,或者是有其他原因,三个男人站在桌边,嘻嘻哈哈跟坐着的女孩儿商量拼桌。桌上烧烤热气腾腾,白酒却已经空了半瓶,林温握着酒瓶,抬头看向三人,眼眸水光盈盈,唇形丰润甜美。她直接拒绝:"抱歉,不拼桌。"

三个男人更加按捺不住。

"别这样嘛,小美女。"

"咱们请客怎么样?"

"你是不是住这儿附近,我好像经常看见你。"

穿着黑T恤的男人说着话,直接弯腰拉开凳子。凳子拉到一半,受到了阻力,男人一看,有只脚正钩住凳子,猛一用力,脚劲大得能把他拽倒,凳子从他手里飞脱出去,金属脚在地面划出一声尖锐的响。男人踉跄,扶住了桌子,夜宵摊的桌子承重能力有限,桌板晃动起来。

林温立刻抵住,周礼动作更快,他稳住桌,顺势坐到了刚从别人手里拽回的凳子上。男人本来要骂,抬头见周礼长得高高大大,脸色也是一副不好惹的样子,他嘴里随便啐了两声,就和同伴骂咧咧地走了。

林温仍握着白酒,两只胳膊都搭在了桌上。桌子已经不晃了,她的视线却好像晃了晃。

"晚饭没吃?"周礼先开口。

"……嗯,"林温的视线不晃了,她攥紧了一下瓶子,说,"晚饭的时候不饿,刚才饿了,就过来吃点儿东西。你怎么回来了?"

周礼抽走她手里的酒瓶,对着灯光照了照,还剩一半。

他翻起筷架旁边的玻璃杯,往里倒着酒说:"想跟你一起吃晚饭。"

林温看着透明的酒液注入杯子,汩汩响着,由浅至深。周礼给自己倒了一杯,又将酒瓶放回林温跟前。林温重新握住瓶子。男人体热,才一会儿工夫,这只酒瓶就沾到了周礼的温度。

林温说:"我点的烧烤不多,再给你叫一点儿?"

她只点了十五串,分量都不大,其中一半还是蔬菜。

周礼拿起一串说:"不急,先吃着。"

"哦。"

两人慢慢吃着烧烤,喝着小酒,林温问:"你什么时候再回港城?"

"明早。"

林温点点头。

酒喝得快,马上就空了,林温又从随身包里掏出一瓶。周礼看着她变魔术,拿过酒瓶,他替她开了。周礼问:"包里还有吗?"

"有。"

"还有几瓶?"

"三瓶。"

"……你最多能喝多少?"

林温摇头,说:"不知道,没试过。"

"那今晚试试。"

"好啊。"林温很干脆。

酒瓶归林温,酒杯归周礼。

林温道:"你还是少喝点儿,毕竟明早的飞机。"

周礼说:"我酒量比你好。"

"你又不知道我酒量。"之前他们都试过醉醺醺的,但那程度根本不算醉。

"你六十度的酒都喝不了。"

"这又不是六十度。"

"不信就打个赌。"

"赌什么?"

"想到再说。"

林温没反对。

正喝着,林温的微信响了,是母亲给她发来了一张如来佛祖的图,说是睡前见佛接福,保佑她晚上有好梦。林温笑了笑,放下手机,她看向周礼,斟酌着道:"你还记不记得我们在寺庙的时候,找僧人说过的话?"

"记得,"周礼道,"他们的道理都是一套套的。"

那时林温放不下心,周礼带她转遍每一座大殿,见到僧人就找人聊。

几位僧人说的话,他们至今记忆犹新。

"婆娑就是一个有缺憾的世界,诸恶莫作,众善奉行,自净其意。"

"来这里的人,都有各种各样的不幸,他们有的身患重疾,我会叫他们去看医生,但有的人,得的是心因性疾病,身病好治,心病难医,他们需要的是一个心灵上的寄托。"

就因为僧人说出"心因性疾病"这个专业用词,没有一味地蛊惑人心,林温才放心,让父母暂时待在寺庙。

其实去那间寺庙的,大多数都是得了心病的人,比如林温的父母,再比如将她父母带过去的李阿姨。李阿姨就患有严重抑郁症,就像她说的,她曾经想过无数种自杀方法。

僧人们说,你在意的是瓶子里的虚空,你往常看不到的那些,是瓶子外的虚空。可是你所在意的事业、成就、爱情,等等,即使再伟大,也只是装在瓶子里,假如你放不下自己,就无法领略瓶子外的美妙世界。

这些都是说给"李阿姨们"听的,但抑郁症患者就是放不下,这病不是他们故意得的,他们的精神状态不受自己控制,不是配合治疗他们就能痊愈。

林温很清楚这一点,所以她不会怪周礼,但是,林温摩挲着酒瓶,说道:"初中的时候我被孤立,最开始我其实很害怕,那种孤独的感觉很恐怖,可是人是有适应性的,当我慢慢适应了这种孤独,我就想,孤独也没什么不好,我不需要朋友,不需要任何社交,但是高一前的那个暑假,我看到了一条新闻。"

新闻报道说,日本某男子不工作也没有朋友,往日没有任何社交,该男子从二十多岁啃老到五十多岁,最终他死在家里,直到尸体发臭才被邻居发现。

林温看完这则报道,就像被人打了一记闷棍。

"我不想像他那样死去。"林温轻声道,"所以我那个时候就告诉自己,必须交朋友,将来要有正常的同事,有恋人,有丈夫和孩子。"

但她希望这一切的人际关系都是最简单的,她挑的朋友都是简单性子,她选择的男友,至少在她选择的当时,对方是简单的。她渴望的,永远都是稳定并且长久的关系。而周礼是个例外,他和所有人都不同,他就像个旋涡,轻易就能将人吸引进去,和那间寺庙相比,他才更像会蛊惑人心的那一个。

林温看着周礼,夜灯下他的双眼深邃黝黑,始终如一地专注地看着她。

她要的是稳定和长久,而不是归期不定之下的前路未知。

林温声音有些轻飘飘的,像是不受控,但她又清楚自己在说什么。

"我知道你的不容易,这根本不怪你,但是周礼,我不想一直都这么懂事,永远都是我在体谅别人。我不怪你,你也别怪我。"

桌子小,周礼胳膊又长,在林温说完那句话的瞬间,他的手轻易来到对面,手心裹住林温的脸颊,用了点儿力,像掐她。

"你傻不傻?"他眼睛里有红血丝,不知道是不是因为疲惫。

脸颊并不疼,林温定定地看了一会儿,喃喃:"烧烤没了,我帮你去点。"

烤盘已经空了,只剩签子能舔。点烧烤得进店,林温起身,周礼跟着站起来。

林温说:"你起来干什么?"

周礼说:"我跟你一起去。"

"那你去点吧。"

"一起。"

"座位没人看着。"

周礼拉住她的手,说:"座位没了就没了,一起。"

"……"

两人一道进店点了烧烤,出来的时候座位还在。

五瓶白酒全空之后,林温走路已经走不出直线。周礼干脆背起她,林温趴在他背上,大约是醉糊涂了,她伸手遮住了周礼的眼睛。

周礼已经穿过了斑马线,此刻正走到河边人行道上,他脚步一顿,说:"我在走路。"

林温轻轻地问:"你睁开眼睛会看见什么?"

周礼喝了那么点儿酒,醉意其实没几分,酒劲这会儿上来了一些,他喉咙有点儿烧。周礼喉结滚动,回答:"你。"

林温这才把手放下。周礼继续往前,散步似的,不紧不慢。河面上浮着鱼漂,钓鱼的人又来了,不远处还站着个长发女人,眼尖地举手跟他们说"嗨"。林温醉酒还不忘礼貌,她趴在周礼背上,高高抬手回应:"嗨。"

声音是一贯的轻轻柔柔,又带了两分醉酒才有的慵懒。周礼笑了笑,将人往上托了托。

背到家里,他把林温送进浴室。"能不能自己洗澡?"他问。

林温点头。

浴室门关上了,里面"砰"的一声重击,周礼又立刻推开门。林温撞到淋浴间的玻璃门,疼得她坐在地上捂着额头。周礼过去抱她,拿开她的手,看到她额上一块红,他给她揉了揉,皱眉又好笑,说:"算了,你今晚别洗澡了。"

林温虽然醉了,但没完全失忆,她不记得自己今天是出差回来,回来后又洗车又跑去肖邦那儿,但她记得自己出了一身汗,身上有汗臭味。

林温蹙眉说:"我要洗澡。"

"你站都站不稳。"

"我坐着洗。"

"……"

周礼还真给她搬来了一张小板凳。

林温脱光衣服坐在板凳上,拿着花洒对着自己冲,但她忘记把龙头调到热水位置,冷水冲下来,她一个哆嗦,抖掉了花洒。

周礼不放心,一直守在门口,听见声音不对,他又推开门。花洒喷头朝天,玻璃门没关,水花四处飞溅,林温坐在板凳上,弯着身,双手抱膝,湿漉漉地看向门口。周礼盯着她,直到地上的花洒转了方向,水花往林温身上飞了,他才揉了揉眉心,关上浴室门,把身上衣服脱了,进淋浴间伺候人。

洗完澡,周礼把人裹好,将她抱回卧室。林温在床上一滚,想钻进被子里,周礼掰住她肩膀,按住被她弄散的干发帽说:"别动,我去拿吹风机。"

林温还算听话,真趴着不动了。周礼给她穿上衣服,再帮她吹头发,床单难免沾到水,吹完头发,他顺便拿热风口对准了床单,林温不知道,她胳膊伸了过来,一下被烫到,疼得立刻缩了回去。

周礼关了吹风机,把她胳膊扯过来,一看,已经烫红了,他立刻去厨房拿来一瓶冰水,替林温捂住胳膊。

林温昏昏沉沉,又身处清凉,没一会儿就睡着了。

周礼坐在地上,还替她捂着,又拨开她头发,检查了一下她的额头。

还剩没几个小时就天亮了,周礼不想睡,他替林温敷完冰,顺便把水喝了。

一直到五点四十分,他才起身去浴室刷牙洗脸,然后上楼找到一身干净衣服换上。再回到主卧,林温仍睡着,周礼轻声叫她:"温温?"

醉酒的人睡得熟,周礼叫了好几声,林温才勉强睁眼。

周礼道:"我走了。"

林温意识不清,问:"去哪里?"

"机场。"

"……哦。"林温找回记忆,还记得上次周礼是自己开车去机场的,她道,"你车钥匙在鞋柜上。"

"我叫了车,我车暂时留你这儿。"周礼道。

"哦。"

"帮我看着。"

"嗯。"

"等我回来开走。"周礼拂了拂林温的头发,低声,"回来那天就能马上开走。"

"……嗯。"

周礼亲了亲她额头,说:"你接着睡。"

林温眼睛快闭上的时候,又听到一句莫名其妙的耳语。

"你对我还不够了解。"那声音像从隧道中发出,深沉又绵长,林温还当在做梦,她神志不清地眨了眨眼。

大门轻轻关上,林温又闭上眼睛,意识昏昏沉沉,似乎躺了很久,又似乎只躺了几秒,她猛地从床上弹起,拖鞋也来不及穿,飞奔到门口,打开门,楼道里没有脚步声。又跑到阳台,扒着窗框往楼下看,楼下也没有周礼的踪迹。

早晨风微热,太阳还没有完全探出头,天边云霞已经染成刺眼的金色,林温用手挡在额前,眼睛怎么都睁不开。

过了一会儿,楼下传来夫妻争吵声。

"车子怎么发动不了了?"

"两个月没开,当然打不着火,我上个月打电话回来让你动一动,你根本就没听!"

另一边,马路上车流稀疏,剧本杀店门打开,肖邦送几个通宵的熟客出来,挥挥手,他打着哈欠,伸了一个懒腰。

天空只有云,没有飞机,肖邦看了眼时间,还没到航班起飞的时候。也不知道那两个家伙昨晚烧烤吃到几点,又谈了些什么。肖邦不由得想起周礼当时在车上说的话。

昨晚他说周礼永远都是这副德行,感兴趣了就千方百计弄到手,得手了又轻易抛开。这类话其实在林温还没出现的时候,他就已经说过很多遍,比如周礼打网球,比如周礼玩摩托,周礼兴趣来得快,去得也快。但周礼从来都懒得回应他。

直到昨晚。那时还在机场高速,有人变道超车,肖邦车子开得少,技术不到家,紧张之下差点儿打歪方向盘,周礼平静的声音在这时冒了出来。

"我对那些没留恋,所以能轻易抛开。别拿林温去比较,你闭上嘴,我睡会儿。"

店门又开了,另一间游戏房的通宵玩家走了出来,肖邦往旁边让,等人都离开,他才打着哈欠,回到店里。

小区里陆续有了晨练的人,那对夫妻还在楼下争吵。

车子一段时间不开的话,会发动不了。

——"等我回来开走。"

——"回来那天就能马上开走。"

她要的是稳定和长久,而不是归期不定之下的前路未知。

他要是想在回来那天就能马上把车开走,他就必须在这段时间内赶到。

林温站在阳台上,手攥着颈下的玉佛。

Chapter 20
我被蛊惑了

林温逃也不是，迎战也不是。

周礼去了欧洲某座小城市，那里地广人稀，风景优美，他租住的公寓前面有个广场，广场上每天都有艺术家们光顾，打开房间窗户，经常能听见歌声，傍晚饭后散步，总能碰到古怪搞笑化着大浓妆的艺人。

在适应了半个月后，周礼又带他们去了一座农场过周末。农场绿草如茵，一望无际，农场主是周礼朋友的朋友，他养的八只大狗温驯无比。其中两只大狗刚生崽，农场主见周礼逗狗有一手，问他家中是否养狗，听周礼说没有，农场主又问他想不想从这里抱养一只，狗实在太多，农场主养不过来。

周礼对养狗没兴趣，他撸着大狗的脑袋，头也不回地问身后的人："你想养吗？"

周卿河坐在轮椅上，气色比在国内时要好，他回道："你想养的话，就抱一只回去。"

"你记不记得我小时候买回几袋狗粮，你看见后，问我是不是想养狗。"周礼忽然问。那时周礼被周卿河从覃家接回一年，放学路上他和肖邦在修车摊撞见一只恶犬，周礼想要驯服恶犬，就每天带吃的过去，那几袋狗粮就是这么被周卿河看见的。

周卿河当时问他是否想养狗，可以把他在喂的那只狗带回家，或者去宠物店买一只他喜欢的狗回来。周礼不讨厌狗，但也说不上多喜欢，他对养狗这事可有可无，所以他的回答是："我不一定能做好狗主人，不养。"

他不认为他对一个于他来说可有可无的生命有足够的耐心和责任心，人得为自己的行为和所作的决定负责。

那年的周礼不过十一岁，说出来的话让周卿河愣怔了好一会儿。可惜小孩子都懂的道理，成年人却将之抛到了脑后，他们似乎总有更重要的事情要做，并没有意识到他们对生命若有若无的不尊重，即使那生命是他们的孩子。而在周卿河锒铛入狱之后，他的清高和自傲被碾碎成了齑粉，一朝清醒，他从清高自傲的人跌成了最自卑自怯的人，生命更是成了一种累赘。

周礼撸着狗脑袋，说的还是从前那句话："我不一定做得好狗主人，所以不养。你要是觉得自己能养好，就从这里挑一只回去。"

周卿河沉默，周礼回头看向他，周卿河道："先吃早餐吧。"

周礼拍了拍狗，让狗离开，他走在轮椅边，和周卿河一道回房子。

周卿河每周都要去一趟诊所，所以在农场住了两天后，他们又回到了小城。

周礼的作息随之规律起来，可这种规律并没让他得到精神上的满足。

周礼选择的这个居住地段是绝佳的，不会与世隔绝，却又与人保持着一定的距离，有都市的便捷和乡村的幽静，适合病人休养。有一天他清早醒来，窗外是蓝天白云，鸟语花香，他却觉得空气憋闷，深呼吸，他忍不住给林温发了一条微信。

他这边是早晨，林温那边是中午，回复很快，林温正是午休时间。

周礼说："我开个房，你进来。"

周礼在APP里开了一个私密房间，林温随后跟进，他终于听见了林温的声音。

林温问他："你刚起床吗？"

周礼闭了闭眼，在这温柔的声音中起了床，说道："嗯，刚起。"

他拿着手机进卫生间洗漱，洗漱完去餐厅吃早餐，手机就摆在碗边上，林温的声音传进了在场所有人的耳中。

周爷爷指着周礼的手机，惊讶地"啊"了一声，周奶奶吓了一跳，她小中风的后遗症还在，讲话不是那么利索。

"你干什么？"周奶奶问。

周爷爷小声说："我想起来了，我上次给阿礼打电话，是一个女孩子接的。"

周卿河胃口一直不佳，早餐还没吃两口，他看向旁若无人地跟手机那端讲着话的周礼，一时没有回过神。

话筒收音效果太好，林温显然听见了旁人的声音，周礼听见她小声问："你那边有人？"

周礼说："我在吃早饭，大家都在。"

那端安静了。

周礼神情自若，说："你忙你的，别关麦。"

"……"

于是这一整天，周礼手机没离身，周爷爷和周奶奶都笑眯眯地尽量不发声说话，周卿河倒是发了很久的呆。

次日清晨，周礼在卫生间准备刮胡子，周卿河想上厕所，周礼放下刮胡刀说："你先。"

"你先吧。"周卿河道。

周礼不喜欢谦让来谦让去，既然周卿河让他先，他就重新拿起了刮胡刀。

周卿河在卫生间门口，看了他一会儿才问："那个小姑娘叫什么名字？"

周礼对着镜子回答："林温。"

"她多大了？"

"二十四。"

"工作了吗？"

"她在会展公司工作。"

父子俩一问一答，周礼慢慢刮好了胡子。

周礼冲洗着刮胡工具，看向镜子。

他并非无所不能，尤其对于一个人的生命，他更掌控不了，周礼冷漠地想过周卿河最后的结局。

周卿河这病让他活得痛苦，也许死亡对他来说是真的解脱，成年人不是无知幼童，他们必须得为自己的行为负责，无论是把婚姻当儿戏，还是违法犯罪，他们的所为都得自己承担。旁人何必强求。

但当每天早晨，周礼站在浴室镜子前刮胡子的时候，他又会想到，这套刮胡工具，没有周卿河当年送给他的那套好。

接下来的日子，还是没什么改变，每天饭后散步，每周一次诊所，周末会在附近城镇旅游。周卿河和周礼做了二十八年的父子，前二十八年的相处时间，加起来似乎都没如今多。周礼每天除了陪人，就是忙自己的事，他会在餐桌上办公，手边是一杯咖啡或者一支香烟，鼻梁上架着的眼镜有时是银边，有时是金边。

周礼并没有让自己完全陷在照顾父亲的境况当中，他一边扛着责任，一边照旧有自己的工作和生活，计算着之后的各种计划。所以他在某一天，当周卿河又一次问起林温时，周礼从烟盒里抽出一支香烟，递了出去。

这是周卿河第一次接到儿子递来的烟，他默默接过，拢着火苗，点燃香烟。

周礼收回打火机，拨弄着小小的打火机开关，垂眸道："我第一次抽烟，偷的是你的香烟。"

周卿河并不吃惊："我知道。"他当天回家就发现了。

周礼又道："我对烟没有什么瘾，其实我对很多事物的感受都很平淡，最多只是有点儿兴趣，那兴趣也很快就过去。别人看个世界杯能发疯，我不明白他们有什么好疯的。肖邦就总说我没什么'人'性。"说着说着，周礼语调慢慢温和了几分，"但我现在有了想要的，很想要。"

周卿河没问他很想要的是什么。

周礼道："你说过你遗憾错过了我的大学时光，但我的大学时光没什么值得纪念的。我只知道我的将来会比过去更好，你如果愿意，可以期待一下这个。"

周卿河点点头，问："那你什么时候回国？"

周礼手上一顿，瞥向他。

"把你爷爷奶奶带回去，我这边有看护就足够了，你尽管去做自己想做的事。"顿了顿，周卿河道，"我不能做出保证，因为我不确定自己行不行，但我想尽力尝试，你抽空帮我去抱养一只狗吧。"

周礼很快去了一趟农场，刚满月不久的小奶狗生命力极其旺盛，他挑了一咖一白两只带回。

周礼走的那天，林温宿醉头疼，她在阳台上站了许久，直到阳光变得猛烈，她才回屋。回屋才意识到她光着腿，周礼只替她穿了衣服，没穿睡裤。

林温先进卧室套上睡裤，再去厨房找水喝，冰箱里满是周礼的苏打水和啤酒。她又去卫生间，小推车里一半的瓶瓶罐罐是周礼的。周礼还给她留了一身脏衣服，是他昨晚换下的，林温看了半响，才把脏衣服扔进洗衣机。

袁雪知道周礼离开的消息时，已经是三天后，她先是破口大骂，再迟疑着帮周礼说了几句好话，说完好话又开始骂，最后她道："我要回老家了。"

林温一愣，问："回去有事？"

袁雪道："回家养胎。"

袁雪这段时间独居，身边少了人，她变得无聊，心血来潮在几个短视频平台上开通了账号，做起了视频网站投稿人，专门宣传孕期护肤和运动的各种小知识，粉丝数至今已经累计到三千，还没能接到推广，但她却无比满足。

袁雪说："我妈不放心我现在一个人住，我拍视频忙起来还总叫外卖，这样一想的话，回家养胎似乎更好。"

于是袁雪就这么跑回老家了，汪臣潇屁颠屁颠地追了过去。

林温朋友少，袁雪一走，她形单影只，每天公司和家两点一线。

其实从前她过的基本也是这样的生活，只是现在突然有点儿不适应。

晚上看电视，翻到那部年代剧的时候，林温短暂停留了一下，上面显示她和周礼上次看到了第十三集。

没有点进去，林温重新找了一部电视剧看。

新的电视剧开始播放了，她却没有抬头。

林温低着脑袋，在手机上搜索"车子多久不开会打不着火"，显示出的信息五花八门，有说一周不开就会打不着火，有说半个月的，也有说两三个月或者半年的。

周礼的车是奔驰，林温特意按照奔驰型号搜索，依旧没有统一说法。

现实成为实验田，林温等了一周，周礼没有回，等了两周，周礼依旧没回。

到快一个月的时候，林温拿着车钥匙下楼，坐进车里，想发动车子试试。

可这一试万一能发动，那就不准了。

林温真觉得自己有点儿傻了，她再次让理智拴住自己。

正想着事，手机来了微信，是周礼发来的，问她在干什么。

这段日子他们联系得并不频繁，他们都给予了彼此足够的时间和空间。

林温今天调休，按理这时间她应该在公司，林温坐在周礼的车中，太阳晒得她耳朵通红，她回复说："我在上班。"

周礼说："我开个房，你进来。"

林温坐在车里陪周礼聊天，聊了没一会儿，她才知道周礼家人都在他身边。

她一时哑巴，周礼却不让她关麦。

车里到底晒，林温脖颈流下汗，她拿着手机，下了车，关上车门再锁好。

八月底，林温接到父亲电话，说老家那边来了通知，老平房要拆迁，他们人在宁平镇的寺庙，不想赶来赶去，问林温有没有时间，有时间的话干脆让她跑一趟。半个月前是林温哥哥的忌日，林温和父母曾经回去过，当时听过拆迁传闻，只不过没想到这么快，传闻就成了真。

父母喜欢寺庙的环境，又打算去住一个月，林温这几天有空，所以将这事揽了下来。

她打开手机准备订高铁票，选择好明天八月三十一日的日期，再点击"查询车票"。她没勾选"只看高铁动车"，当车次信息出来，最上方显示着八月三十一日，下方显示出"K"开头的列车时，林温愣了愣。

鬼使神差地，林温订购了"K"开头的这班列车。

第二天，八月三十一日，中雨。在学生们开学日期的前一天，林温坐上了前往老家的绿皮火车。绿皮火车一如九年前。

九年前遭遇雷暴天气，从北阳市前往宜清市的航班迫降在了另一座陌生的沿海城市。那天是八月二十九日，距离九月一日开学还剩三天，她跟着姜慧阿姨和那个所谓的"周叔叔"，去了机场附近的一家饭店。

姜慧阿姨去了洗手间，饭桌上只有他们和姜慧五岁的儿子。

周叔叔忽然问她："想不想逃学？"

她一愣。狂风骤雨砸在窗户上，像密集的鼓声，砸得人心跳加速，血液沸腾。林温听见自己的声音说："想。"

林温那年十五岁，乖巧听话似乎已经刻进她的骨髓，她从小到大做过最叛逆的事，大约就是小时候母亲让她学讲阿凡提的故事，她反抗了，虽然最后反抗失败。但反抗的那段过程，她却始终记忆犹新，因为那是她第一次大声喊出"我不要"。

她心里的小人扬着下巴，拧着小眉头怒目圆瞪，"骄纵"一脚蹬开了"乖巧听话"，她叉着腰，嚣张跋扈。这是她内心的画面，表面上，她还是那个仅仅喊出"我不要"的、难得不听话的乖孩子。

那一刻，林温对着一个陌生的络腮胡男人，轻声回答了一个"想"字，这声"想"念得轻，却远比儿时的那声"我不要"来得掷地有声，简直就像窗外的那一声声惊雷，砸得她头晕目眩，血脉偾张。

林温的手攥紧自己放在一旁的黑色双肩包，脑中瞬间铺展开自由画卷。

她要逃学，她要远远地逃离那所学校！

"那就一起逃吧。"坐在她对面的男人说。

林温的心脏"咚咚"狂跳，她分出一丝清明，喉咙干干地问道："一起逃？"

短信的提示音这时响起，男人瞥向自己的手机，似乎在看发信人的名字，他垂眸盯着屏幕，语气平淡道："嗯，逃得远远的。"

手机一直在林温手上，她先前在查看附近的酒店信息，网页还没看完，跟男人说话的时候她也忘记了这事。

林温第一次接触智能手机，来短信的时候她没反应过来，不小心就点了进去，她不经意地扫了一眼，才意识到不对。

林温立刻将智能手机递还对面，尴尬道："对不起……"

她没有逐字读，但做惯了语文阅读理解，短短一行简单的文字，她一眼就将短信内容印进了脑中。

短信上说："我现在对你只有一个要求，开学后必须老实回学校给我读书！"

男人并不介意隐私被窥，他随意瞄了眼内容，问道："酒店查完了？"

林温摇头。

男人没回短信，又把手机推给林温。

尴尬过后，林温不动声色地打量对方，她惊讶于刚刚意外得知的信息。

男人夹着饭桌上的菜，像是额头长着眼睛，"看什么？"他问。

林温被发现,她讪讪地否认:"没什么。"

"看来你真的很喜欢憋话。"

男人从洗手间抽烟回来的时候,林温闻到烟味,她忍着没说,当时男人就说她"你很喜欢有话憋着"。现在又听到男人这样说她,林温抬眸,光明正大打量对方。

其实她今天一早就已经注意到他了。航班第一次推迟的时候,乘客们都不耐烦,她一直垂眸望着地面的瓷砖,无意中抬头,她发现坐在过道另一端的男人,似乎也在看机场锃亮的地面。不同于其他乘客,男人自始至终都安安静静的。他似乎过于冷漠,完全不受周遭影响,乘客们吵架再大声,他都只是一个局外人。

直到姜慧阿姨的儿子横冲直撞,差点儿碰到危险,男人才像从局外跨进了局内,一脚踹翻了闹事的男乘客。

林温对人的防备之心很重,但面对这个男人,她的防备之心不由自主地降低了。她还记得他在飞机上说"小朋友,把眼睛睁开"时的稳重语气,她都已经做好"赴死"的准备了,是这句话将她拉回人世。林温想,这人至少不坏,又是萍水相逢,她其实可以想问什么就问什么,对方要是不愿意说,大可以不理睬她。于是林温问道:"我是好奇,你不是已经工作了吗,怎么还在读书?"

男人回答:"我如果不回去读书,那过几天我的确就工作了。"

林温哑然。男人若无其事地继续吃饭菜。

过了会儿,林温又问:"那你是大学生吗?"

"嗯。"

林温盯着他的络腮胡,实在很难相信,"你大几了?"她问。

男人似乎想了想才说:"你觉得我大几?"

林温先问:"你是医科生吗?"

医学本科五年制,本硕连读七年,本硕博连读八年,男人拿着筷子,撩了她一眼,道:"不是。"

林温只能尽量贴近现实地猜:"那你……大四?"

男人若有似无地提了口气,喉咙里逼出一声"嗯"。

林温抿嘴笑笑。

都是学生，即使对方是大龄的大四学生，这也让她感觉距离拉近了不少。

姜慧总算从洗手间回来，她摆着手，没什么力气地表示她拉肚子了，另外叫了一份清汤挂面，姜慧三两口就吃完了，有点儿没吃饱，但她不敢再碰桌上油腻的菜。

饭后雨势不减，三人撑着伞就近找住宿之地，姜慧看中一家外观不错的酒店，打算进去，林温却盯着另一边看起来陈旧廉价的小旅馆。

姜慧吃惊地问："你不是想去住那里吧？"

林温点头。她要逃学，可她只带了一只小行李箱和一只双肩包，她身上全部现金加起来只有几百，这几百块撑不起她"大手大脚"住酒店。

男人已经走到酒店门口，见状他回过头，

姜慧拉住林温，说："开什么玩笑，你今天跟阿姨住，阿姨请客，不用你出钱！"

刚才那顿饭姜慧也硬要请，男人没搭理她，自己把钱付了。姜慧只吃了一碗清汤面，但林温吃得多，她不好白吃，拿钱平摊了。

男人倒没拒绝，只收她三分之一的钱，没要姜慧的。虽然只是三分之一，但那家饭店菜价颇贵，点菜时林温没打算逃学，如今既然要逃学，那省吃俭用是必然的。

林温做不出白占便宜的事，她拒绝姜慧的好意，姜慧又道："那你出一半房钱，我们一间房，你正好帮阿姨省钱了！"

林温为难，她先前在男人的手机上查过附近酒店的价格，知道这间酒店就算半价，也超过了她当下的预算。

姜慧拗不过她，但也没法儿陪她去"吃苦"，她是孕妇，又带着孩子。

肠胃又有反应了，姜慧捂着肚子，让男人帮忙："小周，那你陪温温去看看，要是什么乱七八糟的地方，你就把人带回来！"

"不用不用。"林温道。

"听话，你这孩子！"姜慧受不了，拉着大宝赶紧冲进酒店找厕所。

男人抱着胳膊，站在酒店门口。

林温辫子总扎不紧，几缕碎发从马尾辫里逃了出来，她挠挠脸，顺手把碎发绾到耳朵后。"我自己过去就行了。"她客气道。

话是这么说，她脚尖却迟迟没掉头。这是她第一次独自出远门，更是她第一次外宿酒店，终归有点儿忐忑，希望有人能陪陪她。

男人看了眼她的脚，他的表情都藏在络腮胡里，林温其实不能明确分辨对方笑没笑，但林温观察他的眼睛，总觉得他是笑了一下。

"走吧。"男人迈步。

林温握着伞柄，轻轻松口气。

小旅馆的标间一晚上八十元，林温朝男人看，没开口，但男人显然猜到她想问什么。

"可以。"

"哦。"林温点点头，问前台要了一间房。

房间在三楼，林温家境普通，小时候住过偏僻的平房，但再差也没住过这样的房间。说脏也不脏，但绝对算不上清爽。

男人问："确定住这里？"

林温捏着被角掀了一下被子，又环顾一圈，她叉着腰，带着点儿视死如归的劲，用力点点头。

"哧——"

这回林温确定男人笑了，林温不解，她小声问："你笑什么？"

男人眉眼比之前和善许多，他道："没什么，喉咙痒。"

林温总觉得这是借口，但这无关紧要，她还有更重要的事要做。

男人走了，林温关上房门，把钱包拿了出来，认真数了一遍现金。

她不是要离家出走，而是逃学，逃学一两天她也满足，反正借口是现成的，航班最快也要三天后才有。可她身上这点儿现金，似乎很难支撑到她开学。盘腿坐在床上算了好一会儿，林温又穿上鞋子下了楼。

天已经黑了，大雨仍不停，林温来时留意到宾馆旁边有网吧，她快步冲进网吧，花两元开了一台机子，搜索杂七杂八的信息。搜完信息，她回到宾馆房间，简单洗了一个澡，走出浴室，她总觉得房里有味道，打开窗户透气，她看到窗对面的人，不由得愣了愣。

星级酒店和她房间竟然这么近，相距似乎不足两米，男人倚着窗户，手上夹着一支烟，他似乎身体不适，嗓子一直不太好，略显沙哑的音色传了过来："洗过澡了？"

"嗯……"林温打量对面，"你在走廊吗？"

"不是，好像是个杂物房。"男人说。

"你怎么在那儿？"

"房里有烟雾警报器，我出来抽支烟。"

"哦。"

"你刚去网吧干什么？"

"你看到了？"从她从网吧回来到洗澡开窗，男人似乎不止抽了一支烟，林温边想边说，"我去查工作了。"

"工作？"

"我想知道有什么工作是我能做的。"林温忧愁，"我还未成年。"

男人："……"

林温一边擦着湿漉漉的头发，一边隔着雨幕跟对面的人说："你打算逃学多久？"

"……看情况。"

"你要逃很久？"

"或许。"

"你有存款吗？"

"没有。"

"那你想好找什么工作了吗？"

"……没。"

"你没有提前规划过？"

"……嗯。"

林温放下毛巾，抿了抿唇，语重心长道："住宿吃饭都要花钱，你这些应该都考虑清楚。"

男人问："你都考虑清楚了？"

林温"高瞻远瞩"道："嗯，我想过了，还是回宜清比较合适，这里物价相对高，方言也听不懂，哪里是哪里都不清楚。"

男人说："宜清物价也高。"

宜清是省会城市，林温不是宜清人，她家在南林市江洲镇，两地方言不同，但毕竟是一个省的，方言相似。

林温道："最重要的是，我得给自己留有余地，要是钱真的不够花了，我回家也方便。"

"……"男人似乎无话可说，过了会儿，他扯了一下嘴角。

林温确定自己没看错，他右边的络腮胡真的动了动。林温蹙眉，大概猜到他在笑什么，她道："这没什么可笑的，我又不是逃学一辈子。"

"那你打算逃学几天？"男人问。

林温说："最多三天吧。"

"三天有意思吗？"

林温看了看发尾还有没在滴水，温声道："三天就够了，我很容易满足的。"

男人沉默。林温没看见对方的神情，她继续用毛巾搓着发尾，问："那你有什么计划吗？"

男人说："我可以投靠朋友。"

林温愣了愣，隔着两米距离和滂沱大雨，她对"陌生人"道："我没朋友……"

男人没问什么，他抽了两口烟，半晌才说："我可以带上你。"

林温没吭声。

男人似乎想到什么，又说："反正最多三天，你要怕白吃白喝，就帮我跑个腿，打扫个卫生。"

他连她最后的一点儿顾忌都说出来了，林温知道对方尚算陌生人，她不该心动他的提议。林温低头揉着毛巾，没有给出答案，她带着点儿孩子气地轻声道："相比逃学，我更想时间快进，我想考到市高中，考到市高中就好了。"

男人弹了弹烟灰，一顿，又竖起香烟，心血来潮道："你看着烟说。"

"嗯？"

"再说一遍。"

林温莫名其妙，说："我想时间快进，考到市高中。"

朝上的烟头亮如星星，在这个雷雨交加的昏暗深夜，男人大拇指揿住烟头，犹如清风吹熄烛光。

男人说："希望你心想事成。"

林温一怔。

风雨如故，对面的光突然亮了一些，有人打开杂物房的门，惊讶道："你谁啊，怎么在这里？"

男人准备离开，林温突然扒住窗框，冲对面喊："我会打扰你吗？"

男人望向她，顿了顿，道："不会。"

第二天，林温在胳膊瘙痒中醒来。

星级酒店含早餐，林温住在小旅馆，早餐只能自己觅食。她随意啃了一只包子，啃完后和酒店里的两人碰上面。姜慧肠胃不适，气色不是很好，她问林温昨晚睡得如何，林温挠着胳膊回答："很好。"

男人朝她手臂瞥了一眼，林温顿了顿，默默捂住胳膊，没再挠痒。

三人先去机场，确定今天也没有航班后，他们又打车去了火车站。

去宜清市的火车没有直达，需要中转，他们各自买了两张票。

午饭就在火车站附近的快餐店吃，快餐店的一次性筷子装在白绿色的纸包装中，林温想起上学期班里女生往她的筷子里塞了一条肉色虫子，筷子也是这样的包装，因为外面看不见，抽出筷子后虫子也没跟出来，直到她用筷子吃完饭，女同学才抖了抖纸包装，大惊小怪地嚷嚷："咦，怎么有条虫子！"

林温不想碰这筷子，她找了找，发现店里有金属筷，她拿来两双，另一双给男人。

男人说："现在就开始跑腿了？"

林温发现男人跟昨天有些不同，昨天他有些厌世一般的生人勿近，今天他竟然会开玩笑。林温也没意识到跟昨天相比，今天的她不再那么沉闷孤静，她点点头说："你还需要什么，我帮你去拿。"

一旁的姜慧好笑，问："奇了怪了，你俩什么时候这么要好了？"

林温挠挠胳膊，坐下吃饭。

饭后上火车,三人去了硬卧车厢。

因为不是首发站,车厢里的被褥早被人睡得一团乱,姜慧大着肚子不方便,林温把她拦住,利落地将两张床铺收拾了一遍,转头看男人,男人皱着眉,一直坐在车厢外面的座椅上打电话。林温顺手把他的床铺也收拾了一下。

姜慧睡下铺,林温的床是中铺,她从行李箱里翻出初三课本,坐在姜慧床边预习。

林温并不算聪明,她学习全靠刻苦,因为定了市高中的目标,这个暑假她格外用心。可惜天赋有限,林温看了一会儿题就开始挠胳膊,男人忽然叩了两下桌子,林温抬眸。

"上餐车问问乘务员有没有冰,去把胳膊敷一下。"

林温起身去了餐车,没要到冰,但买到了两瓶冰水。她敷着胳膊舒口气,回到车厢之后,她发现草稿纸上多了一串解题步骤。

林温意外地看向男人,男人躺在整洁的下铺,背靠枕头,言简意赅道:"报酬。"

林温想说,他不是让她跑个腿,打扫个卫生吗?但她没说,她把冰水递了过去。

到了晚上,火车还没到中转站,姜慧忽然惊喜道:"我老公过来接我了!"

姜慧老公临时被派来出差,目的地正好是火车经过的站点,姜慧这回腿脚也有了力,她从床上爬了起来。

林温和男人帮她一道搬行李,看见了站在火车站外等待着的姜慧的丈夫。

姜慧的丈夫自称姓秦,长得器宇轩昂,他对一大一小的两人连番感谢,同时递了一张名片给"大人"。

男人接过名片,林温跟坐在婴儿车里的大宝道别。

回到车厢,只剩他们两人。

火车上的晚餐味道不佳,林温囊中羞涩,也不喜欢浪费,她硬撑着把饭菜全吃了。饭后她收拾餐桌,把男人那头的桌子擦得格外干净。

收拾完,林温将课本轻轻推过去。

男人正斜靠着床皱着眉看窗外,他回过头,眼神淡淡的。

林温迟疑着想将课本收回,男人手掌盖住课本,一个翻转,正面朝他。

"过来。"男人淡声道。

林温立刻坐过去，和男人同看课本。

学着学着，林温犯困，眼皮不自觉地合拢。男人却精神十足，叩叩桌子说："别睡。"

林温昨晚在小旅馆没睡好，她睁了下眼，没多久又开始犯困，她趴下说："我靠十分钟。"

等她在漫长的十分钟后醒来，她一边揉着被压得酸疼的胳膊，一边回头，看着不知何时睡到了她背后那张床上的男人。火车空调温度格外低，林温打着哈欠，抖开被子，替男人盖上。男人这一觉一直睡到中转站，林温手机闹铃准时响，天还没亮，她叫醒男人："喂，喂，起床了……"

男人睡得沉，毫无动静。林温推他，说："起床了，到中转站了！"

许久，男人不情不愿地睁开眼睛。

林温说："到站了，快起床。"

男人像没醒，一动不动地看着她，林温伸手在他眼前摇了摇，问："你还好吗？"

男人挡住她的手，掀开被子，慢吞吞坐了起来，揉了一把脸。

下车中转，到了另一辆列车，他们坐的是硬座。天微亮，两人都还困，没什么说话的心思，他们一言不发地轮流刷牙洗脸，回来后再一齐吃了点儿东西。

吃完东西，有了精神，林温望着车窗外的日出美景，两脚交叠，在桌子底下晃了晃。也许晃动引起共振，对面的男人看向了她。林温慢慢收住脚。

男人问："跟你父母说过了？"

林温摇头。今天是八月三十一日，明天就要开学，林温想在最后期限说。

林温问他："你呢，跟你父母说过了吗？"

男人没吭声，从口袋里拿出了烟和打火机。

林温盯着香烟看，也许看得太专注，男人打开烟盒，示意让她抽一支。

林温一愣，摇摇头。男人一笑，抽出一支烟，衔在嘴里，却没有点。

林温开口："火车上不能抽烟……"

"车厢接头的地方能抽。"

"哦……"

"不来一支?"男人拨弄着烟盒盒盖,"可以解闷。"

林温皱皱眉,说:"烟太臭了。"

过道对面坐着三个中年男人和一个小孩儿,一大早,他们的桌上就有酒有菜,麻辣鸭货的味道太浓郁,引人口齿生津。

林温下巴朝对面扬了扬,说:"我要解闷的话,也选择喝酒。"

"你?"

林温点头,等着男人说一句"不相信"。但男人只是淡定道:"酒就不臭了?"

"……比烟好。"

他们讲话不算大声,但过道对面那桌耳朵尖,三个中年人笑哈哈地递过来一瓶小瓶装的白酒,又给了两对鸭翅和鸭脚,说请他们吃。

他们推不过,只好收下东西,林温翻了翻,除了泡面也没零食,最后男人嗤了一声,回礼了一圈香烟。

林温:"……"

男人最后没抽成烟,他把烟拿了下来,塞回空了的烟盒。

时间还早,他抱着胳膊,靠窗睡觉。

林温翻看课本,看累了,她抬眸看见桌上的酒,好奇心起,她慢慢伸出手。快要碰到酒瓶,忽然手背上一记敲打,她疼得猛缩回手,望向对面。

男人耷拉着眼皮,懒洋洋道:"你才多大,等成年。"

"……我没要喝。"

"那就连瓶子都别碰。"男人重新闭上眼。

林温盯着晶莹的酒瓶,默默啃起鸭翅。

也许是鸭货实在太香,对面的男人闭着眼,问道:"你会做饭吗?"

林温看向他,"嗯"了一声。

"会做什么?"

"素菜荤菜都会做,不会海鲜。"小镇不靠海,很少会吃海鲜。

"红烧牛腩会吗?"

"会。"

"嗯。"男人不再说话。

林温拿着鸭翅,打量对方。她只能看到他鼻子以上,络腮胡遮住了他大半张脸,也不知道他究竟长什么样。林温只吃了一个鸭翅,另外三个都留给男人。

明天就要开学,火车上有学生在兴致勃勃地讨论着什么,林温有一句没一句地听着。

"我作文没写。"

"也不知道老班打算选谁。"

"王宇分到几班了?"

"他期末没考好。"

火车一路报站,快中午的时候,林温再次望向车窗外的风景。

她的心跳咚咚加快,尤其是在看到过道对面的小孩儿吹起一只红气球时。

男人醒了,他捏了捏后脖颈,问:"几点了?"

"十一点零三分。"林温没看表,直接报出了时间。

十一点零三分,停靠康义南站。

男人喝了点儿水,把鸭货吃完。

十一点三十六分,停靠兴湖站。

小孩儿还在玩那只红气球,把气吹了放,放了吹。

十二点,男人去洗手间,走前盯了眼她迟迟没翻动的课本,道:"把不会的题圈出来。"

林温愣了愣。

十二点零一分,停靠江洲站。

小孩儿再次把红气球吹鼓,这回他吹得比以往都用力,鲜红色逐渐变得透明。

气球膨胀到极限就会爆炸,勇气鼓到极致了,也会衰泄。

十二点零二分二十秒,林温起身,焦灼地望向男人离开的方向。

十二点零二分四十五秒,站点仅停靠两分钟,还剩十五秒,火车即将再次发动,男人上厕所未归。

"呜——"火车启动,林温回神。

陆续有乘客走来,雨伞到处滴水。

已经出发了半个多小时,还有三个小时到江洲站。林温看着窗外,雨水打湿了窗户,景色一片模糊。车中没有热情的中年男人,没有鸭货的香味,没有吹红气球的小孩儿。什么都没有。

手机来了电话,林温看见来电显示的名字,心脏不由得"咚"的一下,接起来,她听见周礼在电话那头说:"我回来了,你在哪儿?"

林温猛地从车椅上起来。几分钟后,火车继续行驶在它的运行轨道上,轨道之外,有人在驱车追赶。林温焦灼地站在车厢等待,这一幕仿佛和九年前的画面重叠。

九年前的八月三十一日,十二点零二分四十五秒,江洲站距离宜清市还有三个半小时的车程,红气球吹到了极限,男人还没回来,林温扯出行李箱,将课本往包里一塞,匆匆跑下火车。

下车的瞬间,火车呜呜发动,她站在车外,踮脚望向车窗里面。男人从洗手间回来,座位已经空空荡荡,林温追着车,她改了称呼,挥手叫人:"哥哥——"

男人被中年人那桌指引,望了过来,明明看见了她,却一动不动,距离无限拉长。

时光交叠,九年后的八月三十一日,列车仿佛倒退行驶,这一回是宜清市前往江洲站。

林温在车厢内等了一站又一站,十五分钟,半个小时,一个小时……

没有一个合适的会合点,最好的会合点就在江洲站。当追火车的人终于赶到时,林温冲了下去。外面下着小雨,林温撑伞跳下台阶,奔向从停车位跑来的人。她扑进他的怀里,一手搂住他腰,一手举高伞为他挡雨。

周礼风尘仆仆追了一路,江洲站前,他打掉了林温的雨伞,将她那只胳膊也扯了过来,让她两手环住他。风雨涌来,雨伞在地上翻滚,周礼将人抱离地,噬咬般地吻住她。他将人一路抱回车,中途林温双脚有下地,很快又被他提起,吻断断续续,到了车里,他坐进驾驶座,又将林温扯了过来。停车场时不时走过人,周礼的手在林温衣内,他咬着她的下颌肉,低哑着嗓子说:"找个地方。"

林温的脚蹬在副驾椅子上,她想蜷也蜷不起,声音都不像她的。

"我家……"

林温家在离车站十分钟车程的小区,周礼在限速范围内急飙,转眼就到了目的地。停好车,他打开手套箱,取出里面的两盒东西,林温目瞪口呆地看着,周礼下车,绕到副驾,将人扯出来。周礼一言不发地把人扯进单元楼,单元楼里没人,他一把将林温扛上肩,也不管她这几秒会难受。

林温不难受,她脑中在敲锣,心中在打鼓,她晕晕乎乎被放下来,又再次被周礼推在了门上。十八年前的老房子,铁质的防盗门哐哐响,林温短袖已经缩到胸口,她拉扯着衣摆努力说:"我开门……我开门……"

周礼将她翻转,说:"快开!"

林温掏钥匙,钥匙哆哆嗦嗦对不准锁孔。

周礼的手按在她腹部,又往上,用力攥住。另一只手和她一道握住钥匙,"咔嗒"一声,铁门打开。里面却还有一条过道,过道上摆着鞋架,过道尽头还有一扇木门。周礼抱起林温去开门,衣服将尽,林温钥匙掉地。

"砰——"木门用力一摔,林温跌跌撞撞指了方向,周礼将她扔进卧室。

林温的主卧布置温馨,亮色系犹如烈火夏日,此刻却无人欣赏。

室外雨水绵绵,室内汗如雨下,林温像只困兽,死咬住周礼肩膀,周礼不躲不闪,第一次结束得很快。

再次进攻,周礼像个杀伐果决的将领,林温逃也不是,迎战也不是。

战鼓喧天,烈火烹油,林温绷紧脚尖,周礼弓着背,汗从他的鼻尖滴到她的眼尾,周礼俯身逼问:"你那天叫我什么?"

林温说不出话,周礼用力。

八月三十一日,林温抓破他手臂,近乎泣不成声:"哥哥——"

最后一刻,大雨呼啸,扑打窗户,雨珠犹如士兵赴死。

话剧里的那句台词在两人脑中炸开——

"我被蛊惑了,如果那个浑蛋没有对我下药,我才不会爱上他!"

Chapter 21
江洲站

> 她踩在坑坑洼洼的石子路上，一步难，一步佳。

房里闷得让人喘不上气，林温趴在床上，费劲地去够床头柜抽屉。

床宽只有一米三，平常轻易就能碰到的柜子，今天却像长了腿，她越费劲，柜子越远。但柜子哪有腿，是她腰上的那条手臂在作怪。

林温被拖了回去，脊骨一麻，她把床单当成救命稻草，两手死死拽住，"不行不行！"她用力埋着脸，闷闷的声音听起来虚弱中又透着坚强。

周礼闷笑，一边揉捏着她，一边在她耳边低哑吐字："不弄你了。"

灼热的呼吸烫得林温四肢更加酸软无力，她静置片刻，才慢慢动了动手指，再次向床头柜努力。周礼看她这么费劲，亲亲她脖子，问道："想拿什么？"

"空调遥控……"

周礼拍了下她屁股，让她别动，他从她背上过去，拉开床头柜抽屉，摸出一黑一白两个遥控板。

黑色的是电视机遥控，周礼把黑的扔回去，拿白的对准挂在墙上的空调。

按了一下键，空调没反应，一看，是插头拔了。林温也忘了，父母去了宁平镇，家里长期不住人，只有冰箱还插着电，其余电器插头都拔了。

林温热得受不了，周礼的腿还压在她身上，她提了提小腿，想把他弹开，"你去插插头。"她道。

周礼捏了她一把才下地，林温依旧趴着，视线却跟随着周礼走向床尾。

周礼每走一步，腰臀处就会勒出肌肉曲线，他身上的汗比她还多，后背上的汗珠顺着曲线滑落到尾椎，再往下……

天丝材质的床单早就已经脱离它原本整洁平坦的原貌，此刻皱巴巴地团在床中央，露出下面一层纯棉的防滑床罩。林温今天才感觉防滑床罩并不防滑，她抓起皱乱的床单，盖在自己身上，连眼睛一块儿盖住。

周礼插好空调插头，回头见林温不伦不类地盖着床单，他回到床上，打开空调，选好温度，床单里的人还没出来。周礼放下遥控板，索性隔着床单将人抱起。天丝的料子柔软丝滑，林温忘记布料沾水会变透，她这欲盖弥彰的样子，周礼没法儿视若无睹。周礼靠在床头，抱着怀里的人道："想死就说。"

林温拉下床单，露出半张脸，问："我又怎么了？"

"你该穿个盔甲，不知道吗……"她下半张脸没露，周礼隔着床单，呢喃着咬了咬她的嘴唇。

布料从不透变透，他们的吻由浅至深，床单相隔，舌尖扫过牙齿和牙床。

周礼身上的气息是清新的，没有林温熟悉的烟味。林温想起九年前在火车上，周礼把最后一支烟塞回了烟盒，没有去抽，也不知道他后来有没有抽，又是什么时候抽的。湿漉漉的床单滑落，林温的胳膊其实没什么力气，但她还是抬起来，摸了摸周礼的脸颊，他脸上有很细小的胡楂。

"早上刚下飞机？"林温问。

"嗯。"

坐了这么久的飞机，难怪会有胡楂，林温又问："你怎么没提前告诉我？"

周礼反问："你今天难道不惊喜？"

"万一我们没碰上呢？"

"国内才多大，你能跑哪儿去？"周礼拂开她的碎发说，"我不是追上了？"他给林温打电话的时候，正在林温家门口。

今天周二，林温上周不经意间提过调休，他记住了这事，下飞机后送完爷爷奶奶，他转头就去了小区。

林温不在家，停在楼下的奔驰车，干净得像刚被洗过。

周礼搜索出火车路线，开着导航沿路追赶，他一路高速高架，中途也见到火车从他身边驶过，但并不是林温坐的那一列。

三个小时的车程，当中竟然也没有合适的会合点，只有九年前的江洲站才是最合适的。他坐了将近十六个小时的飞机，接着又在风雨交加中追赶了三小时火车，周礼觉得他从没这么疯过，鬼迷心窍一样地疯。

于是当他到达那个九年前他没下车，也就没见到过的江洲站，他打落她的伞，让她双手抱住他，他还是觉得不够。

这样远远不够疯，他喉咙干涸，滋生出的欲望在追赶中已经冲破了极限。

周礼打开床单，又一次看向他的"欲望"。

林温一口气没提上来，正要推他，手机铃声响了。

铃声闷在包包里，她的包好像扔在了客厅。林温借机一滚，从他身下溜出，但她高估了自己的体力，她酸疼地倒抽口气，连站都没站稳。最后还是周礼按住她脑袋，去客厅帮她拿手机。

大门口掉了一地的衣服，包也在那里，周礼拎着包回到卧室，青天白日的，林温眼睛也不知道该往哪儿搁。

林温接起电话，电话是老平房那里打来的，问她到没到镇上，大概几点能过去。

林温一看时间，才发现她从下火车到现在已经快两个小时了，她回复着电话那头的老阿姨，在她讲电话的几分钟里，周礼没走，一直赤着身，明晃晃地站在她跟前。林温不由得裹紧床单，保护好自己，电话讲完，她还没跟周礼说要去老房子，周礼已经出手，将她托臀抱起。

"先洗个澡再出发。"周礼道。

走出卧室，林温才看到客厅地上的狼藉，她埋了埋头，突然想到什么，又踢着腿说："门口还有衣服！"

铁质的防盗门是镂空样式，从外面能看到防盗门里面，对门的邻居总喜欢往这里看，林温一想到这，脸都要烧起来。

周礼把人放下，林温小声叫他："你穿件衣服啊！"但显然迟了，周礼直接开了木门。

幸好防盗门外面没人，周礼捡起林温掉在门口的贴身内衣，他关上门，朝着她晃了晃手上的黑色小东西，又一本正经地说了句："门口过道挺宽敞，下次可以在那儿试试。"

林温瞪圆眼睛深呼吸，周礼一笑，不再逗她，重新将人抱起，走进浴室。

到了浴室，林温才想起来，说："热水器关了，你去厨房开一下。"

周礼转身去厨房，林温立刻将卫生间门关上。

周礼听见"砰"的一声，他眯了眯眼，回头转了下门把手，"你锁门了？"他问。

林温在里头回答："我洗完了你再洗。"

周礼挑眉，嘴角弯了一下，走到厨房门口等了一会儿，他说："好了。"

浴室里传出水流声。

周礼靠在厨房门边上，抱着胳膊耐心等待，大约三十秒过后，他听见林温喊他。

"周礼，我这边热水还没出来，你帮我看看热水器灯亮了吗？"

周礼睁眼说瞎话："灯亮着。"

"火跳起来了吗？"

周礼像说真的似的："没跳。"

家里的热水器是十年前的老款，没有温度显示，只能看里面的大小火。林温家在三楼，按理水压应该足够，但热水器确实会经常打不着火。林温没有怀疑，她关上水龙头，裹着浴巾小跑出来。周礼听见动静的时候，立刻进厨房把热水器打开了。林温说着"你把燃气……"，脚刚迈进厨房，她忽然腾空。

"我帮你去试试水温。"周礼抱着乖乖自投罗网的人，大步走回洗手间。

门一关上，周礼就将人扒了，林温正面贴墙，温水从上淋下。

耗了许久，周礼下楼去车上拿行李、换衣服。林温把卧室收拾了一下，将狼藉的床单床罩都扔进了洗衣机。

老平房位置偏僻，从林温家过去车程大约要三十分钟，两个人还没吃午饭，去平房的路上周礼下车，随便买了两个杂粮煎饼，顺带给林温买了一袋豆浆，他自己喝矿泉水。全家福的杂粮煎饼太大，林温只能吃下半个，正好周礼胃口大，他替林温解决了剩下的。

临近老平房，四周景色越发荒凉，许多老建筑显然空置多年，墙体灰黑，窗户破损，周围杂草丛生。再往前开，更加破败，那些房子的外立面已经不像样，周礼问："这些房还有人住？"

林温拉下窗户朝外望。雨已经停了，破旧的石子路坑坑洼洼，林温指着左边说:"那里还有人住,都等着拆迁呢,不过这次好像没轮到他们。"

又指着右边的房子说:"那边已经没人住了,都是危房。"

几幢危房中间有片空地,空地上此时摆着不少纸扎和花圈,十几个人围在那里,火光燃起,灰烬扬到了天空。有人过世了。

没多久就到了地方,没有什么停车位,周礼把车随意靠边。周礼问:"你家多大?"

林温说:"四十几个平方米,补不了多少钱。"

小镇上的房价近几年上涨厉害,但老平房位置过于偏僻,拆迁价格上不去。

平房前的空地上坐着不少人,大家手捧一次性纸杯在喝水,见到林温,邻居奶奶欣喜,叫:"是温温呀!"

林温上前叫她:"奶奶。"

邻居送上热茶,林温和周礼道谢接过,跟他们坐一块儿,主要是听他们讲拆迁的事。有人想提高价格,有人觉得狮子大开口不好,林温不参与提议。

板凳矮,坐着得曲着腿,人的视线也跟着低,周礼喝了几口茶,忽然注意到林温的腿,他皱了皱眉,低声说:"带我看看你家。"

林温坐得无聊,闻言跟邻居奶奶说了一声,她就带着周礼溜了。

打开平房门,林温领人进去。进门先是厨房,厨房往里是客厅和卧室,房子之前一直出租,两个月前租客才走,里面卫生打扫得很干净,家具还剩床和书桌,这两样都是林温家的,所以租客带不走。

周礼听林温描述过这间老房子,但耳听不如眼见,他难得起一回好奇心,从头到尾走了一遍。可惜过去的东西都没了,看不出什么花样。

林温指着床边上的书桌说:"我小时候站在书桌上拍过一张照。"

二十年前照相机不是家家都有,林父的同事带着相机来做客,林父就把林温抱到了书桌上。林温虽然不喜欢自拍,但那张照片她倒很喜欢,三四岁的她穿着小背心和小短裤,留着蘑菇头,对着镜头拍手笑。可惜那张照片后来夹在相册里,因为粘连,破损了。现在房子要拆迁,林温生出不舍,她上前摸了摸桌子。

周礼说:"你现在再拍一张。"

林温说:"我又不能站上去……"她讲到这里,忽然住口。

果然,周礼掐着她腰,将她一把溜上书桌。

"……我就知道!"林温坐在书桌上说。

周礼拍了拍她的大腿,说:"你知道什么?"

林温今天淋了雨,洗过澡就换了身家里的衣服,穿的是短袖和牛仔短裤,露出了两条腿。林温低头看向自己的腿,才发现靠近膝盖的位置,有几道明显的手指印瘀痕,还很对称。看样子是被周礼握住腿时掐出来的,但她一点儿疼痛的感觉都没有,林温的脸"轰"的一下着火了。她竟然在人群里坐了这么久,万一有人看得懂……

林温用力拍了一下周礼,周礼笑着说:"有没有带遮瑕?"

"我怎么会带遮瑕。"

"那就在这里待一会儿,等着消下去。"周礼摸着她的腿道。

林温踢他,周礼猛将地她两腿分开捞起,挂在手臂上。

"啊……"林温差点儿坐不稳。

怕周礼乱来,林温转移他的注意力,问出她早就想问的问题。

"你大一开学迟去了三周,那三周你去了哪里?"这件事是袁雪当初吐槽周礼时说的,林温问这个问题,换句话就是——九年前江洲火车站,她抛下周礼落跑之后,留下周礼一个人。周礼坐着火车,又去了哪里?

周礼分开林温双腿,站得离书桌更近,他小臂垫在林温大腿下,手搭住桌子,根本没费力。

林温双手撑在两侧,她背后是面白墙,房子卫生再干净,也难掩历史痕迹,白墙上有灰色的划痕、斑点,还有钉子钉过的小洞眼,洞眼被铅笔画成了太阳,边上有一只卡通小狗,大约只有拇指这么大,铅笔印记极淡,不靠近看,难以发现。

周礼没马上回答林温的问题,他看着小狗,问林温:"这是你画的?"

林温不知道周礼怎么忽然问起这个,她转头看了眼身后的墙壁,说:"嗯,是我六岁的时候画的。"

母亲逼她学画画,她三四岁就已经拿起蜡笔。书桌墙上一直挂着父亲当兵时的照片,林温记得那回即将搬去新房子,父亲取下相框,把钉子也拔了。

林温将要上小学，新买了铅笔盒和铅笔，她看到墙上的洞眼，爬上凳子，顺手就拿铅笔在洞眼四周描了一圈波浪，把洞眼变成太阳，又在太阳边上画了一只小狗。

后来房子出租，租户在这个位置贴了一张明星海报，她的童年画作隐藏了十八年。

林温平常没有需要画画的场合，连衷雪也不知道她会这个。

她第一次在周礼面前画画，应该就是几个月前刚下载剧本杀 APP 后，她在里面玩"猜画"，画了一道天妇罗，陌生的玩家老大哥还夸她"妹子专业啊"，但周礼当时并没有任何反应。

林温现在想来，感觉似乎周礼早知道她擅长画画，所以他才没一点儿表示。

周礼确实早知道她会画画。

周礼收回视线，看着林温道："你那天在火车上落了一张画，没想起来？"

九年时光漫长，周礼早就没法儿再对自己当年的情绪感同身受，但情绪淡了，记忆却犹新。

周卿河被带走，他母亲远在国外，以前他家中也是空的，但那一回的空，更像是他周围所有一切都被清空了。

林温说孤独的感觉很恐怖，他倒不觉得恐怖，他只是有些空落落的，觉得无趣，没有目标，即使他身边狐朋狗友一大堆。

最后一次见了北阳市的律师，周礼心生一股灭顶的烦躁和厌世，他不想说也不想动，直到他一脚踹翻机场闹事的中年男人，他才在暴力中寻找到一丝发泄口。

再后来……大约是在电闪雷鸣的高空中，他被林温死死掐住了手，那只手纤细白皙，软小无力，林温的指甲在他手背上掐出了一个小凹印，他在这渺小的力道之下感受到了一点点疼，以及应有的求生欲。

人还是得活着。

他把小林温带下了飞机，又在餐桌上诱惑"乖小孩儿"逃学，接着在酒店杂物房，他又鬼使神差地对她说"我可以带上你"。

他不是个好心肠的人，但也许是小林温的"语重心长"和"高瞻远瞩"让他觉得有趣，又或者是她歪着脑袋擦头发的样子挺可爱，她讲话也过于温柔，人又太容易满足。

而最大的可能，应该是这个暑假，他一个人待得太久了，他不想再那么孤单单的，所以他才想带个人。

周礼找到了事做，比如支使人，比如给人辅导初三课本。

林温数学不行，做不到一点就通，但她听话好脾气，大多时候温温柔柔，偶尔使点儿小机灵，一会儿静得像画，一会儿又好像画中人活了过来。

他想这小朋友要是个男生就好了，她坐在他的下铺睡着了，他又不能让她直接跟他睡床。周礼躺在下铺，盯着小林温的后背。林温穿着T恤趴在桌子上，露出了一小截后腰，周礼扯了扯她的T恤，将她遮住。

整个暑假周礼长久失眠，但那晚在火车上，他躺在林温背后，难得地睡得很沉，被林温叫醒，他看着林温那张小小的脸，天马行空地想到，家不方便回，记者都跟苍蝇似的，他那些朋友家里不适合带小朋友去，他最好租一套两室的房子，小朋友要是觉得逃学三天不够，她可以留久一点儿。

周礼计划着回到宜清之后的种种事情，假寐的时候他敏感地察觉到林温打量他的视线。

他去了洗手间，看着镜中那张络腮胡的脸，他摸摸胡子，想着火车到站后他得去买刮胡刀。但当他离开洗手间，看到空落落的座位，以及轨道边上追赶着火车，叫着他什么的逃兵时，他瞬间推翻了他之前所有莫名其妙的计划。

"影后"跑了，他始终还是得一个人。

平房还没断电，卧室里开着一盏小灯泡，灯泡质量不好，闪跳了好几下。

周礼在闪跳的光线下说："你掉了一幅画在地上，一面画着姜慧和她儿子，一面写着字。"

林温记起来了，那是一张草稿纸，她实在看不进书，所以画起了东西。

她画了姜慧和大宝，其实还画了周礼，但只来得及打了个轮廓，所以她只画了周礼的身形，那张纸被她夹在课本里，大约是她下火车时太着急，纸掉了出来，她没察觉。

火车哐当哐当前行，追火车的人已经没了踪影，周礼捡起掉在座椅底下的纸，看了看人物画。姜慧和大宝被她画得很像，他在这张画里只是一道影子。

白色纸张透光，另一面有字。

周礼翻个面，看到一段手写的文字，字迹很清秀，内容不知道摘抄自哪本书。

不管你现在向世人呈现的是什么样的自己——

是尖酸强硬，还是和蔼可亲，或是高度紧张、尴尬窘迫，我知道最好的"你"一直都在。

当你和那些让你觉得舒服放松的人在一起，或是独自享受孤独时，你的自我就会浮现出来，这才是真正的你。

周礼盯着这段文字看了许久，一直看到下一站。如果这纸是在桌上而不是地上，他可以当这是那人临跑前给他的留言。

周礼把纸揉成团，扔进了乘务员的垃圾车里。

下一站是南林站，离宜清市还有将近三小时的车程，他在南林站下了车。

周礼漫无目的地在这座陌生城市闲逛了一下午，看到了这座城市的某所高中。

那家伙是在江洲站下的车，她应该是江洲人，江洲镇属于南林市，她说她要考到市高中。一座城市的高中有好几所，也不知道她打算考哪所高中。

晚上周礼随便找了一间酒店住下，第二天，他想他该找一份工作。就像那小家伙说的，逃学应该要有规划，他不打算再花家里那些钱。

他在南林市的某所初中附近蹲守到了一些家长，成功得到了一份补习家教的工作，先免费试用一节课。

初三学生新学期课业重，人蠢还不听话，周礼不是个好脾气的，教了三天他就走了，换到下一家。下一家的学生聪明过头，总是挑战，按理周礼最喜欢这种挑战性，但他厌恶聒噪，越教越烦。

第三个学生人不蠢，也听话，但却过于听话了，像个牵线木偶。

三个礼拜，大学半个月的军训结束，开学也一周了，周礼在南林市没能找到一个合他心意、能让他静下心来的学生。

最后一天，他接到了母亲的电话，母亲说她在国外找到了新的伴侣，圣诞节前她不会回国，让他尽快返校。而周卿河的案子，已经尘埃落定。

"后来我就回学校了。"周礼说，"谁告诉你我逃学了三周？袁雪？"

"嗯，袁雪说的。"林温道。

周礼讲述的语气一如既往地平静，跟说别人的故事似的，林温静静听完，莫名像被人掐了一下嗓子。

林温忘记了她先前还怕周礼胡来，她手不再撑着桌子，而是改搂住周礼的脖子。

林温搂得死紧，周礼顺手抱着她，带着点儿微笑，温声问："怎么了？"

林温靠在他肩头喃喃："如果我当时没有逃跑，会怎么样？"

周礼想了想道："那我们也许没可能，你当时才多大，何况我那个时候脾气坏得很。"

那是他最糟糕最不成熟的时候，进入大学，他觉得情情爱爱全是狗屁，他的生活充斥着数不尽的烦躁和怒意，一点儿小事就能把他点着，打架斗殴成为他唯一的宣泄途径。最后一架他是跟肖邦打的，肖邦不知道从哪儿买来一根狼牙棒，对着他一顿猛抽。他徒手打架没输过，但狼牙棒他打不过。

林温闻言，从他肩膀离开，皱眉摸摸他的脸颊。灯泡吱吱响，渴求得狠了，爆发后就没了底线，欲望肆无忌惮，周礼呼吸粗重。两人姿势危险，按理林温应该"逃"，但此时此刻，林温不想再瞻前顾后，她遵从自己内心。

周礼托起她，将她扣向自己，喑哑道："我再给你掐几个印好不好？"

掐几个印，鱼目混珠，搅乱视线。林温咬他，毫无威胁力地细声道："你敢！"

周礼笑笑，撞她一下说："那就试试看。"

灯光忽闪，林温在错乱的光线中倒在了书桌上。

"温温，你在不在里面啊？"邻居奶奶突然敲门，声音从厨房传到客厅，再传进卧室。房子隔音效果这样差，林温捂住嘴，翻身坐了起来。

周礼朝大门方向看了眼，说："进不来。"

林温整理衣服，红着脸小声道："你快穿好……"

周礼没好气地亲了她几口，才把皮带系回去。

林温调匀呼吸，走到门口开门。

邻居奶奶刚要掉头去其他地方找人，见门开了，她笑着对林温道："我就说嘛，你应该还在家里，怎么那么久才开门啊？"

林温撒谎说:"我刚才在打电话,所以没听见声音。"

"难怪呢。"邻居奶奶道,"对了,他们还没商量出个结果,都快吵起来了,我让他们晚上回去再跟家里人商量商量,明天给出结果,你看呢?"

林温随意地说:"好,听您的。"

邻居奶奶又说:"还有啊,张奶奶你还记不记得?你们家还住这里的时候,你妈妈经常跟张奶奶一块儿织毛衣。"

林温问:"是住在前面那片的张奶奶吗?"

"对对对,就是她。"邻居奶奶说,"张奶奶昨天晚上走了,今天他们家办酒,问起你爸妈呢,我说你爸妈旅游去了,你今天正好回来,你晚上一块儿去吃个饭啊。"

林温不由得想起在来时路上,经过危房时见到的纸扎和灰烬。问了邻居奶奶,邻居奶奶点头说:"没错没错,就是他们家,这不是没地方烧纸,在那里烧,不会影响大伙儿嘛。"

林温应下了,回到屋中,她把这事告诉周礼。周礼已经恢复如常,他倚靠着书桌,正低头回复手机信息,闻言他问:"在哪儿吃?"

林温道:"就在这里搭棚。"

张奶奶是喜丧,她的儿女经济条件都不怎么好,但也想尽量风风光光送走老人。

来的路上周礼问过那些房子有没有住人,林温指给他左边的房子还有人住,张奶奶家就住那片,房屋前面有条河,棚子搭在河边上。

因为离得不远,两人和邻居们一道步行过去。林温向邻居们打听了一下,随众包了一个三百元的帛金。到了地方,她将帛金交给张奶奶的大女儿,抱歉说明她父母没法儿过来,跪拜完逝者,她和周礼一道去了河边,随便找了一张桌子坐下。

天已经黑了,河边蚊虫多,黄色的灯光下蚊虫肆意乱飞。

林温中午只吃了半个杂粮煎饼,她饱得快,饿得也快,肚子早就开始叫,她拿起筷子吃了两口菜,又低头,左手往自己右腿一拍。虫子没拍着,她挠了挠被叮咬的部位,痒得有点儿受不了,不确定刚才咬她的是蚊子还是什么虫子。

林温提醒周礼:"有虫子,你当心。"

周礼一直在回复手机信息,抽空看她一眼,他没理林温的话,只将林温的动作看进了眼中。周礼道:"被咬了?咬就咬了,正好给那几个指印打掩护。"

林温没好气道:"你再说!"

"那我少说多做。"周礼道。

林温刚想歪,周礼就把手伸到了桌下,挠了挠她腿上微红的一块地方,随意道:"你继续吃。"

林温被咬的位置在右大腿的右侧,左手不方便挠,用右手的话又没法吃饭。林温咬了下筷子尖,继续吃着自己的,周礼一边看手机,一边替她挠痒。

过了一会儿,林温说:"好了,你吃吧。"

被叮咬的包肿得又红又大,不像是蚊子叮的,周礼用指甲替她磕着包,这样更能消痒,他手机上有正事,邮件才写到一半,不想中断。

周礼右手打字,左手还在给她磕包,他专注地盯着手机屏幕说:"你喂我一口。"

张奶奶家请来了几位做法事的人,乒乒乓乓像是敲锣打鼓,老邻居们吃得兴高采烈,喝酒谈天仿佛过节。

林温在喧闹杂乱中夹了一只灌汤包喂给边上的人,不忘提醒:"小心有汤。"

周礼张嘴吃了。

别处都吵吵闹闹,他们这块却极安静,一个一心二用,一个自己吃几口,再喂边上一口。

饭后两人慢慢往回走,林温走出一段距离,还回头望向河边的棚子。

周礼问:"看什么?"

林温说:"我在想他们刚才说的,以后就是新开始。"

喜丧是好事,张奶奶已经九十多岁了,走时没有痛苦,她的家人刚才发言,说张奶奶将会有新的开始。林温又望向前方的那片房子,老房要拆迁了,过去的都将过去,以后也将有新的开始。

"你知道郑老太太有一个文件夹吗?"林温忽然问。

周礼想了想,说:"记了一堆人的那个文件夹?"

"对,就是那个。"林温道,"那个文件夹还写了名字,叫《岁月神偷》,老太太说这是她最喜欢的电影。"

电影里的爸爸是个鞋匠，做了一双鞋，一只脚合适，一只脚不合适，妈妈怕卖不出去，就说鞋子半边难，亦有半边佳。

一步难，一步佳，难一步，佳一步，人生时好时坏，就是如此。

那天郑老太太坐在电脑前，看着她罗列的一串人名，说道："都说岁月是最大的小偷，会偷走美好，我却觉得不对。岁月要偷什么，看的其实是你有没有守护住你想要守护的。坏人坏事能激励我，好人好事能成就我，不忘前者，守护后者，有难亦有佳，这样走到最后，人才算真正长大成熟，也会格外懂得满足和珍惜。"

林温对周礼道："我明白这些话的字面意思，不过那个时候我并不完全认同，也不想去体会。谁都希望只有好的，没有坏的。"

但她的生活在平淡又不那么平淡地过了几个月之后，前几天她翻出了这部她从前看过的电影，又看了一遍，似乎忽然就体会到了那段话。

林温的大腿已经不痒了，她踩在坑坑洼洼的石子路上，一步难，一步佳，前方就是那辆停了一个半月多、依旧还能打着火的奔驰车。

她今天特别开心，格外满足，也想狠狠珍惜。

她看了眼稳稳当当、仿佛归处的车子，站到周礼面前，对他说道："你去港城的那天是第十一天，我们现在重新开始计时啊。"

今晚无星无月，周围也没路灯，只有四周房屋隐约流泻出微弱照明。

但周礼想，眼前就是最亮的烛灯了，也是最强烈的诱惑。

他搂住人，拍了拍她屁股，低声说："你是不是记晚了？"

在他的时间里，不是刚刚的现在，而是一早的今天，八月三十一日。

周礼亲吻着她。

第十二天的时钟在不断走动，他们在半小时后回到家，这一晚他们相拥着聊天、亲吻，在第十三天来临之前，他们都睡着了。

第十三天，林温在被摆弄当中醒来。

周礼发现林温家但凡小卧室，放的都是小床，宜清市的阁楼里，床是一米二。江洲镇的这间次卧，床是一米三。宽了十厘米，对他来说还是不够，林温差点儿掉下床，被他及时拖了回来。

手机微信响了一声,是周礼的,他拿起床头柜上的手机,看了一遍微信内容。

他把惨兮兮的林温搂进怀里,亲了她一口,问她:"你公司里有没有假期?"

林温闭着眼睛哼哼:"嗯……"

"有几天?"

"年假,七天吧。"林温没什么精神地问,"怎么了?"

"我想带你去旅游。"

林温睁开眼。她双眸水亮,周礼忍不住又亲她一口,然后道:"覃茌尤最近这段时间会有麻烦,我干脆带你出去逛逛,省得给她机会找事。"

林温想了想,问:"逛多久?"

周礼说:"能多久就多久。"

林温说:"我还有几天调休假,但加在一起也不超过半个月。"

她最近这两个月基本一直都在工作,放假也是无事,调休假就一直攒着了。

周礼说:"你回头问问能不能请假,能请就再请几天,连着中秋国庆一起放了。"

林温说:"我试试。"说完就睡了过去,累瘫了。

周礼好笑,把她放回枕头上,让她好好睡到下午。

下午三点多,他们起程返回宜清市,周礼需要回家收拾东西,他把林温也扯了过去。

林温在周礼家没换洗衣物,她穿着周礼的衬衫睡了一晚。

第二天醒来,周礼没碰她,林温恢复了精力,她去公司请假,本来以为困难重重,谁知组长一下子就批了。

组长解释:"郑老太太来过电话,她是公司大客户,这点儿小事还不容易,再说你假期本来就多,正好攒一块儿用了,回来记得给我死命工作。"

林温没想到,她正想要给周礼打电话,就收到了老太太发来的信息。

老太太问她:"假期批准了吗?"

林温回复:"批准了,谢谢您。"

老太太说:"举手之劳,你跟礼仔好好玩。"

林温想了想,终于忍不住问老太太:"您上次指派我出差,也是周礼托您的吗?"

这个问题,在她得知周礼跟郑老夫妇是故交的时候就想问了。

老太太很快回复:"他是跟我提到过,不过你要是不合适,我也不会真的让你跟我一道出行。"

林温想起那时的情况,她已经明确拒绝了周礼,周礼也半个月没找过她,她原本笃定地以为下次跟他再见,会是在袁雪和汪臣潇的婚礼上。谁知道他早就在这儿等着她。

假期批出来了,周礼也不准备多耽搁,他安排了爷爷奶奶和齐舒怡的爷爷奶奶去跟团旅游,他这边打算自驾游。晚上在他家中,他问林温有没有想去的地方,林温说:"不如车子开到哪儿算哪儿?"

周礼听她的,又说:"东西南北指一个方向。"

林温随手一指,说:"那就东面吧。"

周礼依旧听她的,将她一把抱起,去房子东面的厨房开车了。

林温:"……"

到了属于他们的第十六天,旅途即将开始,出行前林温去超市买了一堆东西。

周礼翻了翻购物袋:"这些路上都能买。"

林温说:"为了以防万一,提前买好没错。"

周礼点点头,认同她的说法,又道:"你落了东西没买。"

林温从塑料袋里拿出他常喝的苏打水:"我给你买好了。"

"不是这个。"周礼道。

两人去了边上的便利店,林温眼睁睁看着周礼拿起收银台旁的一盒套、两盒套、三盒套……林温按住他,红着脸,压低声音道:"够了,可以再买的。"

周礼说:"为了以防万一,提前买好没错。"

摆在外面的套也就十来盒,周礼索性全要了。林温耳朵冒烟,隐藏许久的小火车再次开启了。

Chapter 22
旷野里的渡

他会是她旷野里的渡,带着她由此到彼,去往所有她想去之地。

上午十一点,一切妥当,车向东行。

九月初,太阳猛烈,林温在车内披了一件防晒衣,还戴了一顶黑色的渔夫帽。

周礼说:"你去后面坐,后面没么晒。"

林温摇头,说:"不用。"她要坐周礼边上陪他。

周礼自然知道林温的意思,他笑了笑,一想,又说:"那别浪费了,来,换个座。"

林温不解,问:"干吗?"

"你来开车。"

"……你说真的?"

周礼理所当然道:"反正都要晒太阳,不如晒得有价值一点儿。"

林温跃跃欲试,爽快地下了车。

周礼一笑。换好座位,周礼问她:"还用不用跟你讲一遍理论?"

上回去宁平镇遇上堵车,周礼在堵车时已经帮林温重温过一遍驾车的理论知识,林温还记着,但她小心惯了,为了安全起见,她还是想再听一遍。

周礼耐心地又教她一遍,教完问:"敢踩油门吧?"

林温"嗯"了声,随即一脚油门下去,车子猛冲向前,半点儿都不迟疑。

周礼挑眉,赶紧把安全带的扣给扣好。

他挑的路,路宽,车辆少,方便新手司机初步练习,熟悉手感。

周礼问:"你那时是在哪儿学的车?老家还是宜清?"

林温说："老家。"

林温的驾照是在大二暑假时拿到的，那年她跟父母说她想学车，父亲倒还好，母亲却极力反对，因为林温哥哥的车祸，林温母亲在头两年的时候，坐车都会产生生理上的不适。林母认为连驾驶技术纯熟的司机都会碰上车祸，更别说柔柔弱弱的林温了，开车太危险。

周礼听到这儿，问："那你妈最后怎么答应的？"

林温"嗯"了一声，小声道："我长大了嘛……"

如果是小时候，林温自然都听母亲的，但她长大后学会了"阳奉阴违"，冰箱里的一堆超市速食品就是最好的证据。

于是林温就编了个谎，说大四学姐找到一份非常好的实习工作，有一次老板让她去接客户，可她不会开车，好机会错失，好工作也丢了。母亲希望她平安，也希望她有个好未来，自然就答应了。

周礼忍俊不禁："影后。"

这词林温已经有段时间没听到，她有预料，所以才小声。

林温抿出一个浅笑，继续说："所以只能在老家学车，当时宜清的驾校有优惠活动，老家学车还贵了八百多。"

之所以回老家，是因为林母要"陪读"，林温是唯一一带着母亲来学车的人。

七八月的太阳又毒又辣，驾校位置极其偏僻，公交车到不了。林温每天骑着电瓶车，电瓶车后面载着年近七十的母亲，她不敢车速太快，所以每次都早出门十分钟，也被太阳多晒十分钟。

在驾校她还碰到了一位初中时的女同学，女同学对她视而不见，她也装作不认识对方，但大约是她母亲次次不落的"陪读"行为令人侧目，有一回她经过女同学身边，听见对方在跟朋友打电话，说："居然每天带她妈妈来学车，我的天，真长见识了……"

接下来的话极尽嘲讽，林温走得快，让难听的话随风吹散。

林温试图让母亲别再这样日日陪她，但话在嘴边徘徊，她看见母亲晒黑了一点儿的胳膊，以及那张虽然没晒黑却日渐苍老的脸，她就什么话都说不出来了。

后来林温拿出了自己积攒的零花钱，每天带着母亲打车去驾校，母亲觉得没这样浪费的，每次坐车都要念叨，但又不肯放林温独自一人去。

女同学继续嘲笑，那两个月，林温学车格外用心，肤色黑了一个度，考试全满分。

周礼听完了，伸手去揉她脑袋，隔着帽子手感不对，周礼把林温帽子摘了，重新揉了一把。服帖的头发被揉乱，林温好脾气地不跟周礼计较，目光始终望着行车的方向。侧面看不见林温双眼，但周礼已经能描绘出她眼睛的轮廓、眼瞳的细节，那是温柔却又纯净的一双眼。

林温母亲总说林温柔柔弱弱，这话也没错，林温确实温软柔弱。但也许越软的东西也越韧，她遇事反而越挫越勇，比如她当年在那种境况下还能立志考市高中，学车被嘲笑，她学得却更加专注。或许她自己都没意识到她有这"毛病"。

周礼当年就没林温这本事，他颓废了一整个暑假加小半个学期，他还比她大了四岁。想到这儿，周礼忍不住靠过去，亲了林温一下。

林温缩了下肩，脸颊上突如其来的温热让她心跳快了两拍，说："你干吗啊……"

周礼面不改色，道："想亲你。"

等前面小路遇到两个限行的石头路桩，林温怕过不去，停下车之后，周礼没急着跟她换座，他搂过人，把所想变为现实，直到后方又来了一辆过路车，他才退出唇舌，把红着脸的人放开。

接下来几天，他们路上走走停停，林温开车细心，又不胆怯，很快她就开过了高速，也试着在周礼的指挥下开过狭窄的路桩，车技磨炼成熟，有时候林温开车，周礼就坐副驾捧着电脑忙自己的，完全不管她。

这一天，他们开车来到了荷川市。

之前林温和周礼陪同郑老夫妇出差，来的就是荷川，荷川太熟了，已经没什么好玩的，他们不准备多停留，只打算晚上去一趟这里的露天汽车影院，宜清市没有这个。

傍晚他们在饭店里简单吃了一顿晚饭，车子停在马路边，这次周礼开车，林温准备休息。

上了车，系好安全带，周礼慢慢把车开出车位。后面一辆车也正好开出，不知道怎么打的方向盘，车头撞了上来。周礼和林温明显感受到了撞击力，两人往后看了眼，后方车主下来了，林温和周礼也下了车。

车主是个年轻女孩儿，穿着短裙和露脐上衣，脚上是双黑色短靴，浓密的黑茶色长发微卷。她下车先看了看追尾的位置，然后向周礼道歉，询问赔偿方式，又拿出手机准备加微信。

后车喇叭突然响了一声，林温吓了一跳，才发现女孩儿车子的副驾上还坐着一个男人，或者说是男孩儿，看不出具体年纪，像十八九岁，又像二十来岁。

几人都看向了那辆车，副驾上的男孩儿胳膊搭在车窗上，食指指向女孩。

这手势可以有多种解读，如果从手语来解读，意思就是"你试试"。

女孩儿瞥他一眼，举起手机又要跟周礼说话，车喇叭再次一响，副驾上的男孩儿出声叫人："陈兮。"

声音清清淡淡，警告意味十足。

叫陈兮的女孩儿翻了一个白眼，这次转向了林温："我加你微信吧。"

副驾上总算安静了下来。

林温似乎读懂了这两个陌生男女之间的暗语，她看了眼女孩儿拿在手里的手机，没有立刻作出回应。

女孩儿敏锐地察觉到了，她意外道："不方便？"

周礼这时开口："我加一下你男朋友吧。"

"他不是我男朋友。"女孩儿收回手机，笑着说，"那你们俩加一下吧。"

女孩儿说着，抱着胳膊回头，问副驾上的人："方岳？"

男孩儿把手机递出车窗，女孩儿上前一把抽过，跟周礼加上了微信。

车损并不严重，周礼不打算现在去修车，按照原计划，他和林温先去看电影。

汽车影院位于郊区，场地极大，周围环境空旷，观影区是一片绿色草坪。

票价一车一百二十元，可以看通宵，周礼和林温来得稍晚，没能占到第一排，但他们第三排的视野也不错，不影响观影。周礼调好车载收音机的频道，接收到电影声音，林温一直望着车窗外面。周礼说："外面这么好看？"

林温道："那个女孩子原来也是来这儿看电影。"

周礼往外瞧，林温指给他，说："那一排。"

周礼看到了，"嗯"了一声，又看向林温，说："去打个招呼？"

"……又不认识，打什么招呼？"

周礼想了想，问她："你微信好友现在还是一百五十人？"

"嗯。"所谓的微信好友，其实一大半都是与工作相关的人，剩下的一小半，三分之二是亲戚，三分之一才是朋友，但朋友也分亲疏远近，林温现在最好的朋友是袁雪，还在联系的朋友也就大学寝室三人，只是那三人都不在宜清市工作。

周礼又问她："你前两个月攒了这么多假期，是不是因为无聊？"

前两个月袁雪回老家，周礼不在这儿，林温不得不承认，她确实因为无事做，才会答应一次又一次的加班。

周礼抚了抚她的长发，最后用手握住她后颈。

像林温自己说的，她初中起就已经适应了孤独，但适应孤独，并不代表她完全享受孤独，在她内心深处，她其实是惧怕的，否则不会在看了那则外国新闻后，就给自己定下了人际交往的目标。

周礼说："还记不记得我们打过赌？"

林温说："记得。"

那是周礼正式离开前，特意从港城赶回来陪她吃夜宵，两人比谁酒量好，最后赢的人是周礼，输的人要履行赌约。

"我现在想到了赌约。"周礼道。

"……什么？"

周礼说："我们自驾游这一路上，你再给你微信多加二十个好友。"

"……这有什么意思。"

"怎么没意思，"周礼道，"现在是我说了算。"

林温其实明白周礼想让她做什么，她早就为周礼打破了"原则"，她剩下的原则，并不是坚不可摧。

微信好友的多少并不真正代表着什么，像她现在列表里的那些人，能聊天的寥寥无几，真要加好友，随时都可以。这只不过是她给自己立的一个警告牌，时刻提醒着自己，圈内是安全的，圈外有危险。而周礼要她做的，并不是多加什么微信好友,他想让她尝试着跨出这道保护着她、但也时刻禁锢住她的圈。

林温垂眸。周礼也不说话,就有一下没一下地揉捏着她的脖子。

电影已经开始了,车内响起了激烈的音乐声,空间狭小,使得音乐震耳欲聋。

林温嚅动了一下嘴唇,周礼没听清,他也不去调小音量,靠近林温,他附耳过去,问:"你说什么?"

林温对着他的耳朵重复一遍:"二十个太多了。"

"不多。"

"多。"林温道,"很多人的微信里都只有几十个好友,我有一百五十个好友,其实已经很多了。"

周礼没跟她口头争,他拿出手机,翻出自己的好友列表,摆到林温面前。

林温看向界面最下方——1607个朋友及联系人。

是她的十倍还多,林温目瞪口呆,她不禁问:"你都有联系吗?"

周礼说:"至少有八成人有联系。"

林温继续问:"你都记得住他们谁是谁?"

周礼说:"不是有备注?"

"……"

周礼一笑,问她:"怎么样,二十个还多吗?"

林温不服气,说:"多。"

周礼把手机撂到仪表台上,另外给她机会选择。

他箍住林温后脑勺儿,将人拉近,贴着她耳朵道:"这样,你可以选择换个赌约,要么你去加二十个好友,要么……"

周礼亲了亲她嘴唇,说:"我们在这里……"

"……"

林温偏开头,捂住他嘴唇,说:"你少来!"

周礼拉下她的手说:"看外面。"

林温不明所以,随着周礼的视线看向车窗外。外面都是汽车,离他们最近的一辆车在不停地震动,不远处,先前那女孩儿的车,似乎也在轻微震动。

周礼把椅子放倒,抱着人亲吻。深更半夜,草坪上的车都熄着灯,电影屏幕这点儿光变得微不足道，没人看得清其他车中的情景。

林温忍耐着让周礼亲了一会儿，周礼睁开眼，观察林温表情。林温这样子像是打算由着他为所欲为，周礼咬了下她嘴唇，从她身上起来，打开手套箱，往里面摸了摸。他在这里放了几盒套，现在手套箱里只有一些零碎杂物，没有盒子。

周礼看向林温。林温坐了起来，愉悦地两脚交叠，说道："我都帮你收起来了。"

林温最近晚上天天熬夜，白天走路也略感不适，今天她趁周礼不注意，将所有小盒子都搜罗了出来，统一藏进了后备厢深处。

周礼原本只是想吓唬她，这会儿见林温一副"得志"的小模样，他忍不住扯了下嘴角，将林温一把拖了过来，狠狠地吻住不放。

在快被扒光的前一刻，林温及时喊出："我选加二十个好友！"

可惜周礼一时半刻停不下来，把林温折腾得够呛。

电影不知道放了多久，剧情进入到正反派火并的阶段，重型武器一阵疯狂扫射，在火光四溅中，周礼总算将人放过。

车子另半边都被林温踩脏了，周礼没让她坐回去，他重新调整了一下座椅，依旧让林温坐他腿上。

水杯架上原本有瓶矿泉水，刚才被踢到地垫上了，周礼捡起，拧开瓶盖后先喂林温喝。林温喝了一口，不小心呛到了，猛咳嗽起来。周礼拍着她背说："喝水都能呛，呛进气管了？"

林温要从他腿上起来，周礼眉一皱，箍着她的腰不肯，"干什么？"他问。

林温呛得说不出话，只能着急地指向窗外。

她坐在周礼腿上，正面朝着副驾，副驾窗户外站着一个年轻男孩儿，看穿着打扮和手上拿着的东西，像是汽车影院的工作人员。

周礼顺着她手指的方向转头，看到工作人员弯着腰，朝向他们车内，嘴唇一张一合在说话，他这才明白林温怎么会喝水呛到。

车内音响声音大，根本就没听见外面的动静，周礼把人放开，林温立刻着急忙慌地爬回去，爬姿不太雅观，周礼好笑地拍了拍她的屁股。

林温手朝后面一挥，说："你还来！"

周礼掐住她腰，作势要抱她回来，说："那我接着来！"

"啊……"林温扭动，拍打他手，"好了好了，你别闹！"

周礼不再吓她，俯身用力亲了一下她的胳膊，等她坐稳了，周礼才把车窗打开。

车玻璃贴了膜，外面根本看不清里面的场景，汽车影院的工作人员有经验，不会站在挡风玻璃那儿，也不会贸然敲人车窗。

等了一会儿没动静，工作人员刚打算换下一辆车，窗户就拉了下来。

车内一切如常，工作人员手举东西推销："打扰了，二位需要饮料或者零食吗，我们还有夜宵可以提供，烧烤、麻辣烫等多种选择。"

他边说边将菜单递进车内，又拎起一袋东西道，"今晚我们有活动，转发朋友圈，点赞超过五十八，还能赠送您一份午睡大礼包。"

礼包里有一条毛毯、一只U形枕，还有一副耳塞。

周礼看向林温："想要吗？"

林温还真的有点儿想要，她点点头。

周礼一动不动，说："想要就自己来。"

"……"

过了几秒，林温举起自己的手机，镜头朝向工作人员出示的二维码。

"嘀——"

没想到这么快，赌约就开始履行了。林温看着她手机里的第151位"好友"，点进对方朋友圈，找到最新的一条进行转发。

她从来没在她的朋友圈里求过赞，滑了滑好友列表，她心里默算了一下，觉得想要集齐五十八个赞难度颇高，假如是周礼，拥有1607个好友的他一定手到擒来。

林温朝周礼看，恰好撞进周礼温柔的目光。林温心脏鼓了鼓，问："怎么了？"

周礼牵起她的手，放嘴边啄了几口。他心里软乎乎的，但这话他说不出口，只能随便瓣扯，问："要不要继续？"

"什么呀……"林温笑笑，顺手伸出指头，戳了一下他的嘴唇，此刻才跟他秋后算账，"你没说过这里会有工作人员走来走去。"

周礼说:"我也是第一次来,怎么知道。"

林温说:"你就知道胡来!"

周礼若无其事道:"我要不要落实一下你对我的这个评价。"

"……那我收回刚才的话。"

周礼实在忍不住,抱着人又是一顿猛亲,两人笑闹半天,一部电影都结束了,他们什么都没看着。

林温把他推回去,理了理衣服道:"我要看电影。"

周礼刚才没喝到水,这会儿他才重新拿起矿泉水瓶,喝着水问:"要不要吃点儿东西?"

"你饿了?"

"不饿。"

"我也不饿。"

周礼让林温给第151位好友发条微信,让人送两瓶饮料过来。

没多久饮料送到,林温顺便看了一眼朋友圈,点赞只有十二个。

林温把手机翻面,望着车外的电影大屏幕说:"我们看通宵吧。"

周礼没意见:"好。"

林温又说:"通宵看完正好看日出。"

周礼了解她,说:"你先看看你能不能挺过通宵。"

果然,说是看通宵,两部电影后林温就睡着了。周礼把收音机音量调小,拂开遮挡住林温眼睛的长发,看了看她睡着的样子。

过了一会儿,周礼看见工作人员在过道上走动,他拉下车窗,无声地朝对方招招手。工作人员走了过来,周礼轻声问:"礼包多少钱?"

周礼高价买了一份礼包,拆开里面的毯子,他轻轻给林温盖上。周礼也躺了下来。头顶天窗透明,窗外是满天繁星,郊区应该不乏虫鸣鸟叫,只是车内听不见。

周礼闭上眼,想起任再斌第一次带林温来聚会,也是这样一个满天繁星、虫鸣鸟叫的时候。那是宿舍重遇之后,他第二次见到林温。

周礼原本不太记得中间隔了多久,那一阵他刚把周卿河送去港城,除了关注周卿河的状态,他的工作也加重了,忙得昏天暗地,他根本没心思去想一个六年多前只相处过短短两天半的小姑娘,还是一个完全没将他认出甚至可能早把他当路人遗忘了的小姑娘。

但偶尔几次刷到任再斌的朋友圈,他还是走了一会儿神,脑中划过十五岁的那张脸和二十一岁的那张脸,想着十五岁的她,在逃下火车后,到底追着他在喊什么。

又想二十一岁的她,竟然这么早就谈起了男朋友。

很快微信又有新的消息,将他拽回忙忙碌碌、烦不胜烦的现实当中。

因为他活在现实,所以他没工夫去想些不相干的,只是当他在聚会上再次见到林温的时候,他还是难免会分她一点儿关注,也想起了中间隔了多久。

原来隔了将近三个礼拜,重见她的那天,也是他将周卿河送上飞机的那天。

那次聚会他们去了郊区农家乐,农家乐是肖邦的亲戚新开的,让他们免费过去玩,回去后能帮忙宣传。他们一帮子人喝着饮料吃着坚果说说笑笑,林温坐在任再斌身旁,一直没有参与到聊天当中。

袁雪是个自来熟,大大咧咧喊:"老任,你倒是照顾一下温温啊,光知道自己吃吃吃,你几天没吃了?"

任再斌笑笑,转头问林温:"你想吃什么,我给你剥?"

"不用了。"林温摇摇头。

林温也不是一点儿都没吃,她吃了两颗开心果,四瓣奶白色的果壳就躺在她桌前。任再斌见她不要,就握住她的手,继续跟大家聊天。

湖边的椅子都是长条椅,桌是矮桌,他们坐在一块儿,两手交叠在椅子上,周礼看了一眼,很快移开视线。

汪臣潇觉得坚果新鲜好吃,想要买一些,晚上农家乐老板就拿来了一堆新包装好的坚果,全是他们家自产自销的,说送给大家了,不要钱。

他们自然不答应,想要的都掏钱买了,周礼对这种小零嘴向来没兴趣,他没张口。林温倒是难得地主动说了:"我要两包开心果。"

她买了两包开心果,再坐下后,就拆了一包,敞开在桌上跟众人分享,她自己也有一下没一下地剥着吃，一点儿都没有下午只吃两颗开心果的含蓄样子。

她爱吃这款开心果，只不过她第一次加入进来，跟大家都不熟，她不好意思，也不喜欢白吃白喝，她只吃她花钱买的，或者是别人给她的。

自来熟的袁雪屁股往她边上一搁，又抓了一大把夏威夷果和山核桃过来，跟她边吃边聊，还剥了夏威夷果给她。林温礼尚往来，也给袁雪剥了开心果，后来夏威夷果和山核桃，林温也吃了不少。

周礼跟同事打电话，一边讲着公事，一边目光随意挑了个地方落，不远不近，正好落在了林温身上。

晚上山里蛙叫个不停，袁雪吃饱了就觉得撑，往汪臣潇那边扔了一块果壳，袁雪道："老汪，给我抓只青蛙来！"

汪臣潇摘下头发上的果壳，熟练地应付道："抓青蛙犯法。"

袁雪说："那我要青蛙的儿子！"

汪臣潇喊："最毒妇人心啊你！"

袁雪笑着又朝他扔了一把果壳，拽着林温跑到边上地里，真蹲着去找蝌蚪了，可惜找了大半个小时，她们一无所获。

这晚他们在农家乐过夜，林温跟袁雪睡一屋，周礼跟肖邦住在二楼。

半夜下起雨，雨声响得噼里啪啦，周礼起床把阳台玻璃门关了。他那段时间睡眠质量不太好，晚上睡得迟，清晨又醒得早，天微亮，房间门窗紧闭闷得慌，他醒来后去开了阳台门。一阵凉风吹来，还伴着细小的雨丝，提神醒脑。周礼索性站到了阳台上。

山间的清晨雨雾蒙蒙，空气里满是绿植的香气，楼下地里蹲着一道穿着长裙的小身影，那道身影打着一把透明的雨伞。没多久，她站了起来，转身面向了小楼。

二楼不高，周礼的近视度数不高，只影响他看电子产品，丝毫不影响他看其他东西。

那人另一只手上拿着一个透明的一次性塑料杯子，杯子底下装了东西，看颜色是黑的。周礼的爷爷奶奶常年待乡下，周礼知道，下过雨的沟里，很容易出现蝌蚪。他看着她把杯子握在胸前，嘴角扬起一抹恬淡的微笑，打着伞，帆布鞋踩在湿漉漉的草地上，慢慢走向小楼。他低头看了她一路，她没有抬过头。

当天中午他们准备返程，袁雪拿着只塑料杯子冲汪臣潇嚷嚷："你看看，你看看，要你何用！"

杯子底下游弋着四五条小蝌蚪，穿着长裙的林温又买了两包开心果，周礼插着兜，慢慢走下楼，对农家乐老板道："给我也来一包。"

"啊，"老板指着林温手里的两包道，"最后两包她都买了。"

周礼看向林温。林温从塑料袋里拿出一包，和声和气地说："这包给你。"

周礼接了过来。

这是他们在这首次聚会上，第一次面对面，也说上了第一句话。

周礼带着这包开心果回到家，没多久，爷爷奶奶就张罗着要给他相亲。

其实他大学刚毕业的时候，爷爷奶奶就已经把相亲提上了日程，只是他实在对谈情说爱没兴趣，最重要的是他事业刚起步，一天当成两天用，根本没这时间。

老年人观念传统，如今旧事重提，周礼想了想，他也并非不婚主义者，如果碰上合眼缘的，他并不介意生活中从此多一个人。

他答应了相亲，爷爷奶奶似乎觉得不可思议，还反复叮嘱他别耍花样。

周礼去见了两个，见完后就没了下文，爷爷奶奶拍案而起，说他难怪这回这么爽快就点头了，原来摆明在敷衍。

周礼嗑着开心果，嗑一颗，就把果壳弹向远处的垃圾桶，果壳撞进桶里，咚咚地响。他每一记都正中。

"咚——"

旁边汽车驶过，大约车轮轧到了什么东西，发出了这样一声。

周礼从睡梦中睁开眼，天窗顶上是明亮清空，远处旭日刚从山顶探出头，霞光微微染红了山上的绿叶。

草坪上车辆寥寥无几，电影屏幕一片白，四野只余风吹草动的声音。周礼转头。副驾上的人盖着毛毯，头侧着，身体微微蜷曲，睫毛纤长浓密，睡梦中她嘴角也挂着一抹恬淡的微笑。周礼将人连毯抱过来，林温被弄醒，迷迷糊糊咕哝了两声。

周礼说:"看日出。"

林温听见"日出",使劲睁开眼睛。

金色的太阳在远处山顶张开双臂,拥抱着这个美好的清晨。

周礼问:"好看吗?"

林温说:"好看。"

周礼低头,亲吻着此刻被他抱在怀中的人。

日出的时间慢悠悠的,四周零星几辆车也走了,林温仍躺在周礼怀里。

她后知后觉发现自己盖着毛毯,仰脸问:"这是从哪儿来的?"

"买的。"周礼说。

林温找了找,发现自己手机在仪表台上,她起身拿了过来。

打开微信,昨晚的那条朋友圈到现在为止总共有三十三个赞。

林温再次仰脸,问:"毛毯多少钱啊?"

周礼报了数,林温咋舌,说:"好贵。"

周礼替她掖了掖毯子,说:"谁让你睡着了。"

九月中旬,温度有所下降,白天太阳大时依旧暴热,夜里却凉风飕飕,周礼后半夜开了车窗。

林温摸摸周礼胳膊,问:"你没睡?"

"睡了。"

"那你不给自己盖一条。"

周礼一本正经道:"省钱。"

林温笑了笑,打开毛毯,把周礼一道裹住,说:"喏,省钱。"

周礼忍俊不禁,毛毯里一片暖香,他咬了咬林温的鼻尖说:"这么好的主意,早知道昨晚就用上了。"

两人又厮磨了一会儿,一直等太阳晒进了车内,他们才慢悠悠地离开。

原计划今天要去下一座城市,但他们在野外待了一晚,需要找酒店洗漱,干脆再停留一天。

车尾的损伤不影响驾驶,周礼不打算这会儿修车,两人回到市区,随便找了一家酒店,洗过澡后又上床补了一觉。

中午的时候周礼先醒了,他没吵林温,坐书桌前办了一会儿公。

半小时后床上有了动静,周礼回头看了眼,床上的人怕吵到他,轻手轻脚去了洗手间。

等卫生间门打开,周礼朝那边张开一条臂,"过来。"他说。

林温绾了下头发,走过去,被周礼拉坐进怀里。

林温已经习惯周礼随时要抱她,她靠在周礼肩头问:"我们明天去哪里?"

周礼看着电脑道:"东西南北你选一个。"

林温这次才不上当,她道:"其实我是路痴,分不清东西南北。"

周礼说:"不用你分,你随便指一下就行。"

"不行,做人怎么能这么稀里糊涂。"这回轮到林温一本正经,她推着周礼胸口,坐直道,"我还是查一下地图吧。"

周礼一笑,拧起她下巴亲她一口,搂着她,没让她下地。

林温手机在床边上,周礼把自己手机拿给她,大方道:"查吧。"

林温笑眯眯地查了一会儿,发现道:"这不是袁雪老家吗?"

周礼刚发送出一封邮件,他垂眸看了眼手机,问:"想去?"

"你没去过吧?"

"没。"

"我也没去过。"

"行,那明天就去。"

第二天,两人跟着袁雪发来的地址导航,花费近三个小时到达了袁雪家。

袁雪挺着七个月的孕肚在小区门口等,边上站着絮絮叨叨的汪臣潇。

林温跟周礼一道下车,原本嘴巴不停的汪臣潇终于知道休息,他哑巴了几秒,诧异地看着周礼道:"你怎么跟林温一块儿来了?"

袁雪抽抽嘴角,翻了一个白眼,她上前拉住林温嘀咕:"我就跟他说你来了,没说周礼也来。"

袁雪自从回老家养胎,汪臣潇逢休息日一定会赶来,今天正好周六,汪臣潇就比林温二人早到半小时,知道林温要来,他刹不住嘴,一直在跟袁雪说任再斌的事。

袁雪家在十楼，坐电梯上去，袁雪跟林温耳语："任再斌来我们市里工作了，好家伙，房子还就租在我家附近，说是今天下午到。前天晚上老汪跟他去了肖邦店里喝了个烂醉。"

据汪臣潇描述，任再斌醉醺醺地拉着他，不停地重复着"让他好好照顾林温"这句话。汪臣潇自然而然地把"他"当作"她"，这个"她"当然是林温最好的闺密袁雪了。

林温听着，朝餐桌那头看。

汪臣潇跟周礼坐在餐桌那儿，嘴里吧啦吧啦道："老任最放不下的就是林温，你说他，早知今日何必当初，也亏他说得出口，让袁雪好好照顾林温，不知道袁雪大着肚子呢，这话说反了吧？"

周礼凉飕飕地瞥他一眼，随即又瞥向沙发。

汪臣潇讲话不收声，沙发上的俩人一字不落都听清了，林温跟周礼对视了一眼，袁雪在旁边抱着肚子，轻声地"哎哟哎哟"叹息，祈祷道："我只求我的宝宝千万别像他爹一样缺根筋。"说着，她不确定道，"老汪这缺的不止一根筋吧，你说他到底怎么考上名牌大学的？他赚的钱是合法的吧？"

林温忍不住笑笑，替袁雪摸摸肚子，小声问她："你跟老汪现在怎么样？"

"就这样呗。"袁雪这两个月勤勤恳恳拍视频，加之一点儿运气，平台粉丝数暴涨到十几万，她尝到了被工作充实的滋味，其他的烦恼变得微不足道。

远离了汪臣潇的父母，汪臣潇的形象又变得"优秀"起来，袁雪不能否认汪臣潇的好。

"我知道他毛病不少，但人无完人，谁都想要百分之百的真心，最完美的生活，可百分之百哪有那么容易，我自己也做不到。不过我跟你是这么说，在他面前我还不愿松口，这毕竟是一辈子的事情，我现在也不着急，我发现事业比男人香多了。"袁雪道，"这么一看，我多少还得感谢一下他爸妈了。"

餐桌那头汪臣潇继续滔滔不绝，吐槽完一堆废话，他总算再次想起："欸，你还没说你怎么跟林温一块儿来了呢，对了，你们今天晚点儿走，说不定还能碰上老任。"

周礼拧了拧眉心，懒得搭理这货，他朝沙发那头问了声："温温，饿了吗？"

林温说："有点儿。"

周礼起身说："那先去吃午饭吧，袁雪，带个路。"

袁雪早有安排，说："我家边上刚开了一家酒店，三百米不到，去那儿吃吧。"

三个人说着话走向大门口，汪臣潇坐在原位，脑子里"嗡嗡"响，他嘴巴大张，像下巴脱了臼，迟迟闭合不住。

吃完饭，周礼给袁雪留下一堆礼物，完全没多待，似乎赶时间，拽着林温上车就走。林温坐在副驾抿嘴笑，周礼趁等红灯的时候空出手，推过林温后背，往她腾起的屁股上"啪啪"拍了两记。

接下来的两个礼拜，他们继续随心所欲，车子开到哪里算哪里。

头一天他们去登山，在山间一家食肆吃了一顿溪水中的日本料理。

后一天他们去了某个著名村落，林温拍了一堆风景照。

接下来他们又跑到了古镇，在小桥流水中生活了两日。

后来还去了藏在深山老林中的民宿，光怪陆离的游乐场，大隐隐于市的艺术小镇。

趁着气温没入秋，他们又去了一趟海边，林温没合适的衣服，周礼陪她购物的时候，给她塞了三套比基尼。结果等林温换上比基尼，整个白天她都被周礼困在了房间，熬到晚上终于重获自由，夜里海边风大，她又穿不成比基尼了。

他们在这里优哉游哉地游山玩水，另一边的覃茳尤却焦头烂额。

"还没找到？！"覃茳尤质问。

助理低着头说："他们两个人行踪不定，我们派去的人扑空了两次。"

"他爷爷奶奶呢？"

"不在家，听说跟邻居老两口去旅游了。"

覃茳尤把手中的文件挥向助理的脸，A4纸纸边锋利，在助理脸颊上刮出一道血口。

第二天，周礼清早收到两条微信，第一条是张偷拍的照片，覃茳尤的亲信助理脸上贴着创可贴。第二条是一段文字，大致意思是他这边局势已经基本稳定。

中午时分，林温躺在床上，周礼撑在她背后，咬了咬她的后脖颈说："我们过两天就回宜清。"

林温昏昏沉沉地问："你表姐那边没事了？"

周礼纠正："应该说她有太多事了。"

林温努力让自己脑子清醒，反应了一会儿周礼的话，总算理解过来。林温清了一下尚有些难受的嗓子，扭头问道："你做了什么呀？"

她没力气，声音软绵绵的，尾音上翘，听得周礼耳朵酥。

吴永江那边，周礼给他公司旗下的新闻账号放了几条假消息，吴永江急功近利，不做调查，现在他官司缠身，至于覃茳尤这边——

周礼摸着林温后背，亲亲她耳朵道："没做什么，我就是替我外公请了个人，顺便把覃茳尤的弟弟带了回来。"

覃茳尤那位同父异母的弟弟在欧洲生活了十多年，周礼陪周卿河待在欧洲的那一个半月，抽空去了一趟那位表哥所在的国家，他回国的时候，也把表哥带回国了。但这位表哥嚣张有余，能力不足，他最多只能当一根搅屎棍，时间久了根本抗不过覃茳尤。

"所以我另外找了个职业经理人，介绍给了我外公。"周礼道。

林温好奇，问："你不是说你外公不愿意让外人插手公司吗？"

"他不算外人，硬扯血缘关系的话，他是我外公堂兄的长孙。"

覃胜天的那个年代，经济困难，家中为了吃饭，亲戚都流落全国各地，几十年过去了，又不是亲兄弟姐妹，堂表亲早不知道去向。

林温问："那你怎么找到你这位远房表哥的？"

周礼道："说起来，这个人你也认识。"

林温困惑道："我认识？"

"九年前，"周礼绕起林温的一簇发尾，挠了挠她脸颊，没有卖关子，"姜慧的丈夫。"

林温一愣，她记得姜慧阿姨的丈夫，那个男人当年跟姜慧差不多岁数，长得身材高大，器宇轩昂，如今九年过去，他应该四十多了。

林温道："我记得他姓秦……"

"不是三人禾的秦,是西早覃。"

当年他们送姜慧离开,林温只顾着跟婴儿车里的大宝道别,姜慧的丈夫把名片递给了看似"大人"的周礼,周礼见到名片上的名字,就不动声色地记在了心里。

覃姓少见,至少当时的他活了十八年,只见过她母亲那边的覃姓人。

这回覃莊尤彻底将周礼激怒,周礼怒火难以抑制,什么法律道德统统抛诸脑后,他只想不顾后果加倍奉还。

但他每次闭上眼,再睁开,林温轻柔的声音仿佛就响在他耳边。

——"你看到我开心吗?"

——"那,我拿开手,你睁眼,你睁了眼,就要一直看见我。"

他睁了眼,就一直看见林温,法律道德又将他束缚住,成熟掩藏住他的本性,他要合理合法地"回报"覃莊尤。他自己何必亲自上场,覃家的那些都不是他想要的,他没必要为了不相干的人,赔上自己的喜怒哀乐。

周礼抚住林温脸颊,忍不住亲了亲她。

林温惊叹于缘分的奇妙,又感受到了周礼的异样情绪,她闭着眼,任由周礼亲吻,手指穿过周礼的头发。林温轻声道:"你头发长了。"

"嗯,"周礼咬咬她嘴唇,低语,"回去再剪。"

十月国庆,交通拥堵,一天后,他们在返回宜清市的路上。

林温在车上睡着了,前座太阳大,周礼把她哄到后面去。

这回林温没坚持要陪他,林温半合着眼,蜷缩着躺在后座。

U形枕不适合当枕头,周礼将毛毯叠成小块,抬起林温脑袋,再轻轻放下。

他亲了亲林温的嘴唇,哄道:"睡吧。"

林温眼皮微颤,最后一眼,她看到的是周礼的脸。

她很快再次入睡。车子轻微颠簸,林温在梦里回到了三个月前。

三个月前,周礼在电话中问她:"你想出国吗?"

她在肖邦店门口的黑板底下,找到了一根粉笔,她捡了起来,给"真"字加上了那一横。

她又出现在宁平镇外,公路边上的那间小酒店。那一晚雨水淅淅沥沥,酒店门口的小路上铺着稻草，周礼的车在公路上突然掉头，冲回酒店。她撑伞站在露台，原地打转了一会儿，然后冲下楼梯，跑到刚从车里下来的人面前，不用他冒雨奔跑，她就为他高举起了雨伞。

画面跳转，她忽然又来到了那一天。周礼拽着她，面朝人行道上的一整条街的大排档说："你这病好治，觉得在我们中间恶心是不是？！我给你一个过渡的时间，你现在给我挑一个！"

林温一愣，嘴唇嚅动，无声地说了一个字——"你。"

又是在一个飘着小雨的夜里，袁雪负气出走，林温火急火燎寻找。

周礼箍住她的腰，质问她："你是不是忘了，你拒绝我的理由都是因为别人，你讨厌复杂的关系，你不想跟前男友的朋友有牵扯，你不想让朋友间尴尬，但你从头到尾都没说过你不喜欢我。你承不承认？"

她的手掰着周礼的胳膊，力气停滞，心里有个声音在回答——"是。"

接着来到欢乐谷的高空索道上，周礼给她带来了一瓶白酒。

他轻轻撕下她忘在手臂上的"48"号相亲贴纸，说："这有什么大不了的，以后就少认识些乱七八糟的人，好好找准下一个。"

她右手拿着酒瓶，是冰凉的，左手被周礼握着，烫着手，像是握不住。

她只能紧紧回握住他。

再后来，她站到了一片荒芜的旷野之中。

"目前的计划是这样，具体时间还要落实……"

陌生的讲话声隐隐约约落进林温耳中，林温睁开眼，迷迷糊糊地撑着车椅坐起身。

她还在周礼的车上，车已经停了，车窗外，是一片荒芜的旷野。

林温怔了怔，慢慢打开车门。

周礼正跟人说话，见到林温下车，他摆了下手，暂停谈话，走回车边。

秋高气爽，车里没开空调，林温贴着椅子睡，出了一点薄汗，额发都湿了。

周礼捋了捋她的湿发，说："睡醒了？"

"嗯，这里怎么回事？"林温望向眼前。这一片旷野，她曾来过，当初去汪臣潇的别墅度假，袁雪中途开错路，把车开到了这里。这里草被稀疏，放眼望不到尽头，当初空无一人的旷野上，如今来了不少人，有人拿着册子在说着什么，有人拿着各种仪器在丈量测算，还有无人机在头顶飞行。

周礼说："郑老太太拍下了这块地，想在这儿建一个真实场景的剧本杀沉浸式乐园，我的新工作就是负责这个项目。"

林温愣住，这完全在她意料之外。周礼捏捏她下巴，问："傻了？"

林温环顾四周，指向他们曾经逛过的另外半边，问："那边也会造起来吗？"

"那边也拍下来了，具体的还没敲定。"周礼牵着她的手，说，"走，再带你逛逛。"

他们穿过小路，走到了另外半边旷野。秋天来临，草木将逐渐萧瑟，这里却没怎么变，因为这里绿植本来就少，脚下更多的是泥土和石子。

"睡得晕不晕？"

"不晕。你要跟他们工作一会儿吗？"

"不用，看看就走。"周礼问，"我们那天走到了哪里？"

那天她跟周礼下了车，边聊着天，边随意走动。旷野之中没有参照物，但他们的聊天和步速可以作为参照。林温脚步停了停，周礼也跟着停下。林温仰头问："你还记得我们当时在这里说过的话吗？"

周礼说："记得。"

那时是四月，他们说了很多，时间距今相隔又太久，林温以为自己是记不清的，但她尝试着回忆，很快清楚地说出："你不觉得在这里碰不到人也算个优点？"

周礼嘴角带抹浅笑，陪她重温："这算什么优点。"

林温抿了抿唇，继续说："你觉得人的烦恼归根结底源于哪儿？"

周礼道："钱。"

林温当初并不清楚周礼为什么会脱口而出这个答案，如今她才真正明白，周礼所说的"人的本性是永不知足，有钱人更是欲壑难平的代表"，指代的是他的父母。

周礼继续重温："你觉得，人的烦恼源于'人'？"

林温道："应该说是人际关系更合适。"

周礼当初也并不完全清楚林温这个回答的由来，如今他已经明白。

周礼拂过林温脸颊，问道："你现在还这么觉得吗？"

林温点头，说："我还没加满二十个好友，那条朋友圈到现在也没集齐五十八个赞。"

周礼好笑，说："是挺严重。"

"……"

林温抿着笑，反问："那你呢？"

"真理不变。"周礼理所当然。

顿了顿，他又道："我有没有跟你说过，我爸在国外养了两只狗。"

"没有，"林温好奇，"是什么品种的？"

"一只德牧，一只拉布拉多。"

两人的手紧紧相牵，走到了上回停止的位置。

"是这里吧。"林温说。

"是这儿。"周礼道。

上回是袁雪叫住了他们，让他们上车走了。这回没人再打断他们，他们边聊着天，边跨越过去，继续前行。

走了不知道多久，林温走累了。她今天穿的又是一双薄底的鞋子，石子硌得她脚底板疼。

周礼问："还逛不逛？"

林温摇头，说："回车上吧。"

周礼背过身，弯腰道："上来。"

他的这种"命令"总是言简意赅，林温跳上他背，周礼背宽坚硬，步伐稳健。

玉佛从林温领口垂落，搭在了周礼的肩颈处，林温垂眸看着，对周礼道："你那天最后对我说的话，我也还记得。"

周礼道："你说说看。"

"你说，离群索居者，不是野兽，就是神明。你还说，人际关系的烦恼是跟着人类的社会属性来的，避是别想避了，干倒它就得了。"

周礼停步，转头看向背上的人。

这话记得太过清楚了。

这里离他们的车子还有百十来米，不远处人来人往，背后是萧索空荡。

林温看向周礼双眼，像在之前的梦境中一样，直视真实的自己。

"从来没人跟我说过这些，我也从来没和人聊过这些。"

原来自那天开始，她的目光，已经落在了周礼的身上。

周礼定定地看着她，两人的脸近在咫尺。

"温温。"

"嗯？"

"今天是多少天了？"

"第四十五天。"

"别再记天数了。"

"怎么了？"

"我不会放你。"

所以他们不用记天数，他们会到老。

她可以享受孤独，也不用再逃避人群。他会是她旷野里的渡，带着她由此到彼，去往所有她想去之地。周礼温柔地吻住他背上的人。蓝天白云，清风徐来，旷野之中，时光在此更迭。

——"好。"

番外一

难得迷信

从现在开始,你和你的女朋友(男朋友),四十八小时内不能用语言、文字以及口型对话,如果不照做,你们将在三天内分手。

旅行结束,回到宜清后,周礼和林温发生了一点儿小分歧,起因是林温深感疲惫,希望周礼能像之前一样睡阁楼,或者他回自己家住几天。

周礼不乐意,哄着林温道:"我不碰你就是了。"

林温对此并不信任,毕竟周礼很喜欢晨运,而早晨睡眼蒙眬,通常是林温防备最松懈的阶段。林温也哄他:"你去阁楼睡嘛,就几天。"

周礼跟她讲道理:"我之前就跟你说过,阁楼的床太小,不适合我。"

林温很体贴道:"那我把主卧让给你,我睡阁楼。"

周礼不悦:"你就这么不想跟我睡?"

林温道:"主要是我不太相信你目前的自控能力。"

周礼搂过她,继续哄:"那我更需要证明自己。"

林温戳戳他胸口,说:"但我没必要冒这个险啊,你睡阁楼,就是最好的证明了。"

汪臣潇他们总说林温好说话,事实上林温平常确实随和佛系,但真计较起来比谁都执拗。周礼抱着被子枕头,面无表情,被赶上了阁楼,衣服不用带,出国前他的东西本来就放在楼上。

这一晚相安无事,林温好梦,周礼卧薪尝胆,次日天亮,周礼下楼,看见林温卧室房门还紧闭着,他去拧了一下门把。竟然反锁了,周礼直接气笑了。

林温今天不用上班,周礼要去一趟郑氏在这边的公司,他洗漱完就匆匆出门了。

林温从前很少睡到日上三竿,跟周礼在一起后她才养出这毛病。一觉醒来,天光大亮,已经快十点半,林温走出卧室,家里静悄悄的,她叫人:"周礼?"

没人应,周礼应该去工作了。

林温找到自己手机,看见两小时前的一条未读微信。

"给你叫了外卖,放在门口。"

林温打开大门,门边果然有一个食品保温袋,拿进屋拆开,袋里是一碗米饭和一只石锅,锅里的韩式参鸡汤还是热乎乎的。林温把汤和米饭再加热一遍,去卫生间洗漱完出来,她给热汤热饭拍了一张照,发给周礼看。

周礼在微信上问她:"好吃吗?"

林温回复:"很好吃。"

周礼:"精神好了?"

林温警觉道:"还是有点儿累。"

"准备累多久?"

林温看了看热气腾腾的参鸡汤,心软道:"后天也许好一点儿。"

周礼记下时间,接下来就把精力全投入工作中。他比在电视台时更忙,当主持人时他要是下午录节目,整个上午的时间都是他的,想睡多久就睡多久。如今他私人时间被急剧压缩,早出晚归还需要各种应酬。到了后天,他又临时需要去港城出趟差,连林温那里都没回,他去自己家,让阿姨提前帮他收拾两件衣服就去赶飞机了。

林温"假期"忽然延长,竟然感觉有些不适。

周礼不在,她又变得无聊起来,所幸十月下旬,有两个大型展会要办,她没清闲多久,很快忙成陀螺。

这天她接到袁雪的电话,袁雪说她有位朋友月底结婚,她要回趟宜清参加婚宴,让林温准备"接驾"。林温笑笑,给周礼发了一条信息过去。

周礼十分钟后回复:"老汪跟我说了,等袁雪回来,我们请他们几个吃顿饭。"

林温想起六月时他们就有这打算,谁知其间意外重重,现在都快十月底了。

林温回复:"好。"又问周礼,"你明天回来的机票订了吗?"

周礼说:"明天大概六点到,你下班直接回家,不用接我,我这边有司机。"

林温以为的六点到,是周礼六点下飞机。事实上是周礼六点到林温家。

因为时间上的这个小误会，导致林温在第二天差点儿疯。

第二天，林温好不容易准时下班了一回。她特意去菜市场买了一堆食材，到小区门口时已经快六点了，她拿出手机准备给周礼打电话，手机突然来电，是母亲打来的。

"喂，妈？"

"温温，你下班了吗？"

"下班了。"

"我跟你爸明早去寺庙，早上时间太赶，我们今天先来宜清住一晚。哎，快到你那里了啊，大概还有十分钟。"

林温母亲来过五次，四次都是临时通知，就为了搞突击检查。要不是因为林温是女孩儿，怕她在家中穿着随意，林父不方便上门，林母说不定连临时通知都会取消。

林温听到这里，讲着电话加快步伐。通话一结束，她撒腿就往家里冲。今天的违禁品不光是冰箱里的那堆超市冷冻食物。

林温气喘吁吁到家，直奔卫生间，将周礼的瓶瓶罐罐、牙刷毛巾，统统装进塑料盆。再上阁楼，把周礼的一堆衣服抱了出来。实在没地方塞，她把东西藏到了露台角落。接着林温再去翻冰箱，半途想起鞋柜里还有周礼换穿的皮鞋，她又赶紧去玄关。打开鞋柜门，门角撞到了一双男士皮鞋，林温盯着地垫上那双早晨还没有的皮鞋，蒙蒙地回望屋内，叫了一声："周礼？"

"……嗯？"

声音从主卧传来，林温跑进卧室，一口气差点儿没上来。

今天航班准点，路上避开了晚高峰的堵车，司机开车速度快，周礼到林温家时才五点四十五分。他洗了一个澡，上床等着人，实在没抗住疲倦，他躺下没两分钟就睡着了，半梦半醒间他听到乱七八糟的声音，刚有点儿意识，他就听见了林温叫他。周礼半睁着眼，手挡在额头，声音沙哑："回来了？"

林温看着躺在床上只穿了一条内裤的男人，狠狠提了一口气："快点儿，你把衣服赶紧穿上——"

敲门声响起："温温？"

林温差点儿被自己口水呛到,二话不说拽起周礼,问:"你衣服呢?"

林温父母是七十多岁的老派人,思想传统保守,绝对接受不了未婚同居的行为,尤其当事人还是他们的女儿。

周礼被拽醒了,他脱下的衣服在洗衣机里,快洗模式十五分钟,现在应该洗好了。

林温父母在门口等不及,掏出了大门钥匙,边开着门边说:"温温,你在干吗呢?我们自己进来了啊。"

下一秒大门打开,来不及了,林温把手上的一堆东西塞给周礼,说:"躲起来!"话落走出卧室,顺手关紧房门。

"你在忙什么呀,怎么也不应一声。"林父林母进屋,屋内一目了然。

林温心脏打起激烈战鼓,面上镇定道:"啊,我刚在跟同事打电话,没听到。"

"不是叫你加班吧?"

"不是。"

"那就好,晚饭吃了吗?"

"还没。"林温急中生智,"我正好买了好多菜,妈,你帮我挑虾线吧。"

林母宠溺道:"好好好,我再给你炒个油爆虾。"

林母进了厨房,林父去客厅看电视,林温给他们泡了两杯茶,借口道:"我换身居家服。"

她再次走进卧室,合上房门。

卧室里,周礼斜靠在床头,一条腿在地上,一条腿支在床上,拿着手机在看信息,坐姿显出些放荡不羁的性感。听见动静,他掀起眼皮,瞟向来人。

林温紧张,问:"怎么办?"

周礼稳如泰山,说:"不是要换衣服嘛,先换。"

房门不隔音,他听得清楚。

林温边说着"你待会儿看准时机溜",边翻衣柜拿衣服。衣服拿出来了,周礼还在,林温背朝着他脱了衣服。腰上突然箍来一只胳膊,林温被撞在了柜门上。

"啊……"

"溜什么,我几天没见你了?"

"你别闹……"林温很小声。

周礼用力,林温被挤得跟柜门间不留一丝缝。

她牛仔裤还没来得及脱,周礼贴在她背后,替她解开。

"我要真闹,你就别想走出这间房了。"

"周礼,别……"

"小点儿声,你爸妈在呢。"

外面有电视机的声音,还有林父和林母对话的声音,他们在那儿说着最近基围虾的价格涨幅,卧室里,林温的牛仔裤已经被拽了下来。

林温捂紧嘴,柜门砰砰轻响,周礼咬着她耳朵,低声教她待会儿怎么怎么做,呼吸越来越粗重,外头林母喊:"温温,你怎么衣服还没换好啊?"

林温放下手,深吸一口气回答:"我在打电话。"

"你电话怎么这么多。"林母絮叨了一句。

林母话音落,周礼话音又响。

"搬去我那里住。"周礼揉捏着她,"省得你爸妈总搞突袭。"

林温快被周礼弄疯了,她站都站不稳。

"搬不搬,嗯?"

林温抓着敞开的另半边柜门里的镜子,穿衣镜一摆一摆的,林温一会儿看得见自己,一会儿又什么都看不见。

"搬……"她真的要疯了。

最后周礼抽了几张纸巾,帮林温擦了擦,又帮她换上居家服,亲她两口,拍拍她屁股让她出去。

林温的血液还在横冲直撞,她深呼吸,尽量让自己冷却。林温走到客厅跟父亲说话,厨房里烟火蒸腾,周礼捧着林温先前藏过来的一堆东西,走上了阁楼。

到了露台,周礼找到自己衣服,挑了一身换上,然后下楼。

"咦,你什么时候来的?"林温"刚看见"周礼。

周礼道:"刚来一会儿,我在楼上抽烟,你什么时候回来的?叔叔阿姨,你们这是刚到?"

林父林母惊奇,林温解释她把家里备用钥匙给了周礼,周礼解释他刚出差回来,在这儿等林温下班吃饭,之前在露台抽烟,没听到楼下的动静。

两人演技卓越，林父林母没有怀疑分毫，他们欢欢喜喜地拉着周礼，小周长小周短，脸上褶子多出好几条。

林温呼出口气，周礼趁林父林母不注意，冲她似笑非笑。

这晚周礼回了自己家，第二天林父林母走了，周礼立刻将林温打包。

林温之前在周礼家留宿过两晚，一次是刚从老平房回来，一次是周礼让她选择东西南北，那两次她都没留下什么私人物品。

这回林温正式搬过去，她的感受多少有点儿奇怪。

其实她去年刚毕业参加工作的时候，曾经想过自己租房住，她不喜欢她待的房子，有一间常年需要打扫，却又常年上锁，不允许随意触碰的房间。

好几次她半夜憋闷醒来，不想留在家里，又无处可去，只能晃荡到河边，再晃荡到中学对面的夜宵摊，叫一盘烧烤或者炸串，买一瓶白酒，自饮自酌消磨漫长的时间。只是她没法儿找借口搬离，没道理家中在那么好的位置有套房，她却要有钱没处花，硬交租给别人。

后来她也渐渐习惯了生活在那套房子里。如今周礼叫她搬出来，她一边有点儿小纠结，一边又有点儿小雀跃，心里矛盾重重，收拾东西的时候就多了几分留恋，护肤品和化妆品只带日常用的几样，衣服也只拿一半的秋装。

周礼看得皱眉，他解开衬衫袖扣，卷起袖子说："边上待着去。"

"嗯？"

周礼推开她，上前把她衣柜里挂着的衣架一撸到底，扔床上道："你叠一下。"说着又把柜子里叠着的一堆衣服也抱到了床上。

林温家不大，换季的时候，过季衣服被她全放进了收纳箱，衣柜里都是秋冬季的，周礼把她的冬天带走了，还想带走春夏。

周礼问："你那些短袖裙子呢？"

林温无语道："我都收起来了。"

"拿出来。"

"不拿。"

周礼哄她："快点儿，去拿。"

"现在拿出来干吗？"林温道，"又不穿。"

"省事，"周礼说，"省得到时候再搬一趟。"

林温听周礼的口气，似乎一旦她踏出这家门，周礼就不让她回来了，林温往床上一坐。周礼太了解她，此地无银三百两。他扬了下眉，弯腰掀开床单裙边，林温叫了声："哎……"

当然没拦住，下一秒周礼就将她藏在床底下的几只收纳箱全拖了出来。

收纳箱都是大号的，林温自知她抢不过周礼，她干脆屁股往箱子上一坐，以身抵抗。周礼弯腰就要抱她，林温也迅速弯腰，扒住箱子侧面的提手，和收纳箱牢牢绑定。周礼抱臂站一边，问："真不让？"

"不让。"林温坚定。

周礼上前一步，问："确定？"

"百分之百！"

周礼一笑，这样搬是没法儿搬，他弯下身，直接推着箱子。

林温坐在箱子上一愣，周礼高度跟她差不多，趁机亲了亲她的嘴。林温就这么被一路推一路亲的到了大门口，她再也板不起脸，憋着笑被周礼抱了起来。

周礼把她抵门上又亲了两口，林温无可奈何，说："必须留下一半衣服，我爸妈突袭的时候我得回来，我妈会检查我衣柜的。"

周礼把她抱离地，带她返回卧室，"早这么说不就好了。"他道。

最后林温带走了一大半的春夏秋冬，临了想起周礼之前送给她的两盆多肉，她把多肉也捎上了。

周礼的房子大，就他一个人住，只留一间主卧，墙壁全打通扩展了卧室的面积，所以他房里的衣帽间跟林温的卧室差不多大。

周礼的衣服也有不少，但他平常懒得购物，衣服大多同款，领带、皮带和名表占了三抽屉，色样倒比衣服丰富，林温扒着抽屉欣赏。

周礼把林温的衣服套上衣架，再挂上衣柜，等林温回头的时候，林温发现小半秋装已经不知不觉被挂好了。

周礼的动作带着几分漫不经心，背影高大又挺拔，林温忍不住从背后搂住他。

周礼回了下头，问："怎么了？"

林温的脸颊蹭蹭他宽阔的后背,说:"不如你都收拾了吧。"
周礼摩挲着她的手背说:"好。"
林温笑笑。
周礼又道:"先收拾第一样吧。"
"嗯?什么?"林温没理解他的意思。
周礼转身,卷起她衣服下摆说:"先收拾你……"
三天后,袁雪终于从老家过来,几人照旧约在肖邦店里吃饭。
汪臣潇之前受到了不小的刺激,这是他得知真相后第一次再见两位当事人,他像是根本没消化,打量林温和周礼的眼神既惊奇又猎奇,平常聚会属他最能唠叨,今晚他却连屁都忘了放。
袁雪忧心忡忡,悄悄跟林温咬耳朵:"这都多久了,你说他这抗打击能力是不是也太弱了,我以前怎么都没发现他这德行,完了完了,我这次真担心我宝宝了。"
林温哭笑不得。
周礼点的外卖送到,汪臣潇总算从打击中回过点儿味。
他往周礼身边一蹭,憋不住八卦道:"兄弟,你说说你跟林温到底是咋回事啊。"
周礼不咸不淡道:"小明的爷爷活到了九十九。"
"……"
汪臣潇又蹭到肖邦边上,问:"兄弟,袁雪什么都不肯跟我说,你跟我说说,老周和林温是怎么好上的?"
肖邦饿了一天,就等晚上这顿大餐,他唆着螃蟹,百忙之中回答:"你知道小明还有一个奶奶吗?"
"……"
最后汪臣潇憋屈:"其实你跟老周真的挺配,真的!"
吃完饭,时间还早,明天又是周末,几人都不用上班。袁雪很久没玩,她提议来局剧本杀,肖邦和周礼反对,不想耗费这么长时间。
袁雪想了想说:"那玩大冒险呗,不要真心话!"
这简单,大家都没意见,从前他们也玩过这个,改变了一点儿规则,他们把惩罚措施写进了小字条,扑克牌赌二十一点,谁输谁就去抽字条,让命运决定惩罚。后来肖邦把这游戏介绍给店里的顾客玩,顾客们兴致勃勃,又往里加了不少内容。

肖邦提醒:"里面多了不少新惩罚,有的挺缺德,你们做好心理准备。"

袁雪和汪臣潇大手一挥:"来吧!"

游戏开始,结果袁雪第一个输,她的惩罚是喝二百毫升的醋,汪臣潇迫不及待地挺身而出:"我来替她!"

他英勇就义般地一口闷,袁雪百无聊赖地吃了一颗超酸柠檬糖。

林温也想吃糖,问袁雪要了一颗,刚一放进嘴,她就抖了抖,整张脸都皱了起来,感觉天灵盖都要掀开了。

周礼在旁边看见,皱了皱眉,摊开掌心说:"吐了。"

林温没吐他手里,她吐进了包装纸,把包装纸放到了周礼掌心,周礼走到游戏房门口,把糖扔进垃圾箱。他们两人动静很小,但房间只有这点儿大,另外三人很难当瞎子。

虽然只是件小事,而且林温吃过的糖也没直接吐周礼手心,但袁雪还是体谅了一下汪臣潇,确实挺让人受刺激的。肖邦没眼看,汪臣潇也再次被刺激到。

后来又玩了几局,惩罚五花八门,肖邦金鸡独立了半个小时,汪臣潇被迫穿上女装,剧本杀店里最不缺各式各样的道具服。到最后,周礼一局都没输,但林温输了,她抽到的惩罚是:"从现在开始,你和你的女朋友(男朋友),四十八小时内不能用语言、文字以及口型对话,如果不照做,你们将在三天内分手,哈哈哈哈!"

袁雪喊:"这么狠毒!"

汪臣潇惊叹道:"老肖,你也太绝了!"

肖邦澄清:"跟我无关,我说了,我这儿的顾客往里面添了不少字条。"

三人看向两位受害者,周礼和林温默默对视。

袁雪说:"迷信思想要不得。"

汪臣潇道:"我们都是接受过高等教育的。"

肖邦皱眉道:"可是自从我养了两只小乌龟后……"

周礼凉凉地冲他道:"闭嘴。"

林温看了眼时间,现在是晚上八点四十分。

两人又对视了一眼,谁都没有开口。

聚会结束,肖邦送大家离开,他叹了口气,拍拍周礼的肩膀,说:"老狗,都是命运的安排。"

周礼冷笑,掸开他的手,开车和林温走了。

肖邦欢乐地原地目送,员工小丁突然开门出来,大惊小怪地喊:"老板,龟龟不见了!"

肖邦问:"什么?"

"招财龟不见了!"

肖邦震惊,冲回店里。

车上,林温打开包想拿手机,突然发现包里多了一个塑料袋,拿出来一看,里面装着两只小草龟。她惊讶地看向周礼,周礼开着车,朝她瞥了眼,也不说话。林温抿嘴笑,把塑料袋放到仪表台上,让两只小草龟透透气。

两人到家,林温放下包,给小草龟去找窝,周礼脱西装,示意了一下卫生间,林温点头,周礼拿上换洗衣物,先洗澡去。

他洗完澡换林温,林温洗完后出来,走到沙发前坐下。周礼搂了搂她,拿起遥控器看了她一眼,林温点头,周礼打开电视机,调出那部至今还没看完的年代剧,播放第三十二集。周礼又朝林温做了个喝水的动作,林温想了想,把两只手竖在头两侧,手指曲了曲。

她刚洗过澡,脸蛋白嫩红润,难得做出这种幼稚动作,周礼看着好笑,亲她一口,然后起身去厨房,拿了一瓶矿泉水和一盒牛奶。矿泉水是他的,牛奶是给林温的。林温笑眯眯接过,插上吸管,边喝边躺在周礼怀里看剧。两人默契得无须语言,一个眼神,周礼就知道林温有点儿冷,他往两人身上盖了一条毯子。

林温见周礼捏了捏眉心,她从他身上起来,跑到书桌那儿,找到周礼的眼镜。周礼戴上眼镜,看电视舒服多了,他亲亲林温脸蛋,重新把她抱怀里。

到了十一点,周礼看了眼林温,林温点头,周礼把电视机关了。

回到卧室,林温掀开被子躺上床,周礼把眼镜摘到床头柜,坐上床,他慢慢解开林温的睡衣扣子。

林温捂住领口，指了指手腕，意思是已经十一点了，还是睡觉吧。

周礼拿开她的手，继续解扣子。

林温挡了他一下，闭眼握拳，作睡觉状，周礼挑眉，眼神似是不解。

林温一愣。之前默契十足，一个眼神就什么都明白的人，这会儿就完全"不明白"她的意思了。林温义愤填膺，眼神控诉，周礼好笑，忍不住更加用力。但林温再难也没有开口说他，周礼再激动也没有叫她名字。

秋夜凉爽，但周礼还是出了一层薄汗。床头柜上，手机铃声响了起来，周礼没工夫听，但铃声坚持不懈，毅力比他还足。

魔音穿耳太过干扰人，林温推推周礼肩膀，眼睛往床头柜瞟了下，示意他赶紧接电话，周礼不搭理。林温扭身，胳膊故意努力朝向床头柜，周礼见她实在不老实，没办法，只能按下暂停，顺从她去拿手机。

结果一看来电显示，周礼更不想接了。

周礼按下接听键，开了扩音，没有吭声，等那头先嚷。

"老狗，还我的招财龟！"

林温听见肖邦说的话，忍不住笑了笑，周礼揪了揪她弯起的嘴角，淡定地对电话那头道："你知不知道现在几点了？"

肖邦森森然，说："我只知道我的招财龟已经失踪了三个小时！"

"关我什么事？"

"我找到了证人！"

草龟放在厕所外面的走廊拐角，那里人来人往，周礼捞龟捞得光明正大，被人撞见不稀奇。周礼理直气壮，说："哦，那你报警吧。"

"呵，报警多麻烦。"肖邦那头传来喇叭声，他道，"我还有十五分钟就到你家了。"

林温一听，马上就要起来，周礼把她按回去，安抚似的揉了揉她的脖颈，不慌不忙地对肖邦说："你要是现在过来，我就提前为那两只龟煮一锅热水。"

"老狗！"肖邦不敢置信，"它们还未成年！"

"……"周礼懒得再跟他贫，最后说了声"挂了"，他按掉电话，把手机搁一边。

林温怕肖邦待会儿真闯进来，瞪眼询问周礼，周礼跟她无障碍交流，他摇摇头，又眯了下眼，意思是肖邦诚心找碴儿，但他不会这么没分寸。

林温放下心，周礼解决了这个小麻烦，继续折腾人。

这一晚，两人凌晨一点才睡，难得碰上他们同时双休，所以没设闹钟。周礼一觉自然醒，窗帘露出的缝隙光线刺眼，时间看来已经不早了，周礼搓了把脸，感觉怀里的人也快醒了。果然没一会儿，林温慢吞吞地撑开了眼皮。

她这一觉睡得沉，梦里稀奇古怪，刚醒的状态下她稀里糊涂，在周礼胳膊上蹭两下，她张嘴就要说话。周礼一直盯着她，在她嘴唇嚅动的瞬间，周礼眼疾手快，一巴掌捂住她大半张脸。林温蒙了蒙，迟钝几秒后，她才反应过来，一时心有余悸。

周礼读懂她眼神，放开了手，林温拍拍胸口，周礼笑了笑，亲亲她脸颊，指指枕头，问她还用不用睡一会儿。

林温转身找到自己手机，见已经快十点了，她指了指周礼，再指了指枕头，然后又指自己，两根手指扮作双腿，走向卧室门。意思是让周礼接着睡，她先起床。

周礼没什么睡意，难得放假，按原计划他今天要带林温去爬山。

周礼掀开被子，两根手指走了走，一起。

林温笑笑，下床去了洗手间。

周礼先去厨房，打开冰箱，拿了一瓶水喝，顺便挑出几样食物，放到了中岛台上。喝完水他去浴室冲澡，林温正好洗漱结束，两人错身而过，周礼顺手拍拍她屁股，林温还手，戳了一下他的腰。

周礼肌肉瞬间绷紧，伸出手臂就要捞人，林温没他速度快，才跑几步就被他从背后捞了回去。

林温差点儿就要破功说话，她及时捂住嘴巴，周礼趁机占她便宜，林温咯咯笑。

笑声在此刻代替了无数语言，两人在浴室里闹了一会儿，周礼才把人放开。

周礼冲澡，林温整理了一下被弄乱的睡衣。她走进厨房，看见中岛台上的食物，知道是周礼想吃，她卷起袖子，开始忙碌。

周礼冲澡快，出来的时候林温刚把炒鸡蛋盛进盘子里。

另一边的牛油果刚扭成两半,还没切片,周礼不擅长炒菜煲汤,简单的厨房活他倒还行。他跟林温并排站,负责处理牛油果。

早午餐很快备齐,两人端去餐桌,吃到一半,周礼手机响了。他的手机放在卧室,周礼过去找到,接通电话。电话是公司那边打来的,说有点儿事需要他去处理,周礼预估了一下时间,说大约五十分钟到。

挂断电话,他才想起没办法告知林温,正想着是否该让刚才给他打电话的人帮他转告,这行为又是否过于奇葩的时候,周礼忽然听见可视门铃响了。

林温放下餐具走到门口,看见屏幕上是肖邦放大的脸,她直接按了开门键。

周礼走出卧室,屏幕里已经没人了,林温指指大门,这回动作和眼神都没法儿表达她的意思,林温苦恼。

周礼揉了一下她的脑袋,陪她一起等着,没多久来人出现,周礼还当是谁,他牵着林温转身,给来人一句:"你今天很闲?"说着就去餐厅,继续吃他的早餐。

肖邦也懒得跟周礼废话,他跟过去开门见山:"我的龟龟呢?!"

林温问周礼,要不要还给他?

周礼拍拍林温的手,突然对肖邦道:"我待会儿要去趟公司,大概需要半个小时。"

肖邦莫名其妙,问:"哦,所以呢?"

林温明了,他们原本吃过早午饭就要出门去圆景山,计划临时有变,她点点头。

周礼摸摸她脑袋。

肖邦看看林温,又看看周礼,他恍然大悟,扶了扶鼻梁上的眼镜,他说风凉话了:"我说不是吧,你们两个都多大岁数了,真信别人随便写写的诅咒?"

"你多大岁数了,招财龟?"周礼吃着早饭,漫不经心地回了一句。

肖邦抱着胳膊,板着脸道:"行吧,那我的招财龟呢?是你给我拿来,还是我自己去拿?"

周礼说:"急什么,你今天有没有其他事?"

"没有,干吗?"

"待会儿一起吃午饭。"周礼道。

林温困惑地看了看桌上的早午饭,周礼又拍拍她的手。

肖邦有吃的蹭,自然不介意耽误点儿时间,他原本想趁机把他的龟龟找出来,但周礼几下就吃完了东西,不给他机会乱逛,拎着他后衣领,抓紧时间出门了。

到了公司楼下,周礼对肖邦道:"你想上去坐坐还是在这里等?"

肖邦道:"上去坐坐。"

林温后知后觉,明白了周礼捎上肖邦的意图,她悄悄笑了下,对肖邦说:"那你上去坐吧,我在车里等一会儿。"

周礼看着肖邦,说:"你上去干什么,别浪费我时间。"说完他下了车,直接走向电梯。

肖邦整个人都震惊了,他看向林温,好半天才指责:"你们是不是太过分了!"

林温讪讪,她挠挠脸颊,问肖邦:"你待会儿想吃什么?"

肖邦依旧极好应付,他很快说:"吃法餐吧,我知道一家新开的法餐还不错。"人均八百,这价格不错。

林温看了看时间,她对法餐没兴趣,直觉周礼是不会答应肖邦的。

半小时后周礼准时回来,坐上车,周礼把一杯海盐抹茶芝士递给林温。

肖邦坐在后面,他扒着前座车椅问:"这是什么,就一杯?"

周礼回他:"同事买的,就剩了这一杯。"

林温插上吸管,戳了戳周礼的大腿,让他先喝一口。

周礼不爱喝这种女孩子喝的玩意儿,但他还是意思意思,喝了一小口。

肖邦想闭眼,他抽了抽嘴角,打算速战速决,说:"林温说她想吃法餐。"

周礼挑眉,看向林温,林温慢半拍地点了下头。

周礼一笑,一眼看穿。林温对法餐西餐这类都没兴趣,更何况说好了要爬山,她更不可能在大中午选法餐吃。周礼驳回肖邦的无理要求,直接开车去了便利店,给肖邦买了一份咖喱鸡肉饭,让他自己去加热吃。

林温出门前刚吃过,一点儿都不饿,她愉悦地买了点儿饭团一类便于携带的食物。周礼抱着胳膊,站在边上看着她挑,嘴角挂着淡淡的笑。肖邦面无表情地喂自己吃了一口热气腾腾的咖喱鸡肉饭。

回到车上,周礼还不打算放肖邦走,他物尽其用,继续把肖邦带去圆景山。

林温爬山装备齐全,她戴着鸭舌帽,穿着防晒袖套、运动裤和登山鞋,周礼背着包,包侧面还挂着一根红色的女士登山杖。

肖邦低头看了眼自己脚上的布鞋,质疑道:"老狗,我的保险受益人没写你名字吧?"

周礼拍拍他后背,说:"怎么这么啰唆,赶紧地,趁今天带你多活动活动,别成天闷在店里。"

周礼这话说得冠冕堂皇,肖邦无奈,今天出门没看皇历。

爬山这一路,周礼对肖邦"嘘寒问暖",一会儿问他要不要喝水,一会儿问他要不要休息。林温把肖邦当百度百科,问他为什么不能走东面,如果走全程需要多久,等等。

肖邦从起初的回答一两句,到后来干脆装聋作哑。

但那两人还是有办法。比如周礼问肖邦:"你要不要休息?"肖邦不吭声,林温就说:"肖邦,你应该不累吧。"于是周礼就知道,林温还不累,队伍继续前行。

就这样一直熬到傍晚,肖邦生无可恋地回到山底下的车子里,灌了一大瓶水,他又听到周礼问他:"晚上想不想看电影?"

肖邦道:"不想!"

林温回头问:"为什么不想看电影?"

周礼听懂了,晚上安排电影。

肖邦说:"那我也去。"

周礼没搭理他,这回利落地把车开到了剧本杀店。

利用完了就扔,肖邦义愤填膺,他冷笑,对林温道:"其实你们两个没必要这么麻烦,还剩一天时间,你回你自己家住一天不就行了。"

林温觉得肖邦的挑唆不无道理,回到家洗了一个澡,才不过六点半,电影七点四十分开始。林温扯扯周礼,回卧室衣帽间拿出一套衣服,往自己的包包里塞。意思很明显,她听了肖邦的话。

周礼不同意,握住她的手腕,把她的衣服扯了出来。

林温皱眉,又指指自己嘴巴。她昨晚和今天好几次差点儿开口说话,尤其是早晨半梦半醒的时候,那是最危险的。

周礼眯眼,看到衣帽间里一抽屉的领带,他随意取出一条,慢悠悠地展开,看了眼林温。

　　林温不解。周礼眼神温柔，抚抚她脑袋，然后抻开领带，沿着她嘴巴，缠了一圈，再打上一个死结。

　　林温诧异地扯了扯堵着她嘴巴的料子。她眼神懵懂，长发还没吹干，发尾水珠滴湿了胸前的睡衣。周礼喉结滚动，抬手捏了捏颈侧，他扭动两下脖子，盯了一会儿，他低下头，隔着领带亲了亲林温的嘴唇。

　　这一晚的电影是在家里看的，放映时间还迟了，电影也看得断断续续。

　　周日晚八点四十分，周礼和林温终于解封。当时他们正坐在沙发上看那部年代剧的第三十七集，电视机左上角有整点报时和半点报时，在八点二十九分的时候，林温看到时钟图片出现，她就坐着不动了。

　　周礼原本没注意，果盘里还剩两瓣切好的莲雾，他叉起一瓣喂到林温嘴边，林温乖乖张开嘴，眼睛却直盯着电视机。但剧集开头有几分钟是重复上一集结尾内容的，周礼不认为重复的这点情节有如此大的吸引力。

　　周礼用叉子轻轻压了下林温的嘴唇，林温为了分他点儿注意力，指了一下电视机左上角。

　　倒计时已经来到八点二十九分五十六秒，周礼注意到时钟。过了半点，时钟消失，周礼放下果盘，打开手机，同林温一道静坐。

　　十分钟格外漫长，没人再关注剧情，林温手指缠着发尾，周礼手指轻敲着自己的大腿，终于数字切换到了四十，禁锢全解，幼稚的迷信游戏结束，周礼和林温同时开口。

　　"下午我……"

　　"我爸妈……"

　　两人不相让。

　　"我先说。"

　　"你先听我说。"

　　顿了顿。

　　"那你说。"

　　"你先说吧。"

废话耽误半分钟，两人无言对视，过了几秒，他们同时笑出声。林温钻进周礼怀里，周礼顺势将人抱到腿上。林温环住他的腰身，先说话："我爸妈说他们在庙里认识了一位高中老师，他肩颈痛的毛病很厉害，后来经过药疗理疗运动，他自己研究出了一套方法，现在已经两年没再疼过了，那个老师抽空会把方法写下来，到时候我爸妈会发给我。"

周礼工作一忙就时常捏颈，他这几年都已经习惯了。

周礼问："你还跟你爸妈说这个？"

"嗯。"

周礼捏捏她下巴上的肉，挺想知道林温是怎么跟她父母聊到他的。

林温提醒他："轮到你了。"

周礼说道："下午我爷爷给我打了电话，说他们明天打算做饺子粑，问你想不想吃，有空的话下班去他们那儿吃晚饭，没空的话我开趟车过去拿。"

饺子粑长得像饺子，是江西的地方小吃，林温从没吃过，她自然想尝鲜。明天工作不知道忙不忙，林温要等明天上班了才能确定。

周礼的工作都有提前计划，他明天有时间，说下班了来接她。

两人都在双方家中过了明路，只是两边长辈都不知道他们已经同居。

周礼是不习惯跟长辈聊隐私，林温是怕刺激到父母，引发家庭大战。所以后来，导致他们近两周没见上彼此一面。

这是两个月后发生的事了。

这两个月间，肖邦在招财龟的窝上方安装了一个二十四小时监控。林温拿出工作一年半攒下的七万元积蓄，再加上父母资助的两万，买了一辆代步小车。袁雪视频网站粉丝数暴增到七十万，她生产时大出血，汪臣潇同父母大吵了一架。

两个月后，一月中下旬临近年关，先是林温父母又来了宜清市，林温被迫回家住了两天，这两天太忙，两人脚不沾地，没时间约饭。

再是两天后林温出差，周礼也正巧出差，临行前没找到机会见面，都想着出差回来也挺快，不差一时半刻，先搞定工作要紧。

林温走了四天，她回到宜清的当天是一月二十七日，一月三十一日就是除夕了。

周礼跟她同天回，但他到家估计得凌晨，让林温不用等他，先回房睡觉。

林温没能等到周礼，也没能回房睡觉，因为她父母在这天来了宜清，告诉她，她舅妈的父亲过世了，他们得立刻赶去北阳市。

林温家跟舅舅一家关系极好，当年林母丧子后，舅舅舅妈对她家帮助良多，所以虽然是舅妈的父亲过世，两边不能算正经亲戚，又逢年过节路途遥远，但林温父母还是执意要亲自跑一趟。

林温刚下飞机，转眼又上去了，当天凌晨周礼回到家，只能面对一屋子冷清。

这边，周礼的爷爷奶奶经历了风风雨雨的几年，越发思念家乡，他们除了从前跟周礼提相亲，很少对他提其他要求。

这回二老实在忍不住，说想回趟江西，他们自己出行是不便的，需要周礼陪同。

周礼给林温打了一通电话，转天就带二老去了江西走亲戚。

林温一家三口在一月三十日返程，落地宜清后又马上由林温自驾，返回老家江洲镇。

林父林母头一次坐林温开的长途车，双双打起精神，不敢有丝毫放松。

平安抵达江洲，当天晚上林温父亲那边的亲戚安排了聚餐，第二天除夕，母亲那边的亲戚又有聚餐。

过年人多事多，头两天走街串巷拜访亲友，林温没工夫多想其他的，最忙的两天结束，林温没什么精神地打开窗户，吹着寒风，忍不住想起她上次躺在某个暖乎乎的怀里，还是在两周前。

今年冬天格外冷，家里长时间开着暖空调，房里有一股气味。

林温呼吸着新鲜空气，搓了搓手，她给周礼发了一条微信。

"今天没聚餐。"

周礼很快回复："我现在在我二爷爷的大儿子家。"

林温问："还是江西？"

周礼给林温发了一个定位。周礼爷爷奶奶的亲戚主要分布在江西的三座城市，周礼才带着二老跑完第一座城市，现在刚来到第二座城市。

周礼又给林温发了一张照片，照片上是一栋农村自建的小洋楼，洋楼是周礼二爷爷的大儿子在两年前建的，房型很豪华，他极力邀请周礼三人留宿。

"那你这几天就住在你堂伯家了？"林温问。

"对。"周礼打字简洁。

"你大概什么时候回来呀?"

"初八回。"

还有好几天,林温默默叹气。没一会儿,周礼打了电话过来。

"在干什么?"

他声音低沉好听,林温靠到床头,抱住一个枕头说:"没干什么,我在房间。你方便打电话?"

"嗯,我出来透透气。"

"你那边冷吗?"

"还行,没宜清冷。你今天不用走亲戚?"

"不用,不过我爸的旧同事来了,我不想待在客厅。"

两人有一句没一句地聊,暖空调还在运作,林温连窗户都忘记关,她觉得周礼的声音好像跟击鼓有异曲同工之妙,她双腿挂在床外,一晃一晃的,心中缓缓升起的小雀跃让她重新打起精神。

江西不算冷,但周礼所在的地方今天风格外大。房子里一大帮陌生亲戚在谈笑风生,小孩儿东奔西跑,大人抽烟喝茶,周礼不太耐烦,应付了一声就出来了。没地方好去,他站在湖边给林温打电话,林温的声音一如既往地轻绵,他问她:"你爸的同事没教过你?"

林温父亲的同事自然也是小学老师,林温说:"他教过我三年数学。"

"那你还躲你老师?"

"……前年过年,我跟我爸去高老师家拜年,高老师家正好来了亲戚,他让我表演一个阿凡提。"

周礼一愣,随即哑然失笑。

"你别笑了……"

周礼听出她语气懊恼,更加控制不住,他所有的疲惫和不耐,在林温三言两语的小事中烟消云散了。

这通电话持续了半个多小时,直到林温父母叫她出去做菜,两人通话才结束。

周礼没马上折回屋,他点了一支烟,蹲在湖边,捡了一颗石子往水里扔。

平静的湖面漾出一圈圈涟漪，涟漪消失，他又扔一颗。扔得断断续续，一支烟抽完，周礼转身走回屋子。

林温家开饭早，五点不到，七菜一汤上了桌，高老师说菜太多了，林温父亲说不多不多，让高老师赶紧尝尝林温的手艺。

林温这几天吃多了油腻的东西，没什么食欲，她简单吃了一碗饭，就去厨房清洗灶具了。清洗完，她又切了一盘水果出来，放到桌边让三位长辈解腻。

林温回到自己房间，无所事事地再次拿出手机，这回她看到了郑老太太刚发的朋友圈，配图是游乐场。

郑老太太发文字："六十岁以后就不能坐过山车了，可惜十年前我未满六十岁之时，从未想过及时行乐。人生在世，最重要的是不叫自己后悔和遗憾。"

周礼吹完冷风回到屋中，找到爷爷奶奶，他弯腰跟二老说："我有点儿事要出趟门，大概明天晚上回来。"

周礼爷爷奶奶正跟亲戚们聊得心花怒放，他们关心地问周礼要不要紧，周礼让他们放心，爷爷奶奶便道："那你去吧，不用管我们，你几个堂叔堂姐都在呢。"

林温看完那段文字，心脏止不住地狂跳，她望向窗外，后知后觉发现窗户竟然一直没关，而她房间还开着空调。

林温点开周礼之前发给她的定位，进入导航，看了看驾车时间。五个小时。

林温把房间窗户关上，将空调也关了，她捏紧手机，出门找到母亲，心跳如鼓，却又面容镇定道："妈，我高中室友说今晚聚会。"

"今天晚上？在哪儿聚会啊？"

"在市里。"林温说，"唱歌会比较晚，我室友说今晚住她家。"

市里倒不远，开车也就四十几分钟，林母问："那你自己开车去啊？"

"嗯。"

林母有点儿不放心，还是林父和高老师在旁边帮衬："这趟回来也是温温开车的，有什么好担心的。"

林母松了口，让林温到地方后立刻给她打一通电话。

周礼带了一瓶水，坐上车，驶出乡间小路，朝江洲镇疾驰而去。

林温把羽绒衣脱到副驾驶，她打开导航，开着她的小车，奔向江西的某座小城。

番外二
暴雪求婚

> 滚烫的唇间突然有了一丝沁凉，两人稍稍分开，仰头望向夜空。
> 纯白的雪花纷纷扬扬，像是黑夜里的萤火。

夜幕降临，马路两边流光溢彩，小镇沿街装饰着各种红灯笼，一排排的树身上缠绕着荧光闪烁的小彩灯。

春节这几天，镇上的公共交通在五点半后就不出行了，私家车增多，晚上行人也变多了，林温车速提不上去，花了比平常更多的时间，她才上到高速。

这是她第三次晚上开高速，前两次，她的身边都有周礼。

晚上行车跟白天不同，视觉差异大，明明白天还认得的路，天一黑，就全然变陌生了，安全感骤然降低，在高速上尤甚。

林温记得她第一回在高速上开夜车，是在九月的旅行途中。那天她和周礼得知附近的某座城市有烟花大会，临时决定改变行程。

烟花大会八点半开始，九点结束，他们出发的时候已经将近七点半，周礼预估时间，说他们车速再慢，也赶得及看一个烟花尾巴。

林温于是毛遂自荐，跃跃欲试，说她来开车。周礼问："你确定？"

林温点头："我还没试过晚上开高速。"

周礼没意见，把驾车权给了她。

后来林温上了高速，莫名地有点儿慌。她平常开车很自信，虽然依旧秉持着她一贯的小心谨慎，但她身体是放松的，还能一心二用地跟周礼聊天，踩油门也没有什么顾忌。

大约是高速路灯照明不够，黑暗占据大半，周边又是源源不断的疾驰中的车流,林温没了安全感,犹豫着想换周礼开车。

周礼忽然说:"进前面的服务区。"

林温紧盯着路况问:"你要上厕所?"

"买点儿吃的。"

林温绕进服务区,周礼带她下车,找到便利店。

林温不知道他要买什么,问他他也不说,周礼搂着她肩膀,走过一排排货架,拿了一听罐装咖啡。林温以为这就买完了,顺便跟他说:"待会儿还是你开车吧。"

周礼没应声,他走到另一边,拿了一个小瓶装的白酒。

林温奇怪,问:"你要买酒?"

周礼揉了下她的脑袋,拉着她去收银台结账,付完钱,周礼拧开白酒,当着林温的面喝了一口。

林温愣了愣,周礼这才开口:"你刚才说什么?"

林温指着他刚开封的酒瓶,憋得说不出话,周礼带着浅笑,掰开易拉环,把咖啡递到林温嘴边,哄着她说:"喝点儿咖啡提提神,待会儿全靠你了。"

见到收银柜上摆着跳跳糖,周礼又买了一包,拆开给林温,说道:"双倍提神。"

周礼直接断了林温的后路,林温赶鸭子上架,只能豁出去了。

车里暖气足,林温穿着高领毛衣,热得有些昏昏沉沉。她把暖气调小,看了眼时间。现在她已经开了一个多小时,赶到江西估计得过了十二点,路上整整五个钟头,不知道她能不能坚持。

导航提示前方有服务区,林温想了想,打开转向灯,将车开了进去。

周礼出发早,他已经开出将近两个小时,晚饭没吃,水喝得只剩半瓶,他倒是不太饿,只是有些疲惫。

周礼拧了拧眉心,点开手机,拨通林温的电话。

林温电话接得快:"喂?"

周礼听见背景音杂乱,他问:"你在外面?"

"嗯,我出来买点儿东西。"林温听出他那头很安静,她问,"你在干什么?你那里好静。"

周礼说:"我在卧室。"

林温在服务区的便利店买了一灌咖啡,没找到跳跳糖,她买了一包话梅,酸酸的,也能双倍提神。林温不想告诉周礼她正在去见他的路上,黑灯瞎火,五个小时的车程,周礼一定会皱紧眉头,疾言厉色地让她立刻掉头。

前面碰上堵车,周礼停下,翻了翻旁边,只找到一小块蛋糕,这是爷爷奶奶搁他车上的。他拆开吃了一口,一股廉价的糖精味。周礼皱了皱眉,想着见完林温后回江西,他得把剩下的小蛋糕搜出来。

他不想告诉林温他现在正去找她,耗费五个小时,顶多见那么一会儿,林温知道了一定不让他这么折腾。

手机开着扩音,周礼不想半路打瞌睡,他道:"陪我聊会儿天。"

"哦,"林温问,"你在吃东西吗?"

"嗯,在吃小蛋糕。"

"你没吃晚饭?"

"待会儿吃。"

"怎么吃得这么晚?"林温走出便利店,回到自己车上。

周礼胡诌:"他们菜还没做完。"那端背景突然变安静,周礼问,"这么快到家了?"

"啊……是啊。"林温继续演戏。

林温需要导航,打电话的时候导航没声音提示,影响倒是不大,但必定没有带声音方便。林温不想拒绝周礼,她开出服务区,继续陪周礼聊天。

"高老师带来了一只甲鱼,我不敢杀,是我爸杀的。"

"你还做了什么菜?"

"爆炒鳝鱼丝,椒盐皮皮虾。"

"你不是说你不会做海鲜?"

"简单的还是会的。"

"鳝鱼是你杀的吗?"

"也是我爸。"

"难怪你在宜清的时候没做过这些菜。"

"你帮我杀鳝鱼,我给你做。"

"阿姨的工资是不是该减了？"

林温柔声道："你照顾一下女士啊。"

周礼听着她的声音，眉眼不自觉地温柔，堵车也不再烦躁。

前面似乎通了，周礼轻轻踩下油门，后车司机急性子，狂躁地猛按喇叭。

喇叭声音刺耳，从周礼的话筒一直传进林温耳中，林温好奇，问："你在开车吗？"

周礼说："我在看电视。"

林温这边交通还算顺畅，但有车加塞，被加塞的车车身晃了晃，他拉下车窗怒撑："你赶着投胎呢，这是高速——"

林温嫌车里闷，才打开小半车窗透气，这声怒骂就毫无阻挡地闯进了周礼的耳中。周礼皱眉，问："你在高速上？"

林温说："我在看电视。"

"……"

"……"

沉默蔓延，片刻，周礼开口："你在干什么？说实话。"

林温懊恼，说："我在开车。"

"去哪儿？"

"……江西。"

周礼："……"

过了一会儿，林温反问他："你呢，你又在干什么？"

周礼坦坦荡荡道："我在开车。"

林温咽了咽口水，不知道是话梅分泌了太多的唾液，还是因为什么。她小声问："那你是要去哪里？"

周礼说："去找你。"

林温脚一动，差点儿踩刹车。

周礼捏紧方向盘，加快了油门，冷静地问她："你现在开到哪儿了？"

林温报了自己的方位。

周礼教她："下个路口你直接下去，随便停个地方，你给我发个定位。"

"好。"林温照做，下个路口开出，停好车后她立刻把定位发给周礼。

全程五小时，他们一个人开了一多半的时间，另一个人开了一小半的时间。林温解开安全带，坐在车中，捧着手机看周礼刚刚跟她共享的位置。

时钟走过一秒，周礼就离她近一分。

最高限速一百二十迈，两边景物急速倒退，周礼开到了顶。他不由得想起林温第一次在高速路上开夜车，时速只敢控制在六十迈，不光如此，她还不敢开了。

他把林温带去便利店，给她买了咖啡和跳跳糖，他自己买了一瓶白酒，当着她的面喝了一口。林温傻呆呆的，一点儿都没看出他在装，只不过是瓶口碰了嘴巴，酒液根本没倒出。

他不可能在高速上开玩笑，林温要是真不行，他自然会跟她换，但事实证明，林温有时候确实需要被逼一逼，带一带，才敢一往无前，做她自己想做的事。

比如那回走高空索道，比如让她承认自己的感情。

下了高速，微信上的共享位置越来越近，周礼瞥了一眼，依旧将油门踩到最高限速。

林温在车里坐不住，她走了下来，把最后一口咖啡喝完，找到垃圾桶扔了罐子，她眼睛不住地望着一个方向。口腔里蔓延着浓郁的咖啡香，林温想起那晚她凭一己之力，开车到了烟花大会上，竟然没迟到，刚停好车，第一束五彩的烟花就在夜空中绽放了，周遭是此起彼伏的欢呼声。

"没迟到！"林温开心地亲了亲周礼，周礼扣着她脖子，将吻加深。

第一束烟花放完，吻同时结束，林温用手指按住周礼的嘴唇，她眼神尚未清明，但说话语气却极其笃定："你没喝酒。"

周礼低声笑，问："你才发现？"

冷风犀利，吹在脸上刀剐一般地疼，林温搓了搓手，捂住脸颊，视线依旧望着共享位置的小红点所行进的方向。

红点越来越近，寒意也逐渐退去，一辆奔驰车急停路边，林温拔足狂奔。

周礼立刻下车，剩下几十米的距离，他大步向前。远远分离了两周的红点终于重叠，林温跳到周礼身上，周礼紧紧将人抱住，低头就是急促的吻。

林温双手冰凉，周礼脖子温热，她搂得紧，周礼也不在意这点儿刺冷。

他抱着她走回奔驰车边,将她抵着车门,林温舌根发疼,周礼越吻越凶。

滚烫的唇间突然有了一丝沁凉,两人稍稍分开,仰头望向夜空。

纯白的雪花纷纷扬扬,像是黑夜里的萤火。

下雪了,周礼亲了亲她,打开车门坐进去,将人抱到腿上。

他拉下她的胳膊,将她冰冷的手塞进他的衣摆里。

林温怕冻到周礼,缩着指头不敢碰上去,周礼隔着衣服把她的手指掰开,边咬着她嘴唇,边低声问她:"怎么没穿外套?"

面对面时的声音到底比隔着话筒更好听,林温手脚冰冷,心里却燃着小火苗,她回吻着周礼,轻轻的语调中生出了几分活泼,"羽绒衣在车上。"她道。

"下车不知道穿上?"

林温老实道:"没想起来。"

"自己冷不冷都不知道?"

林温嘴硬,说:"也没那么冷啊。"

周礼隔着衣服捏起她一根手指,说:"那看来你的手已经失去知觉了。"

林温不想承认她的手之前确实有点儿僵,她转移话题道:"你不是也没穿外套,那你冷不冷?"

周礼不接茬,说:"这话不是该我问你?"

男人体温高,林温的手碰到周礼的腹部,像从北极来到赤道似的,她故意把手指全贴上去,再问一遍:"冷不冷?"

周礼低低地"嗞"了一声,冷倒也不算太冷,但到底被激了一下。

他拍了拍林温的手背,说:"皮痒了是不是?"嘴上这么说,手却捉住她的,让她更贴牢自己的腹部。

林温见真的冷到他了,又蜷缩起手指,说:"好了好了,我不冷了,你快放开。"

周礼心中柔软,将人抱得牢牢的,他拍不了林温的屁股,只能拍拍她的尾巴根子,好像她真有尾巴似的,手还揉了揉她的尾椎。周礼嘴唇蹭着她的发顶说:"再焐一焐。"

林温敏感地挺了下背,双手不自觉地更加紧贴周礼的腹部,"那我就不客气了。"她小声说。

周礼实在好笑,细细地吻着她的脸颊,手也顺势探进了她后背,林温又往前挺了一下,脊背绷紧,控制不住地摁住了周礼的腰腹。

周礼深吸口气。他的手是热的,冻不着林温,周礼用手指撩着她的脊椎骨,问她:"还冷不冷?"

早就已经回温了,林温摇摇头,说:"不冷了。"

周礼又问:"有没有跟你爸妈说什么时候回?"

林温答:"明天晚上前。"

周礼瞟了眼车上的时钟,现在是八点五十三分,去除掉林温明天从这里回去需要的两个钟头,周礼道:"还剩十九个小时。"

林温也转头看了一眼中控台。周礼垂眸,顺势抿住她的耳垂,隔衣按紧她的手,嗓音低几分地问:"要在车里?"

他贴着她的耳朵,声音极轻,林温痒得受不了,缩了一下脖子。

光听周礼的话,林温不一定懂,但结合他的眼神和动作,林温想装单纯都不行。林温摇摇头,却不推人,她搂着他的腰,呼吸节奏也渐渐紊乱。

车外雪势加大,转眼的工夫像有人在大风中倾倒一篓又一篓的棉絮,大约因为过年,路边的店都关着门,马路上只有偶尔的车来车往。

周礼把车上的灯关了,这会儿林温的安全感是黑暗带来的。

两分钟前林温还吹着冷风,冻成冰雕也不自知,两分钟后她热得神志都有点儿不清了,直到她手肘不小心撞到了车喇叭,一声刺耳的长鸣狠狠吓了她一跳。林温心惊肉跳,周礼喘着粗气抱紧她。

林温拽下他的衣服,呼吸不稳地红着脸哄他:"去酒店吧。"

平常哄人和被哄的角色,此刻调了个,周礼气笑了,用力亲她两下,替她扣好内衣,赶人道:"下去。"

林温利索地推开车门,周礼拦住她,问:"不坐我的车?"他是让她去副驾。

"我自己开。"林温很宝贝她的小汽车,不舍得让车子留宿大雪中。

周礼自然知道她珍惜车子,这车落地价格九万元出头,是林温目前为止最贵的一件私产,刚到手时,车身上但凡有点儿脏,林温都要仔细擦干净。

周礼忍不住揉揉她脑袋，抓起副驾上的黑色羽绒服，往她肩上一裹，再把衣服帽子一罩，再次赶人："去吧。"

周礼的衣服大，帽子也大，遮住了林温上半张脸，她眼前黑了黑，撩起帽檐，想说用不着，只有几十米路，几秒钟就跑到了。

但她刚张开口，周礼就把车门推开了，说："还剩十八小时五十分钟，你赶紧。"

林温无语，裹紧羽绒衣下了车，吃了一嘴的雪。

他们会合的这处地方位置偏僻，周边关门的商店都是些卖五金杂货、竹编渔具之类的，导航搜索最近的酒店，没有带星的，只有小宾馆。

他们只能多花四十几分钟去市中心，问的第一家酒店停车场在户外，林温停好车，急急忙忙下来，抱着黑色羽绒服跑向周礼。

周礼无奈地接住她，把羽绒服套上了。

进了酒店，两人才得知春节客房爆满，只剩总统套房，林温看见周礼站着没动，显然起了心思，她吓得赶紧抓住他的手，小声说："换一家，换一家！"

林温替周礼省下一大笔钱，但又多浪费了十五分钟，到了第二家酒店，终于有空余，周礼要了一间套房，林温说："有大床房啊。"

周礼没解释，进房后他争分夺秒地珍惜着剩余的时间。

后半夜，周礼把人从乱七八糟的主卧抱到了干干爽爽的次卧。

次卧只开了一盏床头灯，林温奄奄一息，周礼拧开一瓶矿泉水喂她，林温两手捧住瓶身，咕咚咕咚灌了小半。

她长发散在背后，扬起的脖颈更加纤长，周礼原本单臂枕坐在床头，看了一会儿，他凑过去，又亲了亲林温的脖子。

林温把矿泉水给他，周礼搂住她腰，把她拖过来，将她剩下的水全喝了。

林温抹了下他嘴角的水渍，这时才想起来，说："你还没吃晚饭。"

"嗯，"周礼懒洋洋道，"我懒得穿衣服。"

"……你系条浴巾就好了。"

"懒得系。"

林温无奈，说："那我穿衣服。"

"你衣服呢？"

都在地上踩脏了，床边和卫生间零零散散。

林温带了换洗衣物，她原本打算在江西待一晚的，不过衣服这会儿落在了车里。

"你不饿？"林温问。

"我待会儿泡碗面。"周礼无所谓道。

林温坐起来，周礼搂回她，问："干什么？"

"我去给你泡。"

周礼放开人，林温围好浴巾，先去烧热水。周礼在床上躺了一会儿，听见林温在外面问他："你爷爷奶奶还在江西？"

周礼答："嗯。"

"那你就这么跑出来了？"

"他们还小？"

"他们年纪大。"

"也对。"周礼道，"那我现在就回去。"

林温从善如流："那我送你下楼。"

周礼笑笑，从床上起来，走出卧室。

林温在拆泡面盒，周礼从背后圈住她，问："你就这样送我下楼？"

林温"嗯"了声。

周礼低语："那试试。"

林温将他一军："你先去开门。"

周礼干脆抱起她，说："一起去。"

"啊……"林温笑着拍打圈在她小腹前的手，"别闹了，水开了！"

周礼把人放下，压着她亲了亲。他把热水壶拿了过来，问林温："你吃不吃？"

"不吃。"

周礼一边注着热水，一边认真跟她说："放心，我爷爷奶奶这会儿乐不思蜀，那边亲戚多，会照顾好他们。"周礼说到这儿，问她，"倒是你，大晚上的跑出来，又是怎么骗你爸妈的？"

林温被一下戳穿，也没觉得太脸红，她在周礼面前已经习以为常，但多少还是有点儿讪讪的："我跟他们说我去参加高中同学聚会。"

"呵，胆子挺大。"周礼评价，"一声不响地就要一个人开长途。"

"那你胆子也不小。"林温小声，也给予他相同的评价。

"我能熬夜，你能？"

林温反驳："我熬夜也不少。"比如她从前经常凌晨出门吃夜宵。

周礼故意歪曲她的意思，说："哦，的确，你这半年是经常跟着我熬。"

林温忍不住看了眼酒店墙上的挂钟，已经一点半多了，她转身说："我是该睡了。"

周礼手快地把人捞过来，说："你越来越能耐了。"

林温笑，浴巾松松垮垮，周礼跟她抢，林温死拽着不放。

周礼最后还是去浴室拿了一条，系上了浴巾，林温最后也被香味勾馋，吃了两口泡面。周礼不够吃，又泡了一盒。

第二天醒来，酒店窗外银装素裹。去年冬天没下雪，但前年和大前年冬天的雪也有这么大，南方人应该没有不喜欢看雪的，林温扒着窗户，脸都快贴上去了。

周礼好笑，搬了桌椅过来，陪她坐在阳台落地窗边，一边吃饭，一边欣赏雪景。

雪太大，到下午的时候，市区路面都来不及清理，他们哪儿都没去，就窝在酒店上网看电视。

三点半时周礼去停车场，把林温的旅行包拎了上来。林温换着衣服，周礼跟她说："雪这么大，你开车行不行？"

林温在套毛衣，她很自信地说："当然行。"

周礼帮她把毛衣扯下来，她长发裹在了衣服里，周礼又搂出她的长发，"路上开慢点儿，大不了晚回家一会儿。"周礼叮嘱。

"你也是。"林温说，"你别担心我，你自己慢点儿。"

两人在高速路口分别，林温先上高速，周礼要往前掉转方向，去林温对面的路口。

周礼开着车，到了前面红绿灯，看见十字交叉口有一起车祸，两车的车头都撞烂了，两个像是车主模样的人站在车外，一人捂着额头，鲜血在皑皑苍茫中格外刺眼。

周礼转弯,到了他该上的那个高速路口,他一脚油门略了过去,往前一段,他再次掉头,回到林温的路口,他打了转向灯,上了高速。

不差这来回四个多小时,周礼打算看着林温到家。他也没给林温打电话,怕她会分心看后视镜找他。

雪天路滑,周礼车速不是很快,林温做事谨慎,速度更慢,周礼没多久就追上了她,但中间隔着几辆车,周礼没有加塞,只是不紧不慢地尾随。

雪花洋洋洒洒,雨刮器都快追不上它们落下的速度,周礼想起前两年冬天,雪也下得这样大。

大前年的冬天,林温大三,当时他们在初见后又聚过几次,但他们依旧"不熟",林温和异性的相处太有分寸,她永远都保持着一份适当的距离,不会显得她和他们太生疏,但他们几个男的,又没人能说一句跟她熟。

元旦前夕下起雪,汪臣潇、肖邦和任再斌三个喝了点儿酒,在路上听见有人喊救命,说某某掉进水里了。他们当时在一段户外楼梯上,楼梯往前是一个湖泊,三人满腔热血,舍己为人,不假思索地往楼下冲,刚化雪的地面结着冰,毫无意外,三人全都摔残了,两个断腿,一个差点儿断脖子,难兄难弟一道被送进医院。

后来大家才得知,喊救命的是一位年轻母亲,掉进水里的是她三岁的儿子,儿子也不是掉进湖,只不过是在踩水坑玩,年轻母亲在跟儿子玩闹,肖邦三人喝多了酒,信以为真。

袁雪在医院里唾沫横飞地教训他们:"大白天喝醉酒,你们是破产了还是失恋了,是不是有什么大病,还见义勇为,谢天谢地你们被地上的冰拦了一道,要是没拦住,你们还不得往湖里跳,我的老天,不知道的还以为你们三个大老爷们儿约好了一起殉情呢,顺便还能上个社会新闻,让你们死得其所,遗臭万年!"

三个人老实巴交,没脸反驳。

袁雪意犹未尽:"林温要不是看在你们是为了帮人才落个残废的分儿上,她也不会来医院看你们三个酒鬼!"

病床是两人间的,肖邦和汪臣潇住一间,任再斌住隔壁,中午任再斌坐着轮椅过来,周礼当时坐在靠窗的位置。

他心情颇好地往肖邦的石膏腿上签了一个名，袁雪出卖林温的时候，他抬起头，看了过去。

林温大约没想到袁雪嘴这么快，她尴尬地扯扯袁雪的衣袖。袁雪后知后觉，厚着脸皮拍拍林温，说："不用给酒鬼留面子，酒鬼就是欠！"

林温表情似乎更尴尬，周礼不动声色地扯了一下嘴角。

那个冬天，汪臣潇还没赚大钱，也不敢把受伤的事告诉父母。肖邦为了理想投身剧本杀的创作行业，被家里一顿爱的教育，同样不敢向父母汇报。至于任再斌，他父母已逝，只剩一个关系冷漠的继母。

难兄难弟境况凄惨，袁雪大小姐脾气，即使她想照顾人，手脚也不够协调。他们请了一个护工，吃喝方面却没法儿指望外人。林温给他们做了两顿饭，但她还在上学，时间有限，秉着"授人以鱼不如授人以渔"的原则，她把袁雪拐进了厨房。

周礼之所以知道得这么清楚，是因为袁雪自认没有厨艺天赋，妄图让周礼测测厨艺技能。

周礼家中是有阿姨的，但阿姨的儿子要结婚，那阵他给阿姨放了大假，听到袁雪的主意，周礼不咸不淡地给了她一句："你也跟他们三个一起摔了？"

周礼骂人不用脏话，袁雪理亏，但还是气得跳脚，当着周礼的面向林温一顿吐槽。

林温好脾气，息事宁人说："我来我来。"

于是林温重掌下厨大旗，但她把买菜任务交给了袁雪，做饭的时候也需要袁雪打下手，潜移默化间，袁雪在那三个月里慢慢学会了做菜，林温还教她："等汪臣潇出院了，你也让他有空的时候买菜，节假日帮你打个下手。"

袁雪醍醐灌顶，而周礼之所以又知道得这么清楚，是因为某一天袁雪做饭，汪臣潇嘀咕了一句"味道怎么不太一样"，被袁雪噼里啪啦一顿训，让他出院后跟着她买菜做饭，又一次将林温出卖了。

周礼看了大半个月的笑话，没多久他发高烧，也没精神再看人笑话了。

那几个月他一直忙，缺少睡眠，免疫力下降，头重脚轻浑身酸疼，中午打完点滴，他去肖邦的病房躺了一会儿，林温正好送菜来，顺便给他盛了一碗汤。

周礼喝完汤，拿着空碗还去隔壁病房，隔壁病房里，林温低头削苹果，任再斌拍拍床说："你坐上来。"

林温摇头，说："不要。"

任再斌拉她手，说："上来。"

周礼走了进去，把空碗放下，林温抽回自己的手。

后来他又挂了两天点滴，没在饭点儿过去。

车速降了下来，前面似乎遇上堵车，周礼按下窗户，探头望向前方，风卷着雪花汹涌扑来，周礼把窗户关回，毛衣上沾到的雪迅速融化成了水珠。

周礼掸了掸。

前年下雪的时候，林温大四。那天袁雪过生日，约在KTV，林温期末课业紧张，来得迟了。那一回大家都喝得酩酊大醉，他也醉了，半合着眼靠在沙发上，迷蒙中看到林温坐在那里温书，他酒意翻涌上来，林温放下书本，给他拿来一个薯片袋子。冬阴功味让他更加反胃，他呕了出来，推开林温的脸，省得她看见。后来听了林温的，他们把袁雪和汪臣潇送了回去，没管肖邦和任再斌。

送完那两人，林温准备自己坐车回学校，她问他："你一个人行吗？"

他反问她："那两个就真不管了？"

"你能管？"

他一笑，说："不能。"他第一次扯住林温的胳膊，把她塞进他的车里。

刚松开手，一片雪花落在他的手背上，瞬间温成了水珠。

那天晚上，初雪来临。他送林温回学校，代驾司机在前面开车，路程远，一会儿工夫雪就下大了，半路上见到有人摔在人行道上，林温杞人忧天："任再斌跟肖邦不会跑出包厢吧？"

周礼一下想到上一年，问："怕他们再摔残？"

林温那话没头没尾，大约没想到他能跟她想到一处，闻言她不由得愣了一下，然后才"嗯"了一声。

周礼给KTV打了一通电话，让他们把人看紧，反锁包厢门也没关系。

林温抿嘴笑笑，周礼收起手机。他醉意还在，但神志基本已经清醒，他跟林温有一句没一句地聊了一路。到了学校，车停在校门口，林温道谢下车，关上车门刚走没几步，有辆电瓶车车轮打滑，连人带车朝林温撞了过来。

周礼下车已经来不及，林温被撞倒，手脚没受什么伤，她后脑勺儿着地，被他扶起的时候反应迟钝。

周礼立刻把人送去医院，医生检查后说她脑震荡，先留院观察一晚。

周礼陪护不合适，他给她请了一个护工，第二天清早，他让阿姨做了点儿吃的。到了医院，他站在病房门口，看见任再斌坐在林温的床头。

林温捧着书本说："期末考不及格怎么办？"

任再斌说："不会的。"

"我摔了头。"

"我给你抽题。"任再斌拿走她的书，翻了几页，报题目给她。

周礼不由得想起那年在火车上，他教过她数学题，只是还剩一题没教，他说他去下洗手间，回来就教她，可惜等他回来，她人已经跑了。

以前周礼其实没太多具体的想法，他会多留意林温，他觉得大约只是因为林温是"故人"。但那一天，他拎着食盒站在病房外，突然意识到，七八年的距离太远了，如今隔着一道门，也太远了。他敲了敲门，还是跨了进去，打断了沉浸在学习中的两人。放下食盒，他坐到一边，随手翻了翻林温的课本。而任再斌履行着男友的义务，负责帮林温盛汤。

高速上的车流彻底停滞不前，风雪依旧，时间却似乎在这段路上暂停了。

周礼握住方向盘，吐出口气，他拨通林温的电话。

"喂？"

周礼问："我们之前多久没见？"

"啊？"林温不解地回答，"两个礼拜。"

"其实本来不用这么长，头两天你爸妈去宜清，你被迫回家住，后来你家亲戚过世，你去北阳市奔丧，再是我爷爷奶奶要去江西走亲戚……"周礼边说，边打开车门走了下来。

前后排成长龙，队伍望不到尽头，不少人下车查看情况。

林温的心思不在路况上，她听着电话那端的男人继续说："你出差只要四天，如果只是分开四天，你也不用大晚上的开夜车。你跟我同居没必要瞒着你爸妈,你家亲戚过世,我也能陪你去,我去江西,也能带上你,我们用不着隔开这么远的距离,也不用分开这么长的时间。这一切只要有个名头。"

林温听得愣神,忽然有人敲了敲她的车窗玻璃,她转过头,望向车窗外。

车窗降下,林温听见两道声音,一道来自她耳边,一道来自车外。是她熟悉的深沉嗓音,它们重叠在一起。周礼站在茫茫风雪中,低头望着车内的人,淡然地说道:"我们结婚,这些都会名正言顺。"

"我们结婚,这些都会名正言顺。"

车窗拉下的瞬间,各种杂音灌进来,但林温只听见了这一句。

高速上车辆密集,雪地上行走的人陆续增多,林温第一次碰到这样大型的堵车,她再想了解情况,也谨记着要遵守交规,不能随意在高速下车,即使她边上就是停车带。但这一刻,林温忘记了所有的法条法规,她被蛊惑着推开车门,白色的球鞋踩进已经积起雪的地面。风霜雨雪肆意张狂,林温睫毛上挂住了一瓣雪花,透过雪花,她仰视着面前的男人。

周礼的头发上和衣服上沾了不少雪,脸被寒风吹得紧绷,他气质本来就偏冷淡,风雪中的他更像一尊冰塑,只是他所有的温度都汇聚在了他的双眸中。

他目光灼灼地逼视着她。林温踮起脚,掸了掸周礼的头发和肩膀,用看似镇定的动作掩盖她的激荡紧张和手足无措。

周礼垂着眸,一动不动地由着林温,等了一会儿才低声提醒:"嗯?"

风大,四周又全是车主们问询说话的声音,他这一个音节混在当中,实在很容易让人忽视,却偏偏轻易地侵入了林温的耳中。

这种时候大约应该矜持,但林温身不由己,她感觉对面的人或许能听见她胸腔中激烈的跳动声,她声音干巴巴的,甚至带上了两分结巴:"好啊。"

好啊……

这一声,风听见了,雪听见了,周礼挑起林温脖颈上的红绳。

新换的圆领针织衫底下,是静看世间的佛祖。他们都不是迷信的人,却几次都不由自主。佛祖也听见了。

周礼喉结滚动,低语道:"那你记住了。"

林温紧张地捏紧藏在袖子里的手指,声音涩涩的:"你也记住。"

两人相视着,周礼脖颈绷出了线条,他低头,在林温唇上盖上一枚印。

林温再也忍不住,顾不上身处的环境,她深吸口气,踮脚勾住周礼的脖子,周礼也没控制住力气,他掐紧林温的腰,把她提离了地面,抵在车门上。

所有的淡定荡然无存,他们胸腔贴合,即使隔着厚实的冬衣,依旧能感受彼此放纵的心跳。大雪纷飞,烈火却燎天炽地。

"还要堵多久?"

"谁知道啊,这鬼天气!"

"走到服务区得一个小时。"

"疯了吧,你要走过去?"

"这里没地方上厕所啊!"

"我几年前在大西北碰上过堵了三天三夜的!"

司机们议论纷纷,不知是谁突然喊了一声:"动了动了,车子动了,大家赶紧上车!"

林温双脚重新落地,她气喘吁吁,周礼狠狠亲她两口,用力捧了一下她的脸颊,言简意赅地叮嘱说:"我在你后面第二车。"

"嗯!"林温点头,又踮脚亲了亲他的下巴。

周礼向后走,林温打开车门,目光追随。

上了车,林温调整呼吸,捏紧方向盘。发动机一直没关,车内暖意融融,她轻轻踩下油门,跟着前车行进。但车轮仅仅滚了一圈,队伍又不动了。降下车窗的司机们都往队伍前面看,只有林温背道而驰,她降下车窗,拼命探向后头。

第二车的车窗也降下来了,周礼摆摆手,大声说:"脑袋给我缩回去!"

林温听话地缩回了脑袋,忍了没半分钟,她又小探出头。

谁知周礼一直盯着她,看见她露出半张脸,周礼立刻警告:"温温!"

没有连名带姓,毫无威慑力,林温说:"你脑袋给我缩回去!"

周礼轻飘飘地回她:"待会儿收拾你!"

第一车的车窗终于没忍住,也降了下来,一个光头大叔笑呵呵道:"我这车停得不是地方啊,早知道你们是一块儿的,我就让边上去了!"又回头对周礼说，"我说小帅哥，你之前也不知道超个车！"

林温尴尬，猛缩回车内，周礼笑了笑，冲光头大叔抬了下手，算是打招呼。

车队静止不动，林温等了又等。最初堵车时她其实并不着急，想着前面迟早能通，没必要因为耽误一点儿时间而影响自己的情绪。

但现在她却心急如焚，坐立不安。

后面的周礼尽量耐着性子，他看了眼时间，摸出一根烟衔着，牙齿有一下没一下地磕一下烟嘴，但他没点火。过了一会儿他拿下烟，又降下车窗往前面看，前面队伍不动，那辆小车上也没再探出头。

周礼再次衔住烟，胳膊支在窗框上，吹着寒风冷却一下自己。他双脚慢慢地敲打车垫，五分钟过去了，十分钟过去了，天色渐渐昏暗，收音机里在播报着交通状况，这一带的交通已经瘫痪，交警部门正紧急启动应急预案，高速沿线的县政府和镇政府都在配合着交警部门的协调，路政和消防都出动了。周礼扔了烟，碰上车门，大步向前。

司机们又开始在高速上走动，林温在车内看见，掰开门把手正欲下去，就见一道高大身影挡住了窗外的微光。周礼叩了一下车窗，疾步绕过车前，走到了副驾。林温解开锁，扑到副驾想为他开门，但是周礼速度更快。

周礼打开车门，扣住林温后脖颈，先用力亲她几口，林温抓着他的手说："你快进来。"

周礼坐进车中，才走几步路，他肩头又是一层薄雪，林温替他抹雪，周礼捧着她的脸继续亲。总算发泄了一会儿，周礼抱着人，慢慢平复自己。林温在他颈间蹭了蹭，终于问起他："你怎么上了这条高速？"

周礼说："不放心你。"

林温咬着唇，又问："那你怎么没告诉我？"

"告诉你？"周礼捏了捏她脸蛋，"让你把脑袋钻出窗户？"

"我会这么没分寸？"

"刚才是谁探头探脑的？"

"车子不是停着嘛。"

"我怕冻坏你脑子。"

林温说:"那你脑子很扛冻啊?"

周礼笑着,忍不住又亲了亲她的嘴,说:"你现在是真能说。"

林温柔柔道:"近墨者黑吧。"

周礼拍她屁股,说:"行了你。"

林温挪挪屁股,嘴角浅浅上扬了一下,说:"现在好了,被困在了高速,我们谁都走不成了。"

周礼哪壶不开提哪壶,说:"我倒无所谓,你这回打算怎么跟你爸妈编?"

林温懊恼地看了眼时间。他们出发的时候是三点五十分,开了四十多分钟的车上了高速,刚过收费站没多久就堵上了,现在已经五点二十几分,天都黑了。

不知道交通什么时候能恢复,林温酝酿了一下,坐直身体,给母亲打了一通电话。她这回编的理由是高中同学留她再玩一天,市里新开了一个滑雪场,同学们准备去滑雪。

周礼抱着胳膊,斜坐着似笑非笑,林温轻轻地瞪他一眼,最后对电话那头的父母说:"嗯嗯,不会玩疯的,不知道明天几点钟回去,我们这边结束了我就给你打电话。"

周礼无声夸她:"影后。"

林温拍了他一下,周礼顺势捉住她的小手。

周礼也给爷爷奶奶打了通电话,他不用藏着掖着,直言他跟林温被困在了高速上,不知道什么时候能回江西。

周礼爷爷奶奶这才知道他所谓的"有点儿事"是去找林温,二老眉开眼笑,体贴道:"不着急,不着急,你过完春节再来接我们也没事,我跟你奶奶在这儿好着呢,你不用担心我们,多陪陪温温。"

解除了后顾之忧,接下来就等通车。

两个人在车里等到六点半多,队伍依旧一动不动。车里突然响起警报声,林温愣了一下。周礼皱眉说:"是胎压警报,你坐着别动。"

周礼检查了一下前后几个车胎,回到车上后说:"轮胎没怎么瘪。"

林温不懂这个,问:"那车子还能开吗?"

"短时间能开一会儿。"

周礼看向林温。林温今天穿的针织衫有点儿薄,脖子也都是空的,周礼把后座的白色羽绒衣拎了过来,让林温穿上,他道:"不知道车会堵多久,发动机也不能一直开着。"

林温穿上外套,周礼把空调和发动机关了。

林温问他:"你饿不饿?"

周礼没答:"你饿了?"

林温摇头:"我不饿,你车上是不是没吃的?"

"嗯。"

林温翻出昨天晚上吃剩的话梅,说:"我只有这个。"

周礼不嫌弃,打开罐头吃了一个,酸酸甜甜的,周礼把盖子重新拧上,瞥了眼林温,说道:"这玩意儿开胃。"

"啊……"林温说,"那怎么办?"

周礼说:"躺一会儿,少消耗点儿体力。"

周礼拢了拢外套,抱着胳膊闭目养神,林温车里有股淡淡的清香,温柔怡人,像能催眠,他不一会儿就真睡了过去。

林温睡不着,侧躺着看着周礼。

她耳朵像是有了幻听,总听见一句"我们结婚,这些都会名正言顺"。

心跳过快,林温捂住胸口深呼吸,另一只手勾了勾周礼的羽绒衣口袋。

时间慢慢游走,八点多的时候林温看见前车有人拆了电瓶,应该是没电了。她把羽绒衣拉链拉到顶,双手老实地塞进了衣服口袋。

前面有几人聚在一块儿,林温好奇张望,隐约看见他们手上拿着食物。林温身体前倾,又仔细观察了一会儿,然后看了眼熟睡中的周礼,她打开车门,轻手轻脚走了下去。

才几个小时,地面积雪已经没过了林温的球鞋底,林温戴上羽绒衣帽子,低头看了眼印在雪地上的脚印,快步跑向前。

那几人果然拿着吃的,林温冷得缩肩,大声问道:"请问,这些吃的能卖吗?"

人群闹哄哄的,当中一个中年男人说:"卖啊,这些就是卖的,剩下的不多了,你看看你要什么!"

中年男人食物带得多，乘机挣点儿小钱，一会儿工夫就基本卖光了，林温挑拣了一下，除了糖果薯片，就剩一样别人嫌价格太贵的。原价三四十元的自热火锅，中年男人要价八十，林温想都没想就要了，另外又买了一包软糖，薯片被别人买走了。

中年男人存货清空，林温抱着火锅问："你还有没有矿泉水？"

"有，也就能卖你一瓶！"中年男人拿出一瓶康师傅矿泉水，要价十元。

林温车上有一瓶矿泉水，另外买水是为了煮火锅。她回到车边，把火锅拆开，一半盒子放到车前盖，她拿着另一半，蹲地上往里面舀雪。

周礼睡得昏昏沉沉，车窗留了个缝透气，车边偶尔有人走过，动静轻易传进车里。周礼被吵醒，他闭着眼没马上睁开，但意识已经回笼，他感觉到身边位置空了。周礼皱眉睁眼，还没来得及看边上，忽然注意到车前有道熟悉的身影。视线尚未恢复清晰，那道身影又忽然消失了。周礼彻底清醒，他打开车门，绕到车头一看，林温正蹲在地上。

"你干什么呢？"他轻咳了一下，声音沙哑。

林温抬头，外套帽子往后坠，她白色羽绒衣着地，嘴巴半掩在领口中，手心里是一捧白雪，"你醒了？我跟人家买了盒自热火锅，你待会儿就能吃了。"她愉悦道。

周礼愣了愣，他看了眼她的手，弯腰拉她起身，说："我来。"

"已经好了。"林温把雪倒进盒中。

两人重新回到车上，周礼发动车子，把暖空调打开。

林温说："刚才有人拆电瓶了，我们还是别开了。"

"大不了把你的车子留在高速。"

林温："……"

周礼笑笑，抓过她泛红冰凉的手，使劲裹了裹，说她："你不能拿盒子直接舀？"

"舀不好，我试过了。"

"那就用盖子舀。"

"多脏。"林温说，"盖子会接触到食物。"

周礼这次说不过她,只能替她暖手。他又把林温的手塞进他衣服里,林温不肯,这回她的手太冰了。

周礼哪管她,二话不说就把她的手往他小腹一贴,说:"老实点儿!"

林温无奈,说:"你最好别感冒。"

"你顾好自己。"

林温的手不再僵硬,盒子里的雪也渐渐融化成了水,两人把火锅煮上,林温吃了一颗糖。火锅开了,周礼让她先吃,林温摇头,说:"我不饿,你吃吧。"

火锅就这一小盒,周礼的食量有多大,林温很清楚。周礼没废话,夹起一片牛肉喂她,林温只能吃了。两人一边分吃着火锅,一边听着车上的交通广播,做好了最坏的打算,今天大概率得在高速上过一夜。

吃完火锅,林温把发动机关了,周礼去外面方便了一下,回来后让她去后座。

到了后座,周礼打开他的黑色羽绒衣,抱着林温,将她罩进去。

"你睡会儿,我看着。"万一队伍动了,他们能及时跟上。

"嗯。"林温蜷缩进周礼怀里。林温没那么快睡着,躺了一会儿她口渴,但她又不敢喝水,只能捧着矿泉水润润嘴唇。

周礼说:"怕什么,你往地上一蹲,我替你挡着。"

林温拿瓶子遮住他的嘴,说:"你闭嘴!"

周礼笑了笑,重新将她抱好。

林温渐渐睡着,周礼拿出手机,一会儿搜索,一会儿记录,看手机看累了,他就看一眼林温,见林温嘴唇有点儿干,他低头替她舔舔。

车上冷,但周礼体温高,林温贴着他睡,最后竟然被热醒。林温掀开眼皮,天空还是一片漆黑,高速上车灯也熄了不少,她含含糊糊地问:"几点了?"

周礼点了下手机,说:"十一点了,你接着睡。"

手机屏幕光线有些刺眼,林温闭了闭眼,重新看向记着许多字的屏幕。

林温半睡半醒,也不忘好奇,问:"你在写什么东西,工作吗?"

"不是。"周礼亲了亲她的额头,说道,"我刚查过皇历,挑了几个好日子。"

他是不迷信,但他得尊重两边的长辈。

"顺便看了下你们镇上的酒店,你们镇上就一家五星级的。"

宜清市的酒店他了解，刚才他发了几条微信，已经问过酒店方的朋友。

"我年后工作比较忙，得把时间重新排一下。"

他也告知了他的助理，年后的行程需要再协调。

周礼做事雷厉风行，计划也都有条不紊，秉持着高效率高回报，他拍拍林温屁股说："你在这几个里面挑个日子，看着请假，我们抓紧把事办了。"

林温："……"

这下她彻底惊醒了。

手机记录内容详尽，开头拟定的是宾客名单。

周礼原本的微信好友就已经多达1607个人，按照时常有联系的八成人数计算，那就有将近1300人，这部分人当然不会全请来婚宴，小部分是必须邀请的亲友，大部分是备注下来的人情往来，泛指那种彼此没交好到需要出席对方的喜宴，但红包或者伴手礼却不能落下的关系。

林温看到酒席数量和伴手礼数量，张了张嘴，问："这么多？！"

周礼挑着她一缕发尾，说道："还没算上你那边的，你家大概请几桌？"

"……"

林温原本就已经睡得有些发热，这下更觉得热，她松了一下身上的羽绒衣，当作没听见周礼的问题，滑了一下备忘录，继续往下看。

下面就是所谓的黄道吉日了。第一排择出的日期是三月六日、三月十三日、三月十九日。林温呆呆地看着近在下个月的日期，问道："三月？"

"这三个都是好日子。"周礼指了指十三和十九，"不过这两个最好，宜嫁娶、纳彩、入宅，几样都全。"

林温往下滑，接下来的好日子是四月三日和四月九日。

周礼说："这两个也不错，都宜嫁娶，不过相比之下还是三月十三和十九更好。"

林温没听他的，继续滑下去，日期来到了五月。

周礼说："五月好日子多，月初就有三天宜嫁娶，你可以从三月或者五月当中挑一个。"

林温舒口气，知道周礼不是疯了，非要敲定下个月。

下面还有,到了六月,只有六月十二日一天。

林温好奇,问:"六月只有一个好日子吗?"

周礼解释:"每个月的黄道吉日都不只这几个,我挑出的是逢双休的,六月的有三个,四号、十二号,还有一个二十六号,长辈要是不忌讳谐音的话,四号也行。"

"……那二十六号为什么要排除?"

周礼揉揉她脑袋,说:"你例假日期都在下旬,想受罪?所有的下旬我都排除了。"

"……"这点林温没想到,她冷静地继续滑,再往下的内容是酒店信息,婚宴必须提前预订,周礼果然连夜问了他酒店方的朋友关于婚宴排期的事宜,问了两家,都是宜清的。

"你们镇上的到时候再去联系。"按照这里的风俗,男女方都得宴请亲朋。

林温:"……"

接下去就没有日期了。林温挪回时间的问题:"你皇历就查到了六月份?"

"七八月不合适,你哥的忌日在这当中,剩下几个月都是下半年,你不嫌晚?"

"……"不嫌。

林温忍着没说出口,又听周礼催她:"挑一个吧。"

林温提起口气,一把握住周礼的手,十分诚恳地说:"你冷静点儿啊!"

"嗯?"周礼垂眸瞟了眼握住他的手,问道,"冷静什么?"

"我们还在高速上!"

"我知道,所以呢?"

"我还没跟我爸妈说过……"

"这事又没的变,早说晚说都一样。"周礼抬起另一只手,拍拍她的手说,"我们先把工作都做好了,省得你爸妈操心累着。"

"这种就算累,也是累并快乐着吧,他们不会嫌的。"

"那你来享受这份快乐不是更好。"

林温哑口无言。周礼一笑,拎了拎羽绒衣领口,替林温裹严了,逗她道:"你要是真着急,现在就给你爸妈打个电话,跟他们说一声。"

"着急的好像是你!"

"错了。"周礼澄清,"我这不叫着急,我只是没拖延症。"

林温嘟囔:"你岂止是没拖延症……"

周礼故意把手机递给她,问:"打不打?"

林温无言以对,闭眼钻进他怀里说:"我再睡一会儿。"

周礼好笑地把她挖出来,说:"反正都睡不着了,别浪费时间。"

林温死活不抬头:"反正你都这么节省时间了,就让我浪费一点吧!"

两个人一个躲,一个挖,闹腾了好一会儿,过了凌晨一点半,车队终于有了动静。高速全面封闭,警车开路,强行引导所有的小车先下高速,大车继续滞留。

暴雪持续下着,车门一开,雪花往车内灌。两人走出后座,周礼把他的车钥匙给林温,说:"你去开我的车。"

林温车子的轮胎有问题,周礼不放心。林温清楚周礼的驾驶经验远比她丰富,她没法儿在高速上拖拖拉拉耽误时间,只能叮嘱他:"你一定要开慢一点儿!"

周礼笑了下,道:"放心,想快也快不起来!"

林温上了周礼的车,果然像周礼所说,车队的速度根本快不起来。一溜儿车子跟随警车,速度像是蜗牛爬,两人手机持续通着话,夹在他们中间的那位光头大叔觑准机会,往旁边挪出位置,挪的时候还不忘按了按车喇叭示意。

周礼看了眼后视镜,也回对方一声车喇叭,林温在手机里听到声音,问他:"你按喇叭干什么?"

周礼说:"向你前面那位大哥道谢。"

"哦。"林温一听,也跟着按了一下喇叭,但这时光头大哥已经挪到了另一边,她这一声喇叭只能给了周礼。

周礼扬唇,觉得林温跟现在的车速有一拼,都是蜗牛。

车队终于慢吞吞地出了收费站,周礼打了转向灯,提醒林温。

林温问:"干吗?"

周礼说:"带你上厕所。"

收费站边上有生活区,林温从来都不知道这个,她跟着周礼一路进去,生活区的闸门敞开着,里面有几栋看上去崭新的建筑,三更半夜,空地上停着不少车,有人上上下下,看样子都是路过的。

林温下了车,周礼走近,替她戴好帽子,拢了一下她的领口,顺着脚印多的方向走去。

两人进入大楼,楼里来来往往不少人,林温一眼就看见了厕所的标志,她指了一下。两人走到一半,前方冲来一个小女孩儿,对方来不及刹车,一头撞进了林温的怀里。

冲击力挺大,林温搂着小女孩儿倒退一步,周礼立刻扶住林温后背。

又有一个看起来十四五岁的男生跑了过来,嘴里喊着:"妹妹!"

小女孩儿从林温怀里出来,先道歉:"对不起姐姐!"又回头叫男生,"哥哥!"

周礼看着这两个孩子的模样,挑了一下眉,望向前方楼道,没两秒,拐弯处匆匆赶来一男一女,女的斥责:"覃学凯、覃学依,你们又皮痒了是不是!"

男的说道:"你们俩慢点儿,小心摔跤!"

周礼笑了下,隔着帽子,摸摸林温的脑袋说:"叫人。"

"啊?"林温莫名其妙。

一男一女走近,男的长相器宇轩昂,看起来四十多岁,女的清秀漂亮,看模样只有三十来岁。林温看着女的,觉得格外面熟,女的大叫一声:"哎呀!"指着林温喊,"温温!"

林温一愣,将面前保养得宜的女人和九年半以前的人重叠到一起,她有些不敢置信,道:"姜慧阿姨!"

姜慧惊喜道:"我的天哪,你跟小时候一模一样,根本没变哪!"说着她扯了下身旁的丈夫,"这就是温温,你还记不记得?"

"记得记得!"姜慧丈夫无奈,笑着看向林温,跟她打招呼,"好多年没见了,我们当年在火车站见到过。"

林温还在震惊中,如同九年半前一般,她礼貌地叫人:"叔叔好!"

周礼在旁边皱了皱眉,姜慧丈夫笑了笑,对周礼道:"怎么这么巧,在这儿碰上你。"

周礼说:"我刚从外地回来,你们呢?"

姜慧丈夫道："走亲戚回来，谁知道碰上这天气，在高速上堵到现在。"

周礼和姜慧丈夫是远亲，姜慧早半年前就已经得知了这事，只是不知道林温怎么会跟周礼一起。姜慧继续惊奇，道："你们俩怎么会在一起啊。哎哟，我说原来你们这几年一直都有联络哪？"

姜慧丈夫其实也并不了解，只是他向来稳重，不像妻子一惊一乍的。

林温睁着双圆溜溜的大眼睛朝周礼看，周礼把她帽子扯下来，撸撸她后脑勺儿说："去跟姜慧姐聊一会儿，我跟大哥说点儿事。"

林温点点头，跟着惊讶的姜慧走到了一边。

姜慧抓着林温的胳膊，不住地上下打量，又瞟向前面不远处的男人，眼中满是震惊和八卦。

林温挠挠脸颊，看了眼边上的两个孩子，问姜慧："这是大宝和二宝吗？"

姜慧总算回神，笑眯眯地扯过孩子，说："没错没错，是不是不敢相信，大宝都长这么大了，还有我家这老二，当年还在我肚子里呢！"

林温猛点头。

大宝今年十五岁，长成了一个清秀小少年，自闭症并没有治愈，但他已经知礼守礼，会听姜慧的话，管林温叫一声"姐姐"。

二宝今年八岁，是个机灵漂亮的小姑娘，蹦蹦跳跳停不下来。

"岁月如梭"这个词在这两个孩子的身上体现得淋漓尽致。

"真是太不可思议了，谁能想到这一眨眼都快十年了，你都二十多岁，参加工作了。那个小周，我那会儿还以为他得有二十七八岁，谁想得到他那个时候才十八九啊！"姜慧不住地感慨，又问林温，"我下火车后你们俩怎么样啊，是不是一直在联系？你们俩什么时候在一起的啊，这些年过得好不好？"

故人在深夜重逢，很快又在暴雪中分别，林温是带着姜慧一连串的问题回到车上的，他们不同路，姜慧一家要连夜赶回宜清，林温的车子不能开太久，需要先找修车行。

凌晨两点半，过道两边并没有开门的车行，两人一路向前，到了镇上，依旧找不到一家开门的。

胎压持续报警，不能再开了，只能先找地方住下，结果全镇酒店几乎都关门了,订房软件上没有一家可住人的,他们沿街寻找,最终只找到一家开设在小区内部、环境脏乱差的宾馆。

前台在小区外的店面房,周礼办好入住手续,带着林温进入小区,找到一栋单元楼,上了二楼,东面尽头就是他们的房间。

两人简单洗漱了一下,周礼把他的羽绒外套铺到床上,林温跟他一道躺下,先盖自己的羽绒衣,再往上盖宾馆的被子。

房间面积很大,空调制热效果十分差,没有空房间能换,时间也太晚了,不想再折腾,林温怕冷,她往周礼怀中缩。

周礼搂着她,替她掖了掖被子。"要不去车上睡?"周礼说。

林温打了个哈欠,道:"我没那么娇气。"

周礼拍拍她的背。

林温揪着他的衣领道:"姜慧阿姨她……"

周礼打断道:"你要么叫她名字,要么管她叫姐姐。"

林温一想,确实不能乱了辈分,她叫周礼:"周叔叔……"

周礼撩起她衣摆警告:"今晚不想睡了?"

林温闭上嘴,过了一会儿才继续道:"姜慧姐跟九年前一样,一点儿都没变。"

"日子过得好,人就老得慢。"

"你堂哥看上去人很好。"

"他确实不错,很顾家,责任心强。"周礼撩开林温的碎发,"不然你以为我会把他介绍进覃氏吗?"就因为他足够优秀,才能让覃茳尤一败涂地。

林温想了想,问道:"你说今天,像不像是九年前?"

周礼垂眸,看向怀里的人。林温轻声道:"九年前我们遇见暴雨,上不了飞机,今天我们遇见暴雪,又被迫下了高速。"

周礼也轻声回应:"嗯……"

窗外大雪纷飞,时间像是奇妙的轮回,困意来袭,林温合上眼,脑中迷迷糊糊回闪着姜慧那一连串的问题。

"我下火车后你们俩怎么样啊,是不是一直在联系?你们俩什么时候在一起的啊,这些年过得好不好?"

她曾经问过周礼，假如她当年没跳下火车，他们会怎么样。

周礼说他们也许没可能。

林温也想，假如时间真的倒退回那一天，她依旧会跳下火车的，她的叛逆心远压不倒她对父母的责任和爱。

但要是那时，周礼回到了江洲镇呢？

日历翻回，春去冬来，光影交叠，时间停在火车驶离的那一刻。

林温弯腰扶膝，追赶得气喘吁吁，周礼站在车厢内，直到看不见林温的影子，他才坐回自己的位置，捡起林温掉落在地上的一张纸。

计时重新开始——

林温离开火车站，拖着行李，垂头丧气回到家中。林母突然见到她，惊道："不是说没有航班，要晚两天吗，怎么今天就回来了，你也不跟我说一声？"

林温路上已经想好借口，她嗫嚅道："我打听到可以坐火车，坐了一天一夜回来的，怕你和爸爸担心，所以我没提前说。"

"你这孩子！"林母焦急，"路上要是出点儿事怎么办，你这样我和你爸就不担心了？！"

林母一顿训斥和心疼，林温乖乖受着，林母最后抱着她说："以后可不能这样！"

林温点头答："嗯。"

林母疼惜地摸摸她的脸，说："快去洗个澡，妈妈给你做吃的，你想吃什么？"

林温不饿，但她还是说："想喝点儿粥。"

林母笑着说："哎，你洗完澡就能吃。"

林温不见父亲在家，问道："爸爸呢？"

"你爸啊，"林母说，"你爸去市里了，明天下午回来。"

林父已经退休，但他教育这块认识的朋友多，亲戚的孩子上学方面出了点儿问题，林父去南林市找老朋友帮忙了。

江洲站的下一站是南林站，半小时后火车再停，周礼将捡起的那张纸扔了，随意在这站下了车。他觉得那"小影后"有一点儿说得很对，他得自己挣钱吃饭。

当晚周礼在酒店将络腮胡剃了，第二天来到南林市一所初中的门口。有人坐在地上，面前摆了一块手写的纸板，上面写着凄惨的身世，周礼扫了一眼，进校门口的打印店印了几份求职家教的信息。

初中校门口，一个卑躬屈膝卖惨，一个不卑不亢向来往家长分发自己的简历，卖惨的赚得盆满钵满，求职者顶着烈日，后背衣服渐渐汗湿。

周礼近期身体不适，站了大半天嘴唇渐渐发白，这一个多月他暴瘦了十斤，穿着一身做旧款式的衣服，整个人看起来消瘦潦倒。

两个上了年纪的男人走出校园，一个穿着布鞋的男人说："这小伙子我上午过来的时候就看见他了，都快站一天了。"

拿着教案的男人问："他在找家教工作？"

"是，看他自己印的简历，他考上了宜清大学，但家里条件困难，所以他暂时休学攒学费。"

教案男人打量周礼，看到他那一身"破破烂烂"的衣服，男人点点头，感叹道："这要是真的，那就太可惜了，其实现在助学贷款办理起来很方便，何必耽误学业。"

"助学贷款只能解决自己读书的问题，家里要是也揭不开锅了呢？"布鞋男人想了想，说，"我女儿数学成绩一直提不上去，我又最不擅长数学，暑假的时候我就想给她请家教，但她舅舅非要让她去北阳市玩。"

教案男人笑着说："来，我帮你掌掌眼。"

周礼低头咳嗽，从包里翻出一瓶矿泉水，还没拧开瓶盖，就见对面走来两个五六十岁的男人。

拿着教案的男人说他家孩子想请数学家教，问周礼接不接受出题测试，周礼把矿泉水放回去，让对方随意出题目。教案男人手头正好有几道高中奥数题，周礼当场做出。身世背景能作假，真材实料是作不了假的。教案男人又检查了宜清大学的录取通知书、高考成绩单、身份证，等等，确认无误，他冲布鞋男人点点头。

布鞋男人笑了笑，这才问周礼："我是江洲镇的，你这里要是找不到合适的家教工作，不知道你愿不愿意去江洲？"

江洲镇……周礼无可无不可，答："好。"

一小时后，周礼跟随布鞋男人来到江洲镇，知道周礼经济困难，首先需要解决的是住宿问题，男人把周礼带去了郊区的平房，向他介绍："这是我家的老房子，上一任租客才搬走不久，你先在这里住下，租金的事以后再说。"

周礼当晚在这儿安顿下来，卧室书桌前的墙上一片雪白，夜里灯光偏暗，周礼看见墙上像有蜘蛛，凑近他才发现那是钉子留下的洞眼，被人涂鸦成了一只卡通小狗。

第二天傍晚，布鞋男人为周礼弄来一辆旧自行车，带他回家，为刚开学的女儿补习功课。

周礼跟在男人身后，来到一幢单元楼的三楼。防盗门进去有条过道，过道尽头的木门敞开着，周礼听见一个小女生的声音："爸爸，你回来了！"

周礼眉头一动。

"哎——"男人进门，笑呵呵地说，"温温今天放学这么早啊，家教老师来了，你过来，先跟老师打个招呼。"

女生乖乖过来，礼貌叫人："老师好！"叫完人，女生愣了愣，眉心微微蹙起，困惑地打量他。

周礼摸摸光洁的下巴，嘴角几不可见地上提。

因为家教老师是男生，林母没让林温关卧室门。

林温拉开椅子，站在桌子边，微张着嘴，皱眉打量这位据说因为家贫而暂时休学的家教。家教这身衣服她很熟悉，前三天她看到某人两身轮换着穿，其中一身就是这款。脱在门口地垫上的球鞋也是一模一样的，包括家教左腕上戴着的黑色电子腕表。

周礼也站着，他随意翻了翻书桌上的初三数学课本，漫不经心道："老实点儿，你要是敢拆穿我，我也拆穿你。"

"真的是你！"林温惊愕。

吃得起贵价菜、住得起豪华酒店的人，此时此刻因为"家贫"休学，被她父亲领来给她做家教。

林温指着周礼，眼睛瞪得圆滚滚的，道："你……你……"

"你爸妈知道你有结巴吗？"

"你是骗子！"

"比不过你。"

林温一哑，忽然心虚。周礼坐了下来，拿笔敲敲课本，正色道："补课时间就一个半小时，还不抓紧！"

林母在卧室外面张望，林温咬咬牙，低头坐到了书桌前。

这一个半小时，林温如坐针毡，愁眉苦脸，周礼兢兢业业，临走前林父林母还给他塞了一兜水果。

林温看到里面还有一小包贵价的樱桃，这樱桃还是她洗的，母亲总共就买了一点点，林温想给父母多留几口，之前也才吃了一颗。

林温愁肠百结，有口难言，眼睁睁看着周礼把她珍惜的樱桃带走了。

林温的补课时间是每周二、四、六、日四天，每天补课时长一个半钟头，周礼要价不高，仅带一个学生，收入只能勉强维持日常开销。

于是周礼又去了镇上的初中，重新印了几份简历。这边他才发了几张纸，那边林温背着书包，低垂着脑袋，孤零零地朝校门口走来。

后面几个男生追逐打闹，一个个像是不会走路，歪歪扭扭围着林温打转。林温揪着书包肩带，加快步伐，张力威扯住她的马尾辫，喊道："哎哎，林温，你慢点儿，我们几个请你喝奶茶啊！"

边上一个男生问："你喜欢喝什么口味的，我给你去买！"

"不要。"林温拽回自己辫子，脚步更加快，几近小跑出了校门，她一眼就看见了鹤立鸡群的周礼。周礼虽然消瘦，穿来穿去也只有两身衣服，但他没了络腮胡的遮挡，长相无疑是格外耀眼出众的。

今晚不用补课，林温只看了他一眼，咬了下唇就跑开了，几个男生没有紧追，他们带着几分失落加无趣，说道："那我们自己去喝？"

"有啥好喝的，甜不拉几的。"

"那去网吧吧！"

"好，走走走！"

周礼继续向家长发传单，校门口的油炸摊位前，几个女生挤眉弄眼地议论不休，眼神和嘴角俱是轻蔑。周礼正好在摊位边跟一位学生家长说话，无意中听了个大半，什么"骚气"，什么"勾引"，什么"最会装"，周礼望向林温离开的方向，对面的家长问他："那今天晚上先试一节课怎么样？"

周礼收回视线说："行。"

周礼又接到了两份家教工作，教了几堂课，他难免会将三个学生互相比较。

二师弟和三师妹，一个调皮捣蛋，一个木讷懒惰，他教二师弟心烦，教三师妹无趣，到了大师姐家中，周礼总算来了点儿精神。

林父林母都是心善的人，他们家里有的，对家境贫困的补习老师也不会抠抠搜搜。今晚的水果是车厘子，林母就买了半斤，全在一只盘里装着，给林温解馋的，他们不吃。二老大方地把车厘子摆到书桌上，热情地叫周礼别客气。

周礼拿起一颗车厘子，缓缓送进嘴。林温目光离开课本，跟屁虫似的，目送车厘子葬送进周礼的嘴里。林温从来都不是小气的人，她家条件一般，但也不至于吃不起一点儿水果，父母省给她吃，只是他们习惯了节俭。可是面对伪装成穷人、并且随时可能拆穿她谎言的这位家教老师，她实在大方不起来。

林温小声问他："你还要逃学多久？"

周礼说："我没打算再上学。"

林温一惊，问："那怎么行？"

"怎么不行？"

"不上学你将来怎么办？"

她下意识地不是怕"威胁"一直存在，脱口而出的仅仅是担忧。

周礼瞟向她，用手指拨了拨盘中车厘子的秆子，过了一会儿，才拿起一颗。

这晚他总共吃了三颗。

四次补习结束，林温迎来初三开学的第一次周考，她原本处于中游的数学成绩，这回进步了足足六名，再加一把劲都能到上游了，林温不得不承认，周礼的做题技巧令人叹服。

这天林温放学晚。虽然才开学不久，但十月有校庆，她是班里的文艺委员，得排演一个节目，可班里女生完全不理她，需要的演出用品也只能她独自采购。

做完班级值日，林温上街购物，他们学生常去的就几家店，在店里，林温碰到隔壁班的人也在采购。

她们三三两两，相互评价着挑选出的东西，最后投票多的获胜。

林温也在比较两款，一款价高但更好看，一款有些逊色但价格便宜。

老板娘笑着说："让你们班女生也来投个票！"

话音刚落，突然响起一道声音："她招招手就有一帮男生扑过来咯，哪用得着我们班女生呀！"

是班里一位女同学，林温进店的时候没注意到对方也在。

所有人目光齐聚在她身上，林温血液上涌，面红耳热，她放下东西就走出了店。

但东西明天就要给老师过目，她一出来就后悔了，现在再回去，她双脚迟迟掉不了头。

走到街道尽头，林温忽然看见了周礼。周礼依旧穿着身做旧款的衣服，微低着头等在一个鸡蛋灌饼的摊位前。他神情淡漠，林温却已经习惯了他这样的表情。她莫名想起周礼在机场的种种，在酒店窗户边对她说的话，在火车上的一举一动。

林温慢吞吞上前，扯了扯周礼挎在肩膀上的包。

周礼转头，见到是她，他看了眼腕表，说："还没回家？快到补课时间了。"

林温抿了抿唇，小声问："你能不能帮我一个忙？"

周礼问都不问，直接道："我为什么要帮你？"

林温一愣。

鸡蛋灌饼做好，周礼接过，边吃边转身准备离开，林温一个跨步挡在他身前，周礼怕撞到她，一掌按住她脑袋顶。林温身子晃了晃，仰头说："只是一个小忙。"

"大小都跟我无关。"

"我一直都没拆穿你，现在只要你帮一个很小的忙。"

"你在威胁我？"

"……你先威胁我的。"

"这么说你也知道我威胁你？"周礼按着她脑袋，微微俯身，眼睛对着她道，"我也一直没拆穿你，我怕什么？"

林温无奈，只能放弃。她把脑袋从他手里挣开，大步走近摊位，对摊主道：

"我要一个鸡蛋灌饼,加火腿肠。"

周礼挑眉。这一周多的时间,他对林温和林温父母多少有点儿了解,林温在二老眼皮子底下,休想吃到一点儿外食,尤其是这种卫生条件堪忧的路边摊。周礼咬了口鸡蛋灌饼,说:"你又打算'造反'了?"

"又"这字带着微妙,林温装作没听懂,她没回头,脚尖踢了踢地面道:"我爸妈今天出门有事,晚饭不在家里吃。"

"他们让你吃路边摊?"

林温不吭声。

吃着鸡蛋灌饼回到家,林温去厨房,从柜子里拿出一碗一筷,往水龙头底下一浇,然后摆到沥水篮里,佯装出一副她使用过碗筷的样子。然后搅了搅电饭煲里闷着的米饭,她饭量小,吃没吃过也看不出来。

周礼抱着胳膊,靠着厨房门,欣赏着她这套熟练的操作。

燃气灶上放着一只砂锅,林温掀开盖子,看见一锅番茄牛腩,突然好像想起来什么,她转头问周礼:"你是不是喜欢吃牛腩?只喜欢红烧牛腩吗?番茄牛腩吃不吃?"在火车上的时候,周礼问过她会不会做饭,特意提到了红烧牛腩,林温猜他爱吃这个。

周礼沉默,定定地看向她。林温这人太好性,他惹她半天,她转头根本不记仇,还傻呵呵地问他吃不吃番茄牛腩。周礼有段时间没吃牛腩了,红烧牛腩是他母亲唯一擅长烹饪的一道荤菜。

"嗯,"周礼淡声道,"都吃。"

"现在要吃吗?要吃我给你盛一点儿。"

"好。"

"要不要再来点米饭?"

"来半碗。"

林温替他盛好饭菜,周礼坐在餐桌前吃,林温先去卧室写一会儿作业。

周礼吃人手短,光盘后他问:"说吧,你要我帮你什么小忙?"

林温一愣,问:"你答应了?"

周礼敲手表,说:"抓紧时间,别耽误上课。"

林温赶紧带他出门。片刻，周礼黑着脸，拎着一袋五颜六色小女生的玩意儿走出商店，嫌弃地把袋子扔林温怀里。

林温开心地抱住袋子，说："谢谢！"

周礼插着兜，在夜色中迈步，说："回去吧。"

经过这晚，两人闲聊多了起来，他们还是互相捏着彼此的把柄，偶尔为点儿小事"威胁"对方。

林温这两年很少跟同龄人交流，小学时的朋友在初中后渐渐疏远了，现在她在班里没有任何朋友，周礼虽然比她大四岁，但到底刚高中毕业，身上仍有学生气，林温跟他聊天很自在，讲话欲日渐增长。

憋久了才会这样，显然平常没人跟她聊天，周礼看在眼里，什么都没说。

有一回他闲来无事，看了看林温的书柜，发现她看书口味很杂，书籍有散文游记，也有奇谈怪志，甚至还有一排心理学方面的书籍。

周礼皱了皱眉，抽出几本心理学的书随意翻了翻，其中有本书的书名是《如何克服社交焦虑》，作者叫艾伦·亨德里克森，书本开头几页，有段文字异常熟悉，正是林温掉落在火车上的那张纸上摘抄的内容。

林温在忙着加工饰品，那些东西是让周礼买来了，但还需要进行一定的改造，数量多，她只有一个人，只能见缝插针地忙。

周礼转头看她，这些小玩意儿是她偷摸让他去买的，现在又独自加工了几天。

周礼说："把任务分下去，让别人帮你一块儿弄。"

林温低着头，一边动作，一边声音轻轻地道："不用，我自己就能搞定。"

过了一会儿，林温觉得房内过于安静，她疑惑地抬头，看见周礼正垂眸瞧着她。

林温问："怎么了？"

周礼把《如何克服社交焦虑》这本书合上，想了想，他问林温："你是不是很想交朋友？"

林温一怔，干巴巴道："不想。"

周礼道："其实你要真想交朋友很容易，我保证你三天内就能交到一堆。"

林温停下动作，紧了紧手，期待地仰头，嘴巴却紧闭着，没有出声。

周礼拉开椅子坐下，说："不过得看你是想交虚情假意的朋友，还是真心实意的朋友。"

林温不解。

"虚情假意的朋友容易交,用钱结交,或者同仇敌忾一样东西,或者一块儿着迷一样东西,能怎么迎合她们就怎么迎合她们,这种朋友的好处是来得快,坏处是以后你得随时等着被她们卖。"

林温张了张嘴。

"就你们班里那堆碎嘴八婆,也就配点儿虚情假意,你稀罕这种玩意儿?"周礼看向她,"还是来点儿真心实意的划算,这种朋友难得,有的人一辈子也找不到一个。"

林温知道周礼早猜出来她在学校的情况了,但这样的话她是第一次听人说。

要跟"碎嘴八婆"做朋友,想想确实没必要。林温安静地放下手里的东西,眉眼渐渐温柔如水,她像讲悄悄话似的,很小声地说:"噢。"

后来周礼给林温介绍了一个他高中时常用的外语交流的论坛,论坛上的人来自五湖四海,千种人有万种面孔,她可以在网络上随心所欲,想认识人就认识人,不想认识人就把网关了。

林温很快就认识了一个叫 Zoey 的女生,对方自称是中国人,如今在国外留学,刚刚大一。

转眼开学已经两周多,林温习惯了一周四次的补课,她甚至期待着每次补课的一个半小时。

周礼这几天日夜有点儿颠倒,起床是下午,他通常去外面饭店吃饭,到了晚上要去补课,下午那顿饭还没消化透,正餐吃不下,他随便买点儿面包垫两口。

林温看见问起,他随口说这是晚饭。

补课结束,晚饭包装纸落在了书桌上,林温拿起去扔,无意中扫到包装上的打折字样,再看日期,已经过期一天了。

周礼还没走,林温给他看包装纸,周礼从包里拿出三个同款面包,统统都贴着打折。

他买的时候没注意,吃都吃进去了,周礼无所谓道:"没事,就图个便宜。"

他随口一句话,林温当了真。林温不由得想起周礼只有两身换洗衣服,她几次看见他吃廉价的路边摊,她家平房潮湿破旧,位置又偏,周礼却一直住在那儿,根本没想过换地方。如今他又买过期东西吃。

起初她以为周礼装穷,如今她却猜不准了。但万一周礼的"逃学",真是因为家贫呢?林温想了一天两夜,犹豫了又犹豫,隔天周礼再来,林温咬咬牙,抱出了自己的储蓄罐。

周礼看向猪仔罐子,问她:"你要让它陪读?"

"……"

林温把储蓄罐给他,说:"我算过你这两个礼拜挣的钱,学费是还差一点儿。但是周礼,读书才能走得更高更远,我一个初三生都知道的道理,你一个重本大学的学生,不可能不清楚。我不知道你是真穷还是假穷,我能帮你的也只有这么多。开学已经快三周了,你快点儿回去吧。"

周礼愣了愣。猪仔罐子冰凉,体积颇大,重量掂着挺沉。他从小没用过储蓄罐,这是他第一次碰这东西。周礼用拇指摩挲了一下罐身,半晌问:"里面有多少钱?"

"不清楚。"

"不清楚你就都给我了?"

"我上小学以后开始存的。"林温有些无奈,"太清楚了我怕心疼。"

"……"

周礼把罐子放一边,实在没忍住,他使劲揉揉林温的脑袋。林温没躲开,她双眸在灯光下泛着温柔的光泽。周礼深呼吸,盯着她笑了笑,什么都没说。

周礼向林父请辞,林父欣慰地多给了他一个红包,周礼推却没要,带着林温的猪仔罐去了高铁站。

周日林温为他送行,周礼进站前递给林温一个购物袋,林温打开一看,里面是满满的樱桃和车厘子,够他们一家三口吃到撑。

林温满脸纠结,不知道能不能问他要回猪仔罐。

周礼虽然回了学校,补课却还在继续,两人加了QQ,上课时间全调到了周末。

周礼向来不是个好脾气的,在江洲镇的时候,林温太软乎,他欺负她几次,她当场生气转头忘,害得他没了火气。

回到学校，杂事纷扰，家里的学校的，像是一根根柴，每天往他冒火的心里添，越添火越旺，周礼本性抑制不住，连打几场架。这周六又要补习，但昨晚周礼不慎被人打伤了脸，林温发来 QQ 视频邀请，周礼把邀请掐了。

林温发来文字："今天不方便上课吗？"

"方便，今天语音。"

结果语音自然不如视频，补课效果奇差无比，林温嘟嘟囔囔，周礼黑着脸，接下来一周忍着没找人打架，养伤到周末，终于能再次视频补课了。

肖邦甚是欣慰，传出闲言碎语，说周礼虽然刚开始的时候为情所困有点儿疯，但他现在迎来了新恋情，精神状态已经恢复正常。

室友们问他："我上次听班里女生说周礼是因为养了十几年的狗死了才这样的啊。"

肖邦镇定道："就不允许惨事同时降临在一个人的身上吗？"

室友们感叹："《悲惨世界》现实版。"

寒假短暂，林温忙于学习，周礼投身捞钱，补习依旧只限周末，就这么又过了一个学期，林温中考顺利结束，补课也停止了。

"我考上了市重点！"

"高中住校吗？"

"嗯，到时候两个礼拜才能回家一次。"

"学校能带手机吗？"

"不能……学校管理很严。"

这个暑假，林温父母带林温到处旅游，奖励她这一年的刻苦学习，周礼则继续忙着捞钱。

高中开学，林温手机上缴，每半个月才能登上一次 QQ。但周礼的补课任务已经结束了，而且他已经大二，除了课业，还进了电视台做兼职，根本就没了周末。

林温高一结束，周礼大二结束，某个周末，周礼来了一趟江洲镇。

他们已经很久没聊过天，再见面的时候，林温总觉得有点儿生疏。

周礼带她去肯德基，林温吃着薯条，绞尽脑汁已经想不出话题。

周礼不怎么吃东西，他也不像是要想话题的样子，他抱着胳膊靠着椅背，看了一会儿林温，笑道："怎么，现在这么用功，这会儿还在做题？"

"啊？"

周礼指指脑袋。

林温终于想到了话题，她昨天去县图书馆蹭空调做作业，现在暑假作业本还在她的书包里。林温从书包里拿出作业本，摊在桌上说："我有几道题目不会！"

周礼："……"

周礼无奈，顺便帮林温做了一半的作业，林温想说她其实没这意思，但也许是周礼垂眸做题的样子过于专注，她看得入神，最后忘了讲。

周礼没那么瘦了，比从前更加好看，林温心神不属地回到家，很快暑假结束，她又要投入繁忙的学习中。

现在林温不缺朋友，可周末到家，她心里总有点儿空落落的。跟 Zoey 聊天，Zoey 说："你这是学业不够重，周末嫌无聊？要不要找个男生谈恋爱啊？"

林温一惊，说："我不早恋。"

"好乖。"

林温忍不住好奇："你早恋过吗？"

"没有，我只有暗恋。"

"是高中的时候吗？"

"高中以及现在，我都暗恋着同一个人。"

"啊，你不能表白吗？"

"明年毕业，我会回国表白。"

林温惊喜，这么说等明年高考结束，她就能跟 Zoey 见面了。

另一头，周礼则正式进入电视台实习。

周卿河入狱后成了过街老鼠人人喊打，所有人都说他从此只配苟活在臭水沟里，再也见不得光。

周礼每次看电视，想着能被这屏幕播出来就叫见得光了吧？他倒想试试。

实习几乎没工资，工作却不少，他忙得昏天黑地，三餐不定，还得任人颐指气使。就这么忍了一段时间，周礼又开始暴躁烦闷，某天晚上，他一路驱车到了江洲镇。

周礼到时已经将近十二点，他给林温发了一条信息，靠着车门，抽烟等待。

过了十几分钟，林温散乱着头发，一身短袖居家装，踩着双拖鞋出现了。

林温看了眼周礼夹在手里的香烟，诧异道："你怎么来了？"

周礼把烟掐了，顺手扔进边上的垃圾桶。他把手伸进车窗，从里面拿出一个塑料袋递给林温，说："正好经过这里，顺便过来看看。"

"你晚上还要工作吗？"林温接过袋子，低头看里面，居然是一堆青提、蓝莓、波罗蜜，等等。

周礼将林温看了一遍，然后说道："嗯，没事了，你上楼吧，我也回去了。"说着就要拉车门。

"等等——"

周礼停住。

林温提起满袋子的水果，苦恼道："我要怎么跟我爸妈说？"

两分钟后，两人坐到了小区绿化带边上，一边吃着水果，一边说着话。

"波罗蜜好甜。"

"别一口气吃光。"

"我吃一点儿，剩下的你带回去。"

"你放冰箱，就说你晚上跑出去买的。"

"……我爸妈又不傻。"

"你这么能编，自己想个理由出来。"

"……喂！"

最后还是周礼将剩下的水果带了回去，只留了一盒蓝莓给林温，让她藏在被窝里，等肚子空了悄悄吃掉。

接下来，熬过紧张刺激的高三，高考结束，林温日盼夜盼，暑假到来，Zoey也要回国了。

Zoey约在宜清市，林温出发前把这事告诉了周礼，周礼说他那天刚好要去机场接一个人,林温说没关系,她可以自己去。

当天周礼先去了一趟乡下,接上爷爷奶奶。

爷爷奶奶说:"你到了机场给点儿笑,别总板着张脸,你齐爷爷齐奶奶经常照顾我们,现在他们人在外地回不来,难得托我们帮个忙,这点儿小事总不好不答应。"

周礼无奈,说:"知道了。"

到了机场,等了没一会儿,要接的人出现了。

齐舒怡大力挥手,喊道:"周爷爷,周奶奶!"

二老喜上眉梢,说:"哎哎,舒怡,这里!"

周爷爷推了下周礼,说:"快帮忙拿下行李。"

周礼上前。

齐舒怡跟他打招呼:"你好,我是齐舒怡。"

"你好。"周礼跟她第一次见面。

齐舒怡从国外回来,带了一堆行李,周礼祖孙三人将她送到乡下,放好东西,周奶奶让她赶紧歇着,周家在隔壁,她回去给她做午饭。

齐舒怡赶紧拦,说:"周奶奶谢谢您,今天先不用忙,我约了朋友,改天我下厨给您烧一顿才是!"

"你约了朋友啊,约在哪儿?"

"市区。"

周奶奶机智道:"阿礼,那你待会儿再送下舒怡。"

齐舒怡说:"不用不用。"

"怎么不用,乡下不好叫车,反正阿礼待会儿也要回市区的,顺路。"

确实顺路,周礼权当送佛送到西,把齐舒怡送到了指定的肯德基。

齐舒怡下了车,一眼看到照片上的女孩儿,她欣喜道:"温温!"

林温刚在窗口买好冰激凌,她含着冰激凌,循声望去,说:"Zoey!"

再看到从 Zoey 身后车里下来的周礼时,林温愣住。

周礼也没想到,林温要见的网友竟然是齐舒怡。

齐舒怡正要介绍,周礼打断,说:"我们认识。"

"不是吧，这么巧！"

林温"嗯"了声，只觉得冰激凌好像没最开始那么甜了。原来周礼特意要去接的人，是齐舒怡。

三人一道吃了顿饭，齐舒怡性格极其开朗，能说会聊，去洗手间的时候她拉住林温的手，跟她咬耳朵："周礼怎么样？"

"……挺好的。"

齐舒怡笑道："我从高一起就暗恋的人，自然差不了！"

林温不知道该怎么回应，只能匆忙进隔间。

第二天齐舒怡拉着林温去宜清大学，问周礼念书的事，她说她研究生想回国读。周礼下个月毕业，现在还没搬离寝室。

林温想，她三个月后才大一，而齐舒怡和周礼即将踏入社会了，她第一次感受到了她和他们在年龄和阅历上的距离。

他们有很多她并不懂的话题，他们是高中校友，他们的长辈是朋友，他们是真正的同龄人，她只能看着他们谈笑风生，她仅仅是个旁观者。

林温以前觉得她还小，时间足够漫长，现在她突然觉得，她无论如何都追赶不上时间。如果能快一点儿，一切再快一点儿……

晚上周礼请吃饭，问林温什么时候回家，林温想，周礼已经是"成年人"了，成年人都不屑陪小孩子玩，虽然她已经满十八周岁了。

林温搅动着米饭，低头说："明天下午就回去了。"

周礼捏了下她的筷子，说："好好吃饭！"

他的语气跟她爸妈一样，林温猜自己在他眼里就是个晚辈。

她忍着莫名泛起的酸涩，听话地"哦"了一声。

齐舒怡诧异地看了看周礼捏筷子的手，又转头看了眼林温。

林温低着头没注意，周礼注意到了，他瞥向齐舒怡。

齐舒怡干笑，饭后她看了眼时间，说："呀，这么晚了呀，我得先走一步，乡下太远，再晚就不安全了！"

周礼存着点儿待客的礼数，他道："我帮你叫车。"

林温也觉得时间挺晚了，她道："那我也回酒店了。"

周礼没理她,林温只能自己叫车。

出租车到了,齐舒怡上了车,周礼打下林温拦车的手,林温吃痛地捂了一下。

周礼瞟了眼她的手背,道:"先去趟我那儿,我给你买了点儿东西。"

"什么东西?"

"好东西。"

男生宿舍楼管理不严格,他们又是大四,即将毕业,周礼轻易就将林温带了上去。

寝室另外三人都不在,林温问:"你室友呢?"

"都去喝酒了,让我待会儿过去。"

"那你待会儿要去吗?"

"你想不想去?"

"我又不会喝酒。"

"你可以喝饮料。"周礼指了一下他的桌子说,"东西在桌上。"

林温走过去,打开袋子一看,竟然又是一堆水果。

她对贵价水果真的没那么偏执,林温正要跟周礼解释:"我其实……"忽然腰上一紧,她被人翻转了个身,抱坐到了桌子上。

"啊……"林温吓了一跳。

周礼两手撑在她腿侧,问她:"你其实什么?"

"我……"林温有点儿蒙,"我其实……"

余光扫到一点光,她坐得高,看得也高,林温不由自主地抬头,看到斜对面的镜子。周礼寝室的洗手台设置在卫生间外,跟寝室相通,林温这角度正好看到镜子里她头顶的床铺。床铺边沿摆着一个陶瓷的猪仔罐子,灯光下罐子折射着亮眼的光。

周礼顺着林温的视线转头,也看到了镜子里的储蓄罐。

他道:"书桌挤,你这罐子太大了,放不下,我搁床上了。"

就搁在枕头边,还好不怎么碍事。

林温愣了愣。周礼又问她:"你刚才说,你其实什么?"

"我其实……"林温呆呆地说,"我其实不是那么喜欢吃水果的。"

"那你喜欢什么？"

林温还没开口，周礼就轻轻吻了一下她的嘴唇，低声问："你喜欢什么？"

喜欢你……

她在追赶时间，而他等着她长大，时间始终为她停留。

林温从梦中挣醒，呼吸急促，心跳如鼓。窗外天光大亮，雪景白芒刺眼，竟有种像陶瓷罐子折射的光。周礼含糊地问她："再睡会儿？"

林温看向身边的人。周礼还闭着眼，没有睡醒。林温吻了一下他的嘴唇，问他："登记的黄道吉日你查了吗？"

这一声，周礼猛然睁眼："你刚说什么？"

"我说，登记的黄道吉日你查了吗？"

周礼捏起林温的下巴，看了她一会儿，确定林温目光清明。

林温被他看得有些不好意思，她佯装镇定，问："怎么了？"说话的时候，下巴带着周礼的手一起动。

周礼揉揉她的下唇，含着笑，回亲她一下，一半亲在了自己的手指上。林温微微露出唇缝，周礼用手指轻刮了一下她的牙齿。他们都刚醒，谁也不嫌弃谁。

房里没什么暖意，被窝里却足够暖和，两人手脚缠在一块儿，周礼清了下嗓子，这才问道："登记日子有什么讲究？"

林温不太确定，说："也要看皇历吧，宜嫁娶？"

"那好日子我不是都筛出来了？"周礼捞过一旁的手机，搂着林温靠坐在床头。

他打开网页搜索，林温贴在他胸口，读出内容："黄道吉日，还要测算生辰八字啊。"

"那些情人节、520去登记的呢？"

"图有意义吧。"

"那我们也图个意义。"

"520？"

"俗。"

"那你要什么意义？"

周礼建议："择日不如撞日。"

林温一听，小心翼翼地猜测："你不会是说今天吧？"

"你这么着急？"

"……"

"可惜春节期间民政局不办业务，你冷静一点儿。"周礼把林温昨晚的话还给她。

"……"

林温把当作被子盖的白色羽绒服往上提了提，拿帽子盖住自己的脸。

周礼搂着她的那只手顺便挠挠她下巴，笑着说："怎么，又想睡一会儿了？"

林温闷在帽子里说："我在冷静。"

"这样降不了温。"周礼拍拍她屁股，"出来，我给你扔雪里头。"

林温扯下帽子，说："你挺开心啊。"

周礼翻身压在她身上，说："我还能更开心。"

"啊……"林温笑着躲他。

两人没偏题太久，闹了一会儿，周礼重新把林温抱在怀里，跟她说："看看我们今天几点能到家，几点到就几月几号去登记。"

对面墙上正好有一只蓝色的挂钟，周礼指了一下钟说："比如下午三点五十四分到，五十四分在挂钟上的位置位于10和11之间，四舍五入，就算成10，那登记日期就是三月十日。"

林温原本想说万一是中午十二点到家，那不就要等到十二月了？万一是一点，那更要拖到明年一月了。

但林温也不傻，她盯着墙上的挂钟看了一会儿，就想明白了。

今天是二月五日，农历大年初五，现在北京时间九点多，他们起床洗漱吃早餐，餐后还要找修车行，雪后路面结冰，车速肯定快不了，万一再遇上堵车……总之无论如何，一点前到家的可能性微乎其微，要是赶上两点前，周礼也能在路上拖延一段时间。

而他们路上行车再慢，也不可能慢到天黑，没意外的话四点前一定能到。

另外，按十二小时制的话，时钟上最大的数字就是12。也就是说，登记的日期范围,月份直接被周礼圈定在了二月到三月,日期被他限制在了一号到十二号。

周礼问:"怎么样?"

林温只能道:"你不如再冷静一下?"

两人都不太冷静,最后"择日不如撞日"就这么定下了。

周礼把林温拎去洗手间,洗漱完后,他们抓紧时间出门。

一晚上工夫,雪覆盖了整个车,周礼没让林温碰冰,他简单清了一下车身上的雪,带着林温先去找车行。这里地方小,车行少,春节期间开门的车行更加少,两人好不容易找到一家,赶在十一点前把车修好了。

修完车,他们随便吃了点儿午饭,为了以防万一又多买了一点儿水和食物备在车上。

准备工夫结束,两人正式上路。车子慢慢开到国道,林温才发现自己对时间的估算还是太简单了。国道大堵车,放眼望去全是大货车,绵延了不知道多少公里,别说上高速,他们连国道都开不过去。

路两边有当地人在卖食物和水,还有不少年轻人拿着手机在拍视频或者直播,热热闹闹的像过大年,加上绿化带周边原本就布置着春节的装饰,比如拉条横幅,插了一排红绣球,比如把盆栽摆成个"春"字,有了这样的环境,糟糕的堵车也硬生生堵出了几分喜庆。

周礼降下车窗,朝一位拎着热水壶的大娘喊了一声,大娘小跑过来,周礼说:"来杯热水,给后面那车!"

他爱喝冰水,但林温喜欢热的。

"哎,好嘞!一块钱一杯!"大娘出示二维码。

周礼付了钱,探出车窗往后面看。林温接过一次性纸杯,两手捂着,抿了一口,哈着热气问周礼:"你说会堵多久啊?"

周礼看了眼腕表,已经十一点半了,离他算计好的时间越来越近。周礼不想耽搁,他叫住还没离开的大娘,向她打听附近的小路。大娘指了一个方向,周礼让林温待会儿跟紧。

车流慢慢前进,到了某个岔口,周礼打了转向灯,看了眼后视镜,林温没跟丢,他这才打方向盘,将车开进了乡间小路。

手机响起，袁雪发来群聊视频邀请，周礼和林温同时接通，一下子看到许久不见的另外三个人。肖邦穿着身棕色带小熊图案的睡衣棉袄，坐在店里的吧台后面，夹起一筷子泡面，蒸汽氤氲，糊住了镜头，他用拇指擦了擦，凑近了说："这是要拜年？是不是晚了。"

　　"新年好啊，你这身衣服真别致！"汪臣潇夸奖。

　　袁雪坐在床上，怀里抱着一个婴儿，汪臣潇拿着奶瓶坐在她边上。

　　肖邦吃着泡面说："这是我今年的新衣服。"

　　"你就抠吧你！"袁雪嫌弃得不行。

　　袁雪生产后一直住在娘家，奶水不够，宝宝一直靠奶粉喂养，汪臣潇眼底有浓重的黑眼圈，晚上宝宝哭闹，都是他起床哄睡。

　　袁雪面色红润，轻拍着宝宝说："我刚刷手机，刷到了堵车直播，看到你们俩欸，我没看错吧，你们还真跑外头去了？"

　　大约是他们向大娘买开水的时候露了个脸，林温道："我们现在正往回赶。"

　　"你俩怎么在一起啊，袁雪说你在老家啊，还有老周，你不是说陪你爷爷奶奶去江西了？"汪臣潇问。

　　周礼说："有点儿事。"

　　汪臣潇好奇地问："啥事？"

　　周礼虽然只说了三四个字，但林温偏偏就有种不妙的预感。果然，下一秒周礼淡定自若道："我跟林温快办事了，等准确日子定下来会通知你们。"

　　汪臣潇怕自己理解有误，迟疑着问："办啥事？"

　　另一个视频格子里的肖邦，直接喷出一口泡面，面条挂在了镜头上，袁雪恶心，"咦"了一声，抱着宝宝往后躲。

　　周礼也移开视线说："老肖，你要不退出视频，大中午的恶心人。"

　　肖邦抹了一下镜头，咳嗽着道："你就猴急成这样，我看你是不是巴不得……"

　　周礼打断他吐不出象牙的狗嘴里的话，叫林温："温温，你放首歌听听，别听脏话。"

"老狗你……"肖邦吧啦吧啦。

袁雪敲敲被子,抢话道:"我说你们俩也太不厚道了,什么时候商量的啊,有求婚吗?怎么也不通知一声!"

汪臣潇总算确定了自己这回没理解错,他哀怨道:"我跟袁雪的婚礼都还没办呢。"

袁雪说:"你闭嘴!"

肖邦继续吃着泡面吧啦吧啦。

林温深呼吸,无奈地瞪了一眼周礼。周礼成功接收到林温的眼神,他笑了笑,手指轻弹了一下林温所在的格子。林温也成功接收到了他这一记。

另外三人受不了,肖邦打了个嗝,袁雪抱着宝宝侧了下身,几人喊了一声"恭喜恭喜",一齐切断了视频。

视频里只剩周礼和林温二人,耳边瞬时重归宁静。

周礼问她:"你猜我们几点到家?"

林温说他:"你不是都计算好了?"

周礼一笑,说:"回头先去趟超市。"

林温问:"去超市干什么?"

周礼道:"上门不用带礼?"

林温:"哦……"

周礼先做准备,问:"你爸妈喜欢什么?"

林温道:"我爸不抽烟,但是喜欢喝点儿小酒,我妈没什么特别的喜好,最近她在研究养生。"

周礼心中有了数。

林温顺便问他:"那你爷爷奶奶喜欢什么?"

两人一直连着视频,他们分隔前后两车,却又像身处同一个紧密的空间。

乡村小路荒凉空旷,道路不算崎岖,路面结着冰,两边是厚重的积雪,他们慢速前行,经过老树,经过土屋,经过电线杆,经过风车,经过河流和被白雪覆盖的群山。

经过如河岁月,迎向属于他们的未来。

番外三

长长久久

长长久久,白首一生。

领证

两人在领证的当晚,决定请肖邦吃饭。肖邦连过年也不放假,春节假期他死守店里,周礼说直接上门把他扯出来就行,林温觉得先打个招呼,再把人扯出来才有礼貌,林温说:"凡事应该先礼后兵。"

她讲话的样子还挺一板一眼的,周礼看着有趣,听她的,先给肖邦去了一通电话。

手机开了扩音,肖邦接起电话的那声"喂"死气沉沉的,周礼没做铺垫,直截了当地告知他喜讯:"我跟林温今天领了证,晚上请你吃饭。"

猛的一声咳嗽,然后是"哗啦"一声,接下来林温只听到电话那端一连串的"老板""我拿抹布""烫着没",一顿手忙脚乱。

林温关心地问:"肖邦,怎么了?"

肖邦还没咳完,艰难地说:"没事,喀喀,泡面打翻了。"

周礼笑道:"你这是喜出望外?"

肖邦显然呛得不轻,说:"是啊,喀喀喀,我给你放两声炮,庆祝庆祝,喀喀喀喀喀——"

咳嗽声没完没了,周礼嫌他幼稚,提醒他一句:"泡面别吃了,省一顿待会儿吃好的。"然后就把电话挂了。

林温晚上想亲自下厨,周礼陪她去菜市场,两人买完菜,顺路去接肖邦。

店门口不能停车,周礼在车上给肖邦打电话,让他直接出来,林温坐在副驾,看见店门口的黑板上有几排硕大的字,又是新到的几个剧本杀。

她视力好,看到某个熟悉的字,她心血来潮,解开安全带说:"我下去一下。"

周礼问:"干什么?"

"看看。"

周礼不明所以,林温下了车,缩着脖子小跑向黑板。

车上暖和,林温的外套扔在了后座,周礼原本没打算下车,但看林温缩头缩脑的样子,周礼没奈何,拽过外套,打开车门朝林温走了过去,直接将外套往她肩膀上一搭。

"我好了!"就下车一会儿工夫,根本不算冷,林温把粉笔放回去,拍了拍手上沾到的粉笔灰。

周礼看了看黑板,问:"你写了什么?"

林温指着"真"字说:"纠正错别字。"

周礼一猜就准:"少了一横?"

"你怎么知道?"

"这字还能怎么错?"周礼笑说,"我倒好奇,你隔那么远能看清这是错别字?"

林温胡乱说:"我视力好。"

店铺玻璃门打开,随着迎客风铃的脆响,肖邦一身睡衣棉袄,揣着袖子,雄赳赳气昂昂地走了出来。

肖邦已经换了一身,他前几天的睡衣是小熊图案,今天的睡衣是深蓝色连帽款的,帽子很大,款式正经许多,看着极其舒适暖和,外出穿也不会太违和,林温竟然有点儿羡慕这样的穿着。

周礼注意到林温向往的神情,好笑地把林温外套上的帽子往她脑袋上一罩。

肖邦看着两人,问:"你们怎么都下车了,那怎么不进店里?"

"进什么进,"冷飕飕的,周礼搂着林温转身,说,"赶紧地,上车。"

肖邦跟着走了两步,感觉两手插在袖子里暖乎乎的,少了点儿什么,他这才想起来叫停："哎等等，我落东西了！"

周礼把林温塞回车里等人，没一会儿，肖邦拎着一个袋子从店里出来。

周礼问："拿的什么？"

肖邦昂着下巴说："给你们俩的礼物。"

林温诧异，回头看后座，说："你还买礼物了啊。"

肖邦笑道："不是现在买的，是以前买的。"

周礼一边发动车子，一边回头瞟了眼肖邦，看出他笑里不怀好意，他"喊"了声，也懒得问这礼物是什么东西，只是提醒林温："别太期待，他五行缺德。"

肖邦不乐意道："我只能承认这方面我缺得没你多。"

林温忍俊不禁，她定力不如周礼，笑过后她还是好奇道："是什么礼物啊？"

肖邦神秘兮兮地说："等吃过晚饭你再看。"

林温尊重送礼人，按捺住了好奇心。

肖邦有一阵没去过周礼家了，到周礼家后他没自己当外人，从冰箱里拿了饮料，解开棉袄扣子，舒舒服服往沙发上一靠，挥手赶人："不用管我，我会照顾好自己。"

"我知道你能生活自理。"周礼扔下一句话，陪林温进了厨房。

林温其实不用周礼帮忙，准备三人份的晚饭对她来说小菜一碟。

周礼也不擅长厨房的事，洗了会儿蔬菜他就走了。结婚证还没放好，回到卧室，周礼打开存放资料证件的抽屉，把结婚证放了进去。

刚放下，他想了想，又拿起来，翻开本子看了看。

他和林温都不是情绪特别外露的人，新鲜出炉的证件照片上，林温的笑容温柔如水，他的笑稍显内敛，但情绪起伏的大小不看嘴巴，看的是眼神眉梢，他们的眼神眉梢显然不同以往。

周礼笑了笑，用指腹擦过照片，想了下，他拿出手机拍了张照，把结婚证的照片发给了周卿河。

周卿河那里现在正是中午，他很快给了回复，先回了一个"好"字，过了几秒，又发来一条，询问周礼婚期计划。

具体的婚期还没敲定，周礼跟周卿河说完，捏着抽屉把手出了一会儿神，然后点开手机，将照片又给母亲发了过去，发完他才关上抽屉。

林温准备了五菜一汤，肖邦过年期间为了躲避家里的唠叨，只在除夕夜回家吃了一顿好的，之后的日子不断掰扯借口，今天才算又吃上一顿家常饭。

肖邦打开手机跟汪臣潇和袁雪视频，共享这顿丰盛晚饭，汪臣潇和袁雪两人在那端哇哇大叫。周礼拿来一瓶白酒和一瓶啤酒，肖邦隔空喂汪臣潇吃一口红烧猪蹄，抽空说道："我要啤酒！"

周礼替他倒上啤酒，又打开白酒，给自己和林温都倒了小半杯，大家的注意力都在视频聊天上，除了林温，另外三人都没注意到周礼的动作。

袁雪惊叹："我可记着呢，你们五号才说要结婚，结果这才几天，你们还真结了？你俩可真能挑日子，今天是情人节欸，登记的人多不多？"

林温说："多啊，排了好久的队。"

袁雪道："我还以为以你们俩的性格要么随便挑个日子，要么来个最特别的，结果你俩也俗了，满大街的结婚纪念日都是214。"

不得不说，袁雪还是挺了解他们的，他们挑这天结婚，并非因为今天是情人节，而是因为那天回程，周礼掐着时间，正好掐到下午两点十四分到家。说好了几点到家，就几月几号结婚，凑巧了。

林温和周礼对视一眼，两人笑了笑，都没打算把这事说出来，这是独属于他们的特别。

晚饭吃了三个小时，林温当着肖邦的面喝了小半杯白酒，肖邦竟然完全没发现。肖邦满嘴油，心满意足，临走前他终于把礼物交给林温，说："这是给你的，不是给他的！"

林温也觉得肖邦是对周礼没安好心，她实在好奇，当着送礼人的面，满怀期待地打开了纸盒，周礼凑过来，见到躺在纸盒里的玩意儿，他难得地露出诧异的神色。

肖邦得意道："他以后要是不老实，你就用这个给他一顿，当年我也是靠这个把他从失足青年拉拔正常的。当然,你也不一定非得等他不老实,平常也可以时不时给他来一顿,棍棒底下出孝子。"

周礼直接从纸盒里取出当年那根狼牙棍,给了肖邦屁股一记:"赶紧给我滚!"

肖邦捂着屁股,跳着脚跑了出去,林温哭笑不得。

婚礼

他们的婚礼最终很俗气地定在了十月一日。

袁雪身为过来人,虽然她的婚礼到现在也没重办,但她还是能给林温不少建议。可惜林温不太用得着,因为周礼的关系,这场婚宴需要办得相对盛大,周礼现在有了自己的秘书和助理,他让这两个人帮忙,很多事林温不需要亲力亲为了。

忙过了九月初,林温的工作闲了不少,她开始琢磨伴手礼里面的喜糖,跟周礼说她想自己做。

"自己做?"周礼皱眉,"这么多客人,你怎么做?"

林温说:"也不是很多,做三百份就好了。"

周礼道:"当初拟宾客名单的时候你还嚷嚷多?"

"两码事,两码事。"林温狡辩。

周礼笑道:"那行,你要不嫌累就自己做。"

林温得到了自己想要的答复,第二天她就迫不及待地买回一堆食材。她准备做牛轧糖、蛋黄酥、曲奇饼、柚子软糖和奶枣。工程量巨大,食物做好后还要每粒塑封,林温耐性好,不慌不忙,每天沉迷于美食制作,也幸好周礼的房子够大,足够林温折腾。

周礼工作繁忙,这天到家已经过了晚上十一点半,他提前跟林温说过今天会晚归,以为这时间林温应该已经睡了,结果进门发现满室灯火,客厅地上铺满了各种包装和一盘盘的小零食。

林温盘腿坐在最中央,手上拿着小工具在给糖果封口,仰头说:"回来啦。"

她穿着长袖长裤的睡衣，头发盘了个凌乱的丸子，脸上没有一点儿疲态，笑意清浅温和。

周礼喝了点儿酒，脖颈痛又犯了，进门前他眉头紧锁，进门后见到这样一幅场景，他眉头不自觉地就松开了，说林温："都几点了，还不睡？"

林温道："反正明天周末，我顺便等你嘛。你饿不饿，要不要吃夜宵？"

周礼过去蹲下，看着一堆糖果说："我不饿，你做好的都在这儿？"

"嗯。"林温见周礼盯着柚子软糖，以为他想吃，拿起一颗要喂他，"你吃一颗？"

周礼躲开没要，怕吃掉一颗万一数量凑不齐，林温最后又要费半天劲。

林温没勉强，让周礼赶紧去洗漱。周礼洗完澡出来，林温已经躺在卧室，她掀开一侧被子，周礼躺了上去，将人一搂，闻到一股甜香。

林温这几天每天做糖，香气沾满全身。

周礼鼻子往林温脖颈间凑，林温痒痒，笑着说："你干吗？"

周礼闷在她颈间道："刚刚那颗糖没吃到。"

林温说："你自己不吃的，现在想吃了？我去给你拿。"说着就要起床。

"不用。"周礼按住人，说道，"我自己拿。"

周礼剥开糖衣，吃糖吃了半天。

次日休息，两人睡到日上三竿，下午周礼闲着没事，陪林温一块儿坐地上，帮她包装糖果。

长时间的重复动作是最考验人耐心的，周礼在这方面向来耐心不足，林温也知道他的性子，说："你要是没事做可以玩拼图啊。"提到这个，她奇怪道，"对了，我好久没看你玩拼图了，现在不玩了？"

周礼问："你想玩？"

林温说："你看我现在有空吗？"

周礼笑道："那等你有空了我们一块儿玩。"

林温点头，知道周礼是想帮她忙，这说法其实也不对，结婚的事周礼也有份。但这活毕竟是她自己要找的，林温觉得用"帮忙"这词也不算错，她给周礼喂了一颗真糖,让他消磨一下,过了一会儿,再喂一颗。

周礼一开始没觉得如何,直到电视机里突然出现主人训狗的一幕,主人做手势,狗狗乖乖滚了一圈再站好,主人喂它一块肉干,把它哄好了,继续。

周礼不由得看向林温,林温看着这略带熟悉的一幕,也后知后觉地意识到了什么,她慢吞吞地侧过头,对上周礼意味深长的眼神,下一秒,林温"扑哧"一声,笑得前仰后合。

周礼扣下她身子,往她屁股上拍了两下,拍完干脆把她从地上抱起,去沙发上看会儿电视,劳逸结合,忙了大半天也该休息会儿了。

十月一日,婚礼盛大,周礼交友广阔,"狐朋狗友"、商界伙伴齐聚一堂,郑老夫妇也从港城赶来了,老太太如今记性时好时坏,看到林温的时候没认出她,见到周礼,倒是认出来了,只是把周礼当成了刚上大学的礼仔,一个劲地奇怪,说:"你不是还在上学吗,怎么突然结婚了?"

张力威如今学会了穿西装,跟郑老夫妇也亲如祖孙,他大大咧咧地帮忙说话:"嘻,这不是他不好好学习,光想着谈恋爱了嘛!"

老太太道:"谈恋爱好,但是期末不要挂科,考试考得怎么样啊?"

周礼无奈道:"挺好,年级第一。"

老太太欣慰道:"好好,很好!"

林温又难过又想笑,但记起老太太先前拼命地游玩享乐,又觉得并不需要遗憾什么了。

不遗憾,应该是最好的人生。

林温站在高高的台上,司仪正在安排站位,她的父母站在她的右边,周礼的父母站在周礼的左边。

一脸平和的周礼父亲,高贵优雅的周礼母亲,他们如陌生人般彼此全无交流,但幸好,这一天,他们都能陪在周礼身边。

站好了位,林温微微仰头,看向身旁的男人。

她穿着高跟鞋,今天只比周礼矮了一点点,周礼低头,嘴角牵起一抹浅笑,情不自禁地轻吻了一下林温的嘴唇。

摄影师按下快门，咔嚓——

永结同心，百年好合。

孩子

从前林温对小孩儿无感，更没仔细考虑过生孩子的问题，即使她的父母如同大多数父母一样，早早就开始催生了，她也没把生孩子当成新婚后的第一要事。但随着袁雪的儿子开始颤颤巍巍地学会了走路，林温莫名地生出了一股想跟袁雪抢儿子的冲动，抱着宝宝就舍不得撒手。

袁雪乐得轻松，嗑着瓜子道："给你了给你了，恕不退货，退一赔三！"

林温道："你说话算话。"

"嗞，"袁雪稳如泰山道，"你放心，我受够这臭小子了，倒是你——"袁雪瞄向林温的肚子，"退一赔三欸，你行不行？"

宝宝还是让袁雪抱回去了，袁雪临走前不忘提醒林温："退一赔三哦！"

周礼刚下班，碰上汪臣潇来接袁雪回去，他边脱西装边问："什么退一赔三？"

林温抿着嘴唇摇摇头，没有回答他。等晚上回到卧室，林温才对周礼说："我们生孩子吧……"

周礼一愣，随即笑了下，打开抽屉取出一盒防护用品，眼看他"雷厉风行"，林温一头黑线地按住他的手，解释说："不是这个生，是那个生！"

周礼问："你想换花样？"

林温很久没在脑袋上开小火车，这会儿不得不开启狂冒烟的小火车，她没好气道："你满脑子什么颜色啊！"她把盒子扔一边，又鼓着脸，小声道，"我是说我们生个宝宝。"

周礼其实在林温说"不是这个生，是那个生"的时候就明白了，林温的性子不可能说什么换花样，他纯粹是逗她。

周礼笑着躺平，把林温抱身上说："怎么突然想生孩子了？"

"你不想生吗？"林温道，"我好喜欢袁雪的宝宝。"

周礼道:"喜欢就让袁雪经常过来,何必自己劳累?"

林温一愣,问:"你不想生?"她以为周礼像她一样,只是之前没把生孩子放在短期计划里,但听周礼的意思,周礼显然是不想要孩子。

"不是不想生。"周礼想了想,道,"老话不是说生孩子像走鬼门关?"

周礼当然希望能有自己的孩子,但袁雪生产时大出血的事他记忆犹新,现代科技再发达,周礼也始终有顾虑。

林温也想起了袁雪生孩子的事。

袁雪是在娘家生的,他们市里的医院条件也不错,但袁雪还是经历了九死一生,事后汪臣潇曾说:"我当时那个瞬间就想,袁雪要是死了,我也死了算了!"

林温想,汪臣潇应该不会说到做到,现实毕竟不是小说电视剧,但在事发的那个瞬间,汪臣潇一定是真情实感的。可想而知,袁雪生产的那天到底有多惊险。林温没想到周礼真正顾虑的是这个,她心里暖暖的,亲了亲周礼的下巴,她柔声道:"你这是不是也叫瞻前顾后?"

她这是记仇,把周礼从前说她的话还了回去。

周礼好笑道:"是,看来你决心很大?"

林温坚定地"嗯"了声。

周礼把刚才被林温扔到床尾的盒子,又一脚踹下床,翻身将人压在身下,周礼目光似狼,道:"那是你自找的!"

接下来的一段时间,林温腰酸背痛,周礼神采飞扬。

也没有太频繁,备孕始终要科学健康。周礼戒烟戒酒,合理饮食,每周至少三次和林温户外健身,同时和林温一道服用叶酸。

房子也得买套新的,现房只有一间卧室,总不能让孩子将来睡客厅。

两人讨论过生儿生女的问题,周礼无所谓,林温想着,如果她只生一个,她希望这一个是女儿,如果她生两个,那她希望头胎是哥哥,二胎是妹妹。

周礼见她想得这么长远,备孕也更加努力,新婚第六个月,林温去医院检查,确认怀孕五周。

周凛

　　周凛是女孩儿，取名字的时候，周礼想取个"林"的同音字，但"琳""霖""麟"这些，他们不是不喜欢，就是觉得不合适。

　　最后还是挑了个谐音的"凛"，女孩儿也能浩气凛然。

　　周凛两岁的时候拿起画笔，依葫芦画瓢，在白纸上"糊"了一遍自己的名字，林温是结合前后场景辨认出来的，周礼下班回来后，林温拿给他看，谁知道周礼竟然一眼认出，说："周凛？"

　　林温稀奇，问："你怎么认出来的？"

　　周礼装模作样地说："这不是撇嘛，这是横折钩，这里有个口。这边有两个点，中间这圈不是个回字吗？"

　　林温皱着眉，满眼都是艰难，周礼抱起小周凛，笑道："行啊，都能写自己的名字了！"

　　小周凛穿着外婆送的小黄鸭罩衣，扎着两个小揪揪，戴着小黄鸭发卡，淌着口水，口齿不清地自夸："宝宝棒！"

　　她的小拳头里还攥着一片水蜜桃，能吃辅食后，她吃东西总爱流口水，讲话总带笑，眉眼弯成月牙。

　　周礼逗她："你在吃什么？"

　　小周凛说："桃桃！"

　　"爸爸也想吃。"

　　小周凛极其大方，把手中这片塞周礼嘴里，周礼一口咬掉几乎一整片，小周凛完全不生气，只是笑眯眯地把揪在指头中间的一小块桃肉赶紧塞进小嘴巴里，边嚼边淌口水。

　　她是天生的笑眼，笑起来不像林温，也不像周礼，但她的脾气似乎比林温还要好，极少哭闹，吃喝行走总是眉眼弯弯。

　　主卧大床边拼了一张小床，晚上小周凛睡在那里，周礼和林温陪她玩到九点，就哄她睡了。他们悄悄去客厅吃夜宵，最近又有了好看的新剧，两人一边注意着卧室里的监控，一边吃着烧烤，连看了三集电视剧才回房睡觉。

睡下的时候一切如常,小周凛安安稳稳地躺在她的小床上,一觉醒来,小周凛竟然睡在了周礼和林温的中间。

林温愣了愣,看着酣睡的小家伙问周礼:"你把她抱过来的?"

"没有,看样子是她自己爬过来的。"周礼揪了下小周凛抱在怀里的兔子布偶,道,"还不忘抱着她的小玩具。"

两人挺意外,他们竟然没被她闹醒,小家伙还知道给自己盖好被子。

今天不用上班,闲着没事,周礼翻出昨晚的监控录像,进度条直接往后拖,总算看到了小周凛爬床的全过程。

小家伙先是蒙头蒙脑地坐了起来,耷拉着脑袋,扒拉了一下睡衣裙摆。坐了足有两分钟,然后她掉转身,往大床上爬,爬了几下想起落了小兔子,她又回头,拽住了兔子耳朵。

她没从他们身上过,而是先绕到床尾,再往前。他们睡觉贴得近,小家伙硬挤了半天才挤进来的。两人看出了蹊跷,对视了一眼,周礼顺手掀开小床的被子,一看,床单上印着一张已经半干的地图。

因为发现自己尿床了,所以才半夜悄悄转移阵地。林温察觉不妙,掀开他们的被子,拎起小周凛身上的睡裙。周礼好笑,道:"别看了,待会儿换床单吧。"

林温无奈,大床的床单昨天才换过。

"这小家伙!"林温没好气地亲了一下小周凛的包子脸。

看来小周凛笑起来像她自己,脾气像妈妈,好得没边,性格像爸爸,从小心眼就多。

窗帘缝露出了一缕微光,周礼问:"时间还早,再睡会儿?"

"嗯。"林温还困,她重新躺下,周礼替她掖了掖被子,也躺了下来。

小周凛淌着口水,不知道在做什么梦,时间还早,日子是长长久久的,她会慢慢长大,而他们,也会白首一生。